KB065319

앨리스
앨리스

하고
부르면

우다영 소설집
앨리스 앨리스 하고 부르면

펴낸날 2020년 12월 14일

지은이 우다영
펴낸이 이광호
주간 이근혜
편집 박선우 최지인 이민희 조은혜 방원경
펴낸곳 ㈜문학과지성사
등록번호 제1993-000098호
주소 04034 서울 마포구 잔다리로7길 18 (서교동 377-20)
전화 02)338-7224
팩스 02)323-4180(편집) 02)338-7221(영업)
전자우편 moonji@moonji.com
홈페이지 www.moonji.com

ISBN 978-89-320-3809-4 03810

이 책은 2019년 대산문화재단에서 운영하는 대산창작기금의 수혜를 받았습니다.

앨리스 앨리스 하고 부르면

우다영 소설집

문학과지성사

차례

당신이 있던
풍경의 신과

잠들지 않는
거인

노란 나무 벽과 바닥을 가로지르는 몇 줄기 빛. 나는 따뜻하고 밝은 곳에서 그늘로, 고요한 어둠 속에서 다시 빛이 있는 쪽으로 걷는다. 몇 번이나, 몇 번이나. 나의 행로에도 빛과 어둠이 만들어낸 곧고 선명한 줄무늬가 뒤섞이거나 훼손되지 않는 것을 신기하게 여기면서. 부드러운 그물처럼 촘촘하게 몸을 둘러싸고 있는 세상이 언제나 빛과 어둠이라는 놀라운 진실에 서서히 무감해지면서. 어쩌면 이것은 내가 떠올릴 수 있는 최초의 기억이고, 나는 이 순간이 내가 살아갈 삶 전반을 의미하며 작동시키는 신의 중요한 계시가 아닐까 종종 생각했다.

나는 이제 그 장면이 다섯 살 내지 여섯 살의 기억이며 당시 부모님이 자주 방문하던 한 2층 가옥의 넓은 거실 풍경이라는 것을 인지하고 있다. 그 거실에서 여자들은 바닥에 나무 도마와 커다란 쟁반을 놓고 여러 사람이 한번에 먹을 수 있는 충분한 양의 식사를 준비했다. 신문지에 싸인 파와 물기를 털어 낸 통통한 양파에서 나던 향긋하고 매운 냄새. 수북이 쌓인 그것들을 도마 위에 올리고 일정한 간격으로 다듬는 소리. 국에 넣을 고기를 썰면 분리되어 도마에 고이던 선홍색 피와 유선형 식칼의 물결무늬를 따라 묻어 나오던 크림색 지방. 내가 가까이 다가가면 엄마는 "위험해" 하고 주의를 주며 식재료로 쓰기 위해 얇게 썰어둔 배나 조그맣게 뜯어낸 호박떡을 입에 넣어주었다. 여자들은 손에 칼을 쥔 채 웃었다. 그 집에 온 사람들은 조용한 목소리로 이야기를 나누고 함께 갓 지은 음식을 나누어 먹은 뒤 각자의 집으로 돌아갔다.

시간이 흘러 나는 그 집이 일종의 교당이며 거기서 지금으로서는 정체를 알 길이 없는 종교 집회가 이루어졌다는 것을 알게 되었다. 정확히 말하면 나는 그 집의 가장 깊숙한 방에서 어른들이 향초와 휘장, 조각상, 장신구로 꾸며진 벽을 향해 두 손을 모으고 기도드리던 모습이나, 자그마한 가죽 책을 손에 들고 읽으며 노래 부르던 모습을, 그 모든 과정에 경건한 태도로 임하던 부모님 곁에서 내가 칭얼거리며 다리에 몸을 기대던 순간을 기억하고 있었다. 또한 나는 늦은 밤 돌아온 아버지가 뜨거운 손으로 내 이마를 짚고 중얼중얼 입말로 외던 간절한 기도나, 집에 든 강도에게 값나가는 물건들의 위치를 알려준 뒤 어린 나를 등 뒤에 숨기고 절박하게 반복하던 어머니의 작은 손짓이 특별한 의미를 가지고 있다는 것을 알고 있었다.

그러니까 나는 그것이 사람들끼리 같은 믿음을 공유하는 신앙의 형태라는 것을 어렴풋이 인지하고 있었던 것인데, 어찌 된 일인지 오랜 세월 동안 그 일에 별다른 신경을 기울인 적이 없으며 무의식의 발로일지라도 그 시절에 대한 이야기를 한 번도 부모님과 나눈 적이 없다는 사실은 나를 한동안 어리둥절하게 만들었다.

내가 알고 있는 정보와 맥락으로 유추했을 때, 그것은 종교라기보다 신화에서 유래한 원시 신앙에 가까웠다. 정확한 기원은 알 수 없지만 아마도 오랜 세월 한 문화권에서 다른 문화권으로 전파되며 추가되고 변형된 흔적들을 발견할 수 있었고 고대 기독교와 유럽의 토속 신화, 중국 신화, 일본 불교, 도교 등에서 영향을 받은 것이 명백해 보였다. 신의 강림이나 재림을 염원하는 사이비적 요소가 없다는 것이 그나마 안도감을 주었다. 집회를 주관하던 인상 좋은 그 집 주인 부부가 사람들에게 돈을 요구했는지 나로서는 알 수 없는 일이지만.

부모님은 그 집에 3년 정도 방문하다가 발길을 끊었다. 그곳에서 만난 몇몇 사람과는 여전히 교우했지만 그들과 종교적인 이야기를 나누거나 그때의 일을 언급하는 것 같지는 않았다. 이제 나는 그 집에 모였던 사람들이 대개 부부 단위의 평범한 소가족이라는 것을 알고 있다. 사랑하는 사람의 병이나 죽음 때문에 슬픔에 빠진 사람들. 혹은 해결 방법을 모르는 문제에 직면하거나 과거의 괴로운 경험에서 벗어나지 못한 사람들.

모두 지치고 상처받은 사람들이라는 것을 알고 있다. 그들은 그 집에서 함께 시간을 보내며 평범한 일상 속에서 축복을 찾아내는 방법, 신이 보내는 섬세한 위로의 신호를 놓치지 않고 온전히 받아들이는 방법을 터득했다.

나와 마찬가지로 부모님 손에 이끌려 그 집에 온 아이들은 놀이방으로 마련된 좁은 다락방에서 함께 놀았다. 내 또래였던 유담은 선천적으로 두 다리와 발목이 안쪽으로 휘었다. 유담의 다리는 자랄수록 뼈가 나선형을 그리며 안에서 바깥으로, 다시 바깥에서 안으로 말려 들어갔다. 그 애가 두 팔로 바닥을 짚고 기어가면 뭍에 나온 인어 꼬리처럼 축 늘어진 다리가 천천히 끌려 갔다. 물속에서의 필요와 기능을 잃고 퇴화할 운명만을 기다리듯이. 우리는 유담을 위해 앉아서 할 수 있는 놀이를 했다. 구슬치기가 특히 아름다운 기억으로 남아 있다. 손가락 사이에 작고 반짝이는 유리구슬을 끼우고 햇빛에 비춰보면 살짝 꼬인 채 영원히 얼어버린 색색의 깃털이 들어 있었다. 나는 그것이 작은 새의 깃털이라고 굳게 믿고 있었다. 손가락만 한 작은 새들이 죽기 위해 날아가는 얼음의 나라가 있다고. 이런 이야기를 정말 내가 상상한 것인지, 아니면 어디선가 읽은 내용을 기억하고 있는 것인지 이제는 알 수 없게 되었다.

그러니까 그때, 갑자기 바닥에 드러누운 유담이 몸의 관절들을 이상한 방향으로 꺾으며 괴로워할 때, 내가 그것이 유리구슬 때문이라고 생각한 것은 그리 이상한 일이 아니었다. 나는 유담이 매끄러운 유리구슬을 입안에 넣고 이리저리 굴리다가 그것을 삼켰을 거라고 생각했다. 마음속으로 유담아 어서 뱉어, 어서 뱉어, 소리쳤지만 정작 입 밖으로 흘러나온 것은 공포에 질린 울음이었다. 다른 아이들도 모두 울고 있었다. 그제야 내가 두려움에 빠졌다는 것을 알았다. 무엇이 두려운지도 모른 채 두려움을 느꼈다. 누구든 붙잡아주길 바라는 마음으로 물에 빠진 사람처럼 팔을 허우적거렸다. 그때 내 손에 은령의 손이 잡혔다.

은령은 울지 않았다. 다른 아이들처럼 유담을 바라보고 있었지만 조금도 울지 않았다. 그저 가만히 가만히 그 애를, 아니 그것을, 아니 그곳을 지켜보고 있었다. 나는 그 가만한 표정이 너무 무서웠다. 왜 무서운 줄도 모르고 무서웠지만 잡은 은령의 손을 놓을 수도 없었다. 그 손은 그때 내가 잡을 수 있는 유일한 것이었다. 내 손에서는 끈적한 땀이 흘러내렸다. 팔이 바들바들 떨렸다. 그러나 은령의 손은 흔들리지 않았다. 나를 바라보지 않는 은령. 내 손을 뿌리치지 않지만 내 공포에 공감하지 않는 은령. 나는 지금도 그 순간 이전의 은령을 조금도 기억하지 못한다.

그때 은령이 말했다.

"뭐라고 말을 해."

은령은 내 손을 잡아끌고 유담에게 다가갔다. 마땅히 그래야 한다는 듯이. 나는 그러고 싶지 않아서 자지러지게 비명을 질렀다. 그러나 은령은 신경도 쓰지 않았다. 기어코 투명한 거품이 맺힌 유담의 입술에 가까이 귀를 기울이고 그 애가 하는 말을 들었다. 그 말소리와 입 모양을 나도 똑똑히 기억하고 있다.

유담은 비틀린 손목으로 가슴을 두드리며 이렇게 말했다.

"여기, 여기에 환한 것이……"

아래층에서 기도를 하던 어른들이 사태를 파악하고 요란하게 나무 계단을 밟으며 올라왔다. 그들이 얼어붙은 물고기처럼 뻣뻣해진 유담의 몸을 안고 다락방을 나갈 때까지, 놀란 어머니가 나를 발견하고 주저앉듯 달려들어 하얗게 질린 내 얼굴을 자신의 품으로 와락 끌어안을 때까지 나는 은령의 손을 잡고 있었다. 최초의 수수께끼를 발견한 사람처럼 골똘한 얼굴을 하고 있는 은령. 그 애의 작고 가벼운 손을 놓지 않았다.

사실 나는 은령을 다시 만나기 전까지 이런 기억도, 은령에 대한 생각도 전혀 떠올리지 못했다. 어린 나이에 겪은 강렬한 경험이 분명했지만 아무 의미도 획득하지 못하고 어두운 의식의 수면 아래 잠겨 있다가 은령으로 인해 주목하고 호명하게 된 기억이었다. 그러나 열일곱 살 봄에 은령을 다시 만났을 때 나는 마치 오랫동안 그 애를 그리워한 사람처럼 한눈에 은령을 알아봤다. 아니, 이것이야말로 시간에 의해 왜곡된 기억. 그때 내가 느꼈던 감정은 그리움이 아니라, 이미 경험한 적이 있고 여전히 지속되고 있는 동질의 공포였다.

은령은 고등학교 입학식에서 학생 대표로 선서를 했다. 은령이 선서, 하고 외친 뒤에 그것을 복창하는 신입생들의 목소리가 출렁이는 파도처럼 등 뒤에서 밀려왔다. 손가락을 가지런하게 붙인 은령의 손바닥이 의미가 있는 하얀 돌처럼 빛나고 있었다. 은령은 당당한 목소리로 선서를 마치고 겸손한 표정을 지으며 인사했다. 강당 한구석에서 아는 얼굴들을 발견했는지 잠시 친밀한 눈짓을 교환하기도 했다. 그리고 천천히 미소 지었다. 나는 충격에 휩싸였다. 은령이 정말이지 보통 사람처럼 보여서 은령이 아닌가 싶다가도, 직감적으로 그 애가 은령이라고 확신하고 있었다. 기억 속 어디에도 웃거나 감정을 드러내는 은령의 모습은 찾을 수 없었지만, 그럼에도 은령이라는 것을 알 수 있었다.

이따금 복도나 운동장에서 마주친 은령은 늘 친구들에게 둘러싸여 있었다. 그 애들의 눈을 마주 보고 진지하게 고개를 끄덕이며 이야기를 들어주고 있었다. 어디선가 은령을 찾으며 은령의 이름을 부르는 목소리, 은령에 대한 이야기나 소식을 전하는 모르는 애들의 말소리, 대개는 긍정적이고 선망하는 시선을 담은 일련의 태도를 나는 기묘한 마음으로 지켜봤다. 실제로 내가 아는 몇몇 남자애는 은령을 좋아한다고 공공연히 말하고 다녔다.

은령과 같은 반이 된 적은 없지만 우연한 기회에 아주 가까운 거리까지 다가간 적이 몇 번 있다. 처음은 등굣길에 교문에 서였다. 학생들의 복장과 용모를 검사하던 선생님이 나를 불러 세워 타이를 착용하지 않은 것을 지적하고 주의를 주었을 때, 은령은 팔에 노란색 선도 완장을 차고 벌점이 적용된 학생들의 이름을 기록부에 적고 있었다. 은령은 내 얼굴을 쳐다보지도 않은 채 명찰에 있는 이름과 벌점을 간단하게 기록했다. 또 한 번은 내가 테니스공이 잔뜩 담긴 바구니를 옮기다가 실수로 떨어뜨렸을 때, 연두색 개구리 떼처럼 운동장 이곳저곳으로 흩어지는 공들을 친절하게 주워 준 여자애들 사이에 은령이 있었다. 나는 은령이 흙 묻은 테니스공을 건넬 때 용기를 내어 "고마워" 하고 인사해보았는데, 은령은 대수롭지 않은 시선으로 나와 눈을 한 번 마주친 뒤 그대로 등을 돌리고 친구들에게 가버렸다.

그 후로도 은령과 눈이 마주치거나 짧은 대화를 나눌 기회가 여러 번 있었지만 은령은 정말 나를 못 알아보는 눈치였다. 나는 점점 더 자신감이 붙어 대담하게 은령을 모르는 사람처럼 대했다. 그러다가 3학년이 되자 정말 내가 은령을 모른다고 생각하게 되었다. 그때쯤 별거와 화해를 반복하던 부모님이 완전히 갈라섰기 때문에 어머니와 둘이 살 집으로 이사를 해야 했다. 지금에 와서 돌이켜보면 그건 인생의 아주 미미한 변곡점에 불과했지만, 그때의 나에겐 하늘의 일부가 무너지고 땅 곳곳에 허방이 뚫린 것처럼 믿고 있던 세상이 불분명한 세계로 변하는 체험이었다. 외부로 향하는 분노와 내부로 파고드는 고독을 동시에 감당해야 했다.

그러던 어느 날, 은령이 아무렇지 않게 내 이름을 불렀다.

"13번 문제 풀었어?"

우리는 한 대학교에서 주최한 과학 경시대회 시험을 치르고 대기실로 지정된 로비에서 결과를 기다리고 있었다. 은령과 나를 포함해 학교 대표로 나온 학생은 다섯 명이었다. 이전에도 올림피아드나 백일장에서 만난 적이 있었기 때문에 나는 은령을 특별하게 의식하지 않고 있었고 그 애가 바로 옆 소파에 앉아 있는 것도 눈치채지 못했다. 은령은 가죽 소파 팔걸이의 온도를 재듯 손바닥을 올려두고 있었다.

"물고기와 개구리의 관계를 설명하는 서술형 문제 말이야."

나는 그것을 진화론의 관점에서 풀었다고 대답했다. 3억 7천5백만 년 전 데본기 후반에 물속에 살던 어류가 뭍으로 나와 양서류가 되었다고. 그것을 증명할 만한 첫번째 근거로 물고기와 개구리 사이의 중간 개체종 화석들이 계속 발견되고 있다는 점과, 두번째 근거로 회색으로만 세상을 볼 수 있으며 움직이는 사물만 인식하는 개구리의 눈을 들었다고. 그런 것들을 침착하게 말하며 놀란 마음을 숨겼다.

"우리는 답이 비슷하네."

은령이 말했다.

"애초에 물속에서 굴절하는 빛을 보도록 진화해온 물고

기 눈은 공기를 매개로 깨끗하게 퍼지는 빛을 보기에 적합하지 않았을 거라고, 그래서 개구리 눈이 그렇게 됐다고 썼다는 거지?”

나는 고개를 끄덕였다. 은령은 잠시 내 눈을 빤히 바라봤다. 나는 은령이 나와 눈을 마주치고 있는 게 아니라 내 동공과 안구와 그 너머에 자리 잡은 복잡하게 얽힌 시신경들을 관찰하고 있다고 생각했다.

“어떤 다큐멘터리를 봤는데 인간의 눈도 물속에서 왔대.”

은령이 설명했다.

“우리가 아직 물고기일 때, 눈 속의 액체가 빛의 굴절 효과를 해결해줬을 거라고 말이야. 하지만 육상동물로 살아가며 건조한 공기에 적응해야 했고, 우리는 다시 진화를 거듭했지만 아직도 물속에서 정교하게 진화해온 3억 7천5백만 년 전 물고기보다 나쁜 시력을 가지고 있대.”

“정말?”

나는 긴장을 풀어보려고 조금 웃었다. 하지만 은령은 웃지 않았다.

“그러니까 진화는 차근차근 최상의 점을 향해 발전해가는 과정이 아니라, 그때그때 처한 환경에 대한 최선의 대응이라는 거야. 생물학자가 종의 기원을 추적해나가는 건 그 종이 지나온 역사와 순간들, 선택들, 그때그때의 우연을 담은 미로이자 지도를 살펴보는 일이라는 거지. 한번 선택하면 다시는 이전으로 돌아갈 수 없는 과거와, 내정된 목적지가 없기 때문에 무엇이 될지 알 수 없는 미래. 그게 모든 종의 운명이라는 게 재밌지 않아?"

"재밌네."

"하지만 네가 시험지에 추가로 적었어야 할 문장은 그게 아니야."

나는 그 말을 이해하지 못하고 은령을 쳐다봤다.

"그러한 학설이, 진화론의 입장에서, 주장되고 있다."

은령은 그제야 입꼬리를 끌어 올리며 미소 지었다.

"이 대학이 가지고 있는 종교적인 문제야. 사람들은 서로 믿고 싶은 게 다르니까."

은령은 내 쪽으로 살짝 틀고 있던 몸을 다시 원래대로 돌리고 시선을 내리깐 뒤 정면의 둥근 유리 탁자를 바라봤다. 더 이상 나랑 이야기하고 싶지 않다는 듯이. 하지만 잠시 후에 은령은 내가 똑똑히 들을 수 있도록 분명하게 말했다.

"나는 우리가 둘 다 종교에 관심이 있을 줄 알았는데."

그날 입상한 사람은 은령뿐이었다. 그 후로 은령은 학교에서 나와 마주치면 늘 알고 지내던 사이처럼 아무렇지 않게 손을 들어 인사했다. 나는 그 인사를 받아주면서도 혼란스러운 마음이 되었다. 은령이 나를 기억하고 있었고 지난 2년간 내 존재를 알고 있었다는 사실이, 의도적으로 무언가를 숨겼다가 들킨 것처럼 나를 부끄럽게 만들었다. 은령이 어떤 마음인지, 무슨 생각을 하고 있는지 알 수 없어 두려웠다.

사실은 머릿속이 온통 은령에 대한 생각으로 가득 차 있었다. 그건 마치 물이나 바람이 있는 조용한 풍경을 바라보는 동안에 머릿속에서 자연스럽게 일어나는 연상 같은 것이었다. 나는 혼자서 점심을 우물거리다가도 은령에게 접근할 수 없도록 항상 그 애를 장벽처럼 둘러싸고 있는 친구들이 무슨 이야기를 나누는지 궁금했다. 그 애들처럼 은령에게 가까이 다가가 내 이야기를 들려주고 무엇이든 질문하고 그런 다음 은령이 들려주는 이야기를 듣고 싶었다. 이런 마음이 드는 것에 스스로도 깜짝 놀랐는데, 곰곰이 이유를 생각해보니 그날 이후 은령과 나 사이에 일종의 비밀이 생겼으며, 느닷없이 되살아난 서로를 알고 있는 10여 년의 시간이 강렬한 감정을 불러온 것 같았다. 나는 은령도 그런 것들을 특별하게 여기고 있는지 궁금했다.

하지만 정작 기회가 생겼을 때 내가 은령에게 물어본 것은 엉뚱한 것이었다.

"그 신이 어떤 신이었는지 기억나? 그 종교 말이야."

은령은 수업에 필요한 유인물들을 받아 교무실에서 나오던 참이었고 나는 우연하게 그 앞을 서성거리다가 은령을 봤다. 은령이 나를 보고도 걸음을 멈추지 않았기 때문에 나는 그 애를 따라 빙글빙글 도는 중앙 계단을 올라갔다.

은령이 말했다.

"신이나 종교 이름은 나도 몰라. 이름이야 있었겠지만 어른들이 그런 단어를 잘 쓰지도 않았고. 성실하게 기도만 했잖아. 기억나지?"

나는 사실대로 거의 기억나는 게 없다고 털어놓았다. 은령은 재미있어했다.

"나는 너랑 교리를 들었던 기억이 나는데. 실은 아이들에게 들려주기 좋도록 옛날이야기 같은 형태로 만든 것이었지만 반복해서 들었잖아. 찬송으로도 부르고."

"내가 정말 그런 걸 다 잊었다고?"

아연해진 내가 물었다.

"너는 정말 쉽게 잊는구나."

그건 감탄도 타박도 아닌 말투였다. 너는 그렇구나 하는 말처럼 들렸다.

계단을 오르는 나와 은령 곁으로 계단을 내려가는 아이들이 계속 지나갔다. 가끔 은령에게 말을 거는 아이들과 은령은 간단하게 인사했다. 그 애들이 지나가면 다시 이야기를 시작했다.

"태초에 거인이 있었고, 거의 영원한 시간 동안 홀로 존재하던 거인의 눈에서 어느 날 신이 태어나. 눈이 멀어버린 거인은 본래 가지고 있던 특별한 힘과 능력을 잃어버리지. 신은 기회를 놓치지 않고 무력해진 거인의 따뜻한 내장을 꺼내 그것으로 산과 바다를 만들고, 진흙과 공기를 분리하고, 다시 진흙과 공기를 한데 빚어 세상 만물을 창조해. 그러고는 눈과 심장을 모두 잃은 거인에게 땅과 하늘 사이에 서서 세상이 무너지지 않도록 그것을 영원히 짊어지는 형벌을 내린 거야."

마침내 4층에 도착한 우리는 잠시 그대로 서서 숨을 골랐다. 은령은 두 손에 반듯하게 유인물을 든 채로, 복도 창문에서 쏟아지는 눈부신 햇살에 눈을 찡그린 채로 말했다.

"이게 그 종교의 창세기이고, 너는 우리 중 유일하게 거인이 무슨 죄를 지은 거냐고 질문했잖아."

며칠 후에 나는 은령의 교실을 찾아가 그 종교에 대해 알고 싶고 그와 관련된 단서들을 모으고 싶다고 말하며 그런 일을 가끔 도와줄 수 있는지 물었다. 교실 문턱에 선 은령은 잠시 고개를 기울이고 생각해보더니 수업이 끝나고 자율 학습을 시작하기 전까지 15분 정도 시간을 낼 수 있다고 대답했다. 나는 그 정도면 충분하다고, 고맙다고 말했다.

은령은 정말 매일 그 시간을 온전히 나와 함께 보냈다. 우리는 텅 빈 미술실에서 만나 그 종교에 대해 새롭게 떠오른 정보를 교환하고 가정해볼 수 있는 여러 가지 맥락을 이야기했다. 은령이 미술실 열쇠를 가지고 있는 미술부 부장이라는 사실도 알게 되었다. 대화는 별다른 진전이 없었다. 내가 기억하는 것은 거의 전무했고 역시 당시에 너무 어렸던 은령이 알고 있는 내용도 한정적이었다. '눈에서 태어난 신'이나, '세상을 짊어진 거인'을 인터넷에 검색해봐도 비슷비슷한 신화나 동화가 나올 뿐이었다. 하지만 은령도 나도 어쩐지 부모님에게 그때 일을 여쭤보자는 쉬운 방법을 꺼내지 않았다. 나는 은령과 대화를 나누며 얼떨결에 부모님의 이혼 사실을 털어놓았는데 은령은 별다른 질문이나 위로를 하지 않았다. 나는 은령에게 두 명의 동생이 있다는 걸 어렴풋이 기억하고 있었는데 은령은 그런 이야기를 전혀 하지 않았다.

아직 해가 짧은 이른 봄이었기 때문에 우리가 만나는 시간이면 미술실 안으로 노을이 들어왔다. 팔이 없거나 코와 귀가 훼손된 석고상들, 개수대에서 물감이 덜 씻긴 채 말라가는 팔레트들, 동그랗고 까만 뚜껑의 작은 물감 통들, 하얀 회벽에 거꾸로 매달린 여러 굵기의 붓들 위로 그 시간 고유의 붉고 투명한 빛이 덮였다. 그건 빛이라기보다 잠시 드리웠다가 사라지는 얇은 그림자 같았다. 나는 그 순간이 너무 고요하고 아름답다고 생각했기 때문에 어색하게 은령의 눈치를 보았는데, 은령은 아무런 감동 없는 표정으로 그런 빛깔들을 바라보고 있었다. 색을 볼 줄 모르는 눈동자처럼 멀고 쓸쓸하게. 홀로 직사각형 모양의 넓은 6인용 책상 위에 걸터앉아 허공에 늘어뜨린 다리를 천천히 흔들면서. 그렇게 '어디에도 없는 신'을 찾는 오후가 하루하루 이어졌다.

지금 돌이켜보아도 은령이 그 일에 강한 열의를 가지고 있었던 것 같지는 않다. 그래도 싫어한다거나 시간을 낭비하고 있다고 생각하는 것 같지는 않았기 때문에 나는 내심 기쁘게 여겼다. 솔직히 말하자면, 나는 은령이 흔쾌히 부탁을 들어줬다는 사실만으로도 한동안 마음이 들뜬 채로 지냈다.

그러나 얼마 지나지 않아 은령은 누구의 부탁도 거절하지 않는 사람이라는 걸 알게 되었다. 유심히 지켜본 은령은 믿기 힘들 정도로 친구가 많았다. 3년째 함께 등교하는 동네 친구들이 있었고, 쉬는 시간엔 항상 누군가의 비밀이나 고민을 들어주었으며, 점심을 같이 먹는 친구들도 따로 있었다. 미술부의 남자아이들과도 자주 어울렸고, 자율 학습 때는 또 다른 친구들과 가까이 앉아 공부했다. 집에 돌아가는 길에도 그 애들과 함께였다. 은령의 모든 일과 속에는 틈을 찾을 수 없을 만큼 사람들이 들끓었는데, 나는 그것을 지켜보는 것만으로도 엄청난 피로감을 느꼈다. 도저히 그럴 수 없을 것 같은데 은령은 힘들거나 귀찮은 기색 없이 모두에게 다정하게 대해주었다.

그 사실을 깨닫고 나자, 아무것도 변한 것이 없는데도 은령이 나를 어떤 울타리 너머에 우두커니 세워두고 초대하지 않았다는 생각이 들었다.

은령의 친구들은 저마다의 문제를 세상의 중심에 가져다 놓고 심각해져 있는 애들이었다. 항상 슬픔과 분노와 기쁨에 빠져 있었는데, 주변을 살피지 못한다는 점에서 모두 타인에게 해로웠다. 은령은 친구들이 안고 있는 문제들, 내가 보기에 은령이라면 전혀 문제라고 여기지 않았을 시시한 문제들을 그 애들의 마음과 같이 무겁게 생각해주었고, 그 애들보다 한발 먼저 현명한 해결 방법을 찾아냈다. 그런 일을 하는 데에 자신의 시간을 다 내주었다. 해결할 수 없는 골치 아픈 고민도, 쓸데없는 한심한 걱정도 끈기 있게 들어주었다. 그 애들이 다투거나 갈등에 빠지면 나서서 부드럽고 효과적인 방법으로 중재하기도 했다.

은령에게는 사람의 마음을 이해하는 재능이 있었고, 설사 자신이 어떤 마음인지 잘 모르는 사람의 마음도 간파할 수 있었으며, 시간이 흐르면 사라지고 달라질 마음까지도 예측할 수 있었다. 그런 정보들로 사람과 사람 사이에서 일어나는 현상들을 눈 깜짝할 사이에 읽어냈다. 언제나 그런 것들을 고려해서 사람을 대하고 있다고, 은령은 내게 말했다.

"어떻게 그럴 수 있어? 어떻게 그 모든 걸 생각하고 행동해?"

"그냥 머릿속에서 자연스럽게 일어나는 일이야."

은령은 손가락으로 관자놀이를 톡톡 두들겼다. 거기에 모든 정답이 들어 있다는 듯이.

"과정을 분절해서 설명하니까 어려운 일처럼 들리겠지만, 직감이나 예감이 일어나는 현상과 비슷해. 어떤 상황을 접했을 때 감각기관은 아주 짧은 시간 동안 엄청난 양의 정보를 수집하고 뇌가 그 정보를 기존의 지식과 조합해 순식간에 답을 내는데, 사람의 의식은 모든 과정을 인지할 능력이 없기 때문에 그저 막연히 결론만을 기억하는 거야. 아 불길해, 아 왠지 이쪽

일 것 같아, 아 이 사람한테 자꾸 끌려, 하면서. 말하자면 우리가 오랫동안 마음이라고 믿어왔던 부분이 실은 그저 뇌의 연산 작용 끝에 마련된 텅 빈 공간일 수 있다는 말이야. 나는 감정보다 이성으로 결론에 도달하는 사람이고, 그래서 아마 다른 사람보다 힘들이지 않고도 마음을 사용할 수 있는 것 같아. 단지 그것뿐이야."

나는 고개를 저었다.

"아니 내 말은, 왜 그런 일을 하냐는 거야. 그건 네 일이 아니잖아."

"아아."

은령은 그것 역시 아주 쉬운 문제라는 듯이 웃었다.

"도울 이유가 있어서 돕는다고 생각하지 말고, 돕지 않을 이유가 있다면 돕지 않는다고 반대로 생각해봐."

은령은 미술실 한쪽에 놓인 검은색 유화물감으로 그리다 만 캔버스를 가리켰다.

"저기서 색을 볼지 여백을 볼지 스스로 결정하면 돼. 그럼 전혀 다른 그림이 보일 테니까."

그러나 나는 그것이 정상적인 상태가 아니라고 생각했다. 은령의 무한한 호의와 누구에게나 공평한 태도에는 미심쩍은 구석이 있으며, 오히려 그것은 만인에 대한 박애라기보다 누구도 사랑하지 않는 태도에 가깝다고 느꼈다. 다른 사람의 마음을 감정 없이 오직 머리로 이해하는 행위는 공감이 아니라고,

게임이나 퍼즐의 공략법을 찾듯이 사람들을 분석하고 규정하는 행위는 기만이라고, 사람들에게 아무런 피로를 느끼지 않으며 도울 수 있는 건 마음을 기계처럼 쓰기 때문이라고, 그것이 '인간적'이지 않다고 판단했다.

그러나 그때는 이런 생각을 어렴풋이 느껴지는 작은 위화감으로만 간직하고 있었고, 은령에게 그런 이야기를 할 생각은 전혀 없었다. 나는 은령 안에 존재하는 분명한 논리와 규율을, 그것이 생활과 조화를 이루는 방식을 존중하고 있었다. 세상을 살아가는 은령의 아름다운 균형감에 감탄하기도 했다. 누군가가 나서서 은령의 인생에 끼어들 자리는 없어 보였다.

여름이 시작될 무렵에는 미술실 창문을 모두 열어두고 바람이 통하도록 했다. 해가 길어지면서 더 이상 마법 같은 순간은 일어나지 않았지만, 대신 사방에서 요란하게 밀려드는 매미 소리가 정신을 몽롱하게 만들며 우리를 전혀 다른 장소로 데리고 갔다. 은령과 나는 항상 앉게 된, 바깥이 잘 내다보이는 창가 쪽 책상에 걸터앉아 운동장에서 이리저리 움직이고 있는 애들을 구경했다. 그러면서 각자 가져온 블루베리가 든 머핀이나 달콤한 애플소다를 나눠 마셨다. 창가 가까이 붙은 모과나무 가지에서 바람이 불어오면 은령도 나도 잠시 눈을 감았다.

그때쯤 우리는 더 이상 그 종교에 대해 새롭게 알아낸 것이 없었고 그냥 서로 이런저런 이야기를 하며 시간을 보냈다. 나는 은령이 대학에서 미술을 전공하고 싶지만 등록금 부담이 없는 사범대로 진학할 생각이라는 것을 들었다. 물리교육학과나 생물교육학과를 염두에 두고 있다고. 그러면서 은령은 미술실 한쪽에 마련된 철제 캐비닛에서 직접 그린 그림들을 가지고 와 내게 보여줬다. 그 그림들은 풍경화도 인물화도 아니었다. 원색의 물감으로 그린 선과 도형 들이었는데, 일정한 규칙이 있는 패턴처럼 보이다가도 어느 순간에는 무정형한 연속체처럼 보였다. 보는 방향에 따라, 보는 관점에 따라 다르게 보였다.

나는 어째서인지 은령을 좋아하는 우리 반 남자애 이야기를 자주 했다. 그 애가 언제부터 은령을 좋아하게 됐는지, 그 애가 얼마나 웃기는 애인지, 오늘은 어떤 농담을 했는지, 어떤 강아지를 키우고 있는지 따위를 생각나는 대로 이야기했다. 그러나 은령은 별다른 반응이 없었다. 한 번도 그 애 이름을 부르거나, 내가 들려주는 이야기에서 무언가를 물은 적이 없다는 사실을 뒤늦게 깨달았다. 그 애 이야기를 꺼내면 은령은 손으로 턱을 괴고 내가 이야기를 마치길 조용히 기다렸다. 이상하게도 나는 그런 은령의 태도에서, 내가 멀리 밀쳐진 것 같은 느낌이 들어 조금 상처를 받았다. 물론 은령에게 내색하지 않았고 더 이상 그 애 이야기를 하지 않았다.

"나는 신을 믿지 않아."

어느 날 대화를 나누다가 은령이 말했다.

나 역시 마찬가지라고 대답했다. 우리는 오래전에 잊어버린 신을 찾고 있었지만 둘 다 신앙심이 없었고 종교도 없었다. 나는 그동안 조사를 거듭하며 대표적인 종교들의 교리를 어느 정도 알게 되었는데, 어떤 종교든 배울 점이 있다고 생각했고, 그런 형태의 종교가 형성된 시대적·문화적 배경과 각 종교 간의 차이와 유사성, 상호 관계 등을 분석적으로 들여다보는 데에는 흥미가 일었지만 그뿐이었다. 설사 그 종교에 오랫동안 몸담는다고 해도 마음속에서 진짜 신앙심이라고 할 만한 믿음이 생길 것 같지 않았다. 나는 내가 평생 종교 없이 살아갈 거라고 막연하게 짐작했다. 그런 생각을 말하자 은령은 잠시 생각에 잠겼다가 이런 이야기를 들려줬다.

"우리 부모님은 사람이라면 누구나 신앙을 가지고 살아야 한다고 믿고 있어. 신앙이 사람을 올바른 길로 이끌어줄 거라고. 아주 나쁜 마음을 먹었다가도 다시 돌아올 수 있는 힘을 줄 거라고. 나는 어느 정도 그 말에 동의하는 편인데, 사람의 마음속에 변하지 않는 윤리가 필요하다고 생각해. 그것이 선명하고 강력하게 스스로를 규제할 수 있는 종교적 교리라면 효과적이겠지. 종교를 선택하는 게 가장 편리한 방법일 거야. 하지만 나는 나의 윤리를 계속 구체화하는 중이고, 윤리에 대해 생각을 멈추지 않는 것이 윤리적인 일이라고 생각하고, 종교가 진정한 '선'을 제시해준다면 결국 같은 결론에 도달할 거라고 믿고 있어. 나는 부모님이 종교적 신념에 따라 계속 아이를 낳는 행동이 잘못되었다고 생각해. 아이를 책임지지 않고 아이를 사랑하지도 않으니까. 교리를 지켰으니 도덕을 지켰다고 믿고 있지만 그건 분명 부도덕한 일이야."

나는 그때 은령의 어머니가 임신 중이라는 사실을 알았다. 배 속의 아이까지 태어나면 은령의 동생은 이제 다섯 명이 된다고 했다.

"사람들은 왜 도덕적으로 살아갈까. 보편적 도덕에서 벗어나면 사회로부터 불이익을 받으니까? 그런 계산적인 판단으로는 완벽한 범죄를 저지르고도 죄책감을 느끼는 사람들을 설명할 수 없어. 그럼 사회에서 도태되지 않는 인간으로 진화하며 본능적으로 부도덕한 행위에 거부감을 느끼게 된 거라면 어떨까? 도덕적인 구성원으로 이루어진 사회가 종 생존에 더 유리했을 테니까. 생각하지 않아도 직감으로 알 수 있도록 몸과 뇌에 새겨진 메커니즘이 되었다면, 그건 수억 년 동안 인간이 최선이라고 여겨 선택해온 결과가 결국 '선'이라는 걸 의미해. 사람이 당장의 대가 없이 다른 사람을 돕는 작은 선의가 종 운명에 더 유리하게 작용한다는 거야. 그건 마치 수억 번을 계산한 슈퍼컴퓨터의 답처럼 오차가 없어 보이고, 나는 종교보다 진화에 대한 신뢰를 품고 '선'을 지지하고 있어."

은령은 잠시 말을 멈추고 나를 바라봤다. 내 표정을 살피고 태도를 파악하고 있었다. 그러나 나 역시 내 마음을 모르는 상태였다. 나는 그때 어떤 표정으로 은령을 보고 있었나. 은령에게 느꼈던 알 수 없는 적의는 무엇이었을까.

"그건 좀 섬뜩한데."

어느새 내가 말하고 있었다.

"네 말대로 사람들이 도덕을 본능으로 지니도록 진화해왔다면, 너는 일반적인 사람들과 다르잖아. 본능이 수행해야 할 역할을 이성으로 판단하고 있잖아. 어떻게 너의 이성이 항상 '선'일 거라고 자신할 수 있지?"

나는 스스로 말해놓고서야 내가 마음속에 품고 있던 의심의 정체를 알았다.

"너는 그 애가 죽는 걸 보고도 아무렇지 않았잖아."

은령과 내가 유담에 대한 이야기를 꺼낸 것은 처음이었다. 그때까지 우리는 무의식적으로, 혹은 의도적으로 유담의 존재를 지워버렸다.

은령의 표정에는 아무런 변화가 없었다. 나는 그것이 '악'의 증거처럼 느껴졌다.

"그래, 맞아. 나는 다른 사람들과 다르지. 너와도 다르고."

은령은 순순히 인정했다.

"하지만 슬픔과 분노 같은 감정이 없어도 도덕적 판단을 할 수 있어. 슬픔을 이해하고 분노를 이해하는 방식으로 옳은 판단을 할 수 있어. 물론 나는 어떤 순간에도 나를 가장 소중하게 여길 테지만, 고지능의 이기심은 선량함을 만들 거라고 믿고 있어. 나는 내가 더 똑똑해져야 한다고 생각해. 실수하지 않기 위해. 처음부터 선과 악은 불변으로 고정된 존재가 아니라 계속해서 수정되는 것이라고, 윤리는 정해진 강령이 아니라 어떤 상황에서도 선과 악을 분별해내는 거울 같은 것이라고 나는 믿고 있어. 지금까지 윤리적인 선택의 기로에서 늘 신중했고, 누구도 해치지 않았고, 앞으로도 실수하지 않을 거야."

은령의 말은 어떤 맹세나 애절한 구애처럼 들렸다. 시간이 흐른 뒤 이따금 이 순간의 은령을 떠올리면, 은령이 누구에게도 한 적 없는 고백을 나에게 하고 있다는 걸 쉽게 눈치챌 수 있었다. 그러나 그때의 나는 그런 생각을 조금도 하지 못했다.

"그러니까 네 말은, 다른 사람의 감정에 공감할 필요를 느끼지 못한다는 거지?"

내가 물었다.

"울고 있는 사람과 분노에 찬 사람을 똑똑한 머리로 이해하면 그만이라는 말을 하는 거야, 그렇지?"

은령이 고개를 저었다.

"물론 네가 품고 있는 불안과 거부감을 이해할 수 있어. 일반적인 사람과 다른 사람을 구별해내는 본능이 네 안에 있을 거고, 눈물이나 웃음 같은 감정의 제스처가 단서로 작용할 테니까. 그렇게 분리해낸 사람을 멀리하는 게 항상 더 쉽고 안전했을 테니까. 하지만 나는 '선'을 최선의 선택이라 판단했고, 내가 도착한 이 세계에 적응하고 있어. 다른 사람들과 마찬가지로. 너와 마찬가지로."

은령은 책상을 짚고 있던 내 손 위로 가볍게 손을 겹쳤다.

어릴 적 내가 두려움에 빠졌을 때 떨리는 손을 잡아주던 작은 손처럼.

은령이 속삭이듯 말했다.

"모르겠어? 이것이 일반적이라는 믿음, 혹은 이것이 일반적이어야 한다는 믿음이 진짜 '악'이야."

나는 그 순간에도 은령을 조금도 미워하지 않았다. 그런데 왜일까? 본능이었을까? 나는 은령을 비난하고 금속같이 매끄러운 그 애의 내면에 상처를 남기고 싶었다.

"한 번의 실수."

내가 차갑게 말했다.

"보통 사람은 넘지 않는 선을 한순간 넘어버리는 한 번의 끔찍한 실수를 할 수 있으니까. 그런 잠재성을 가진 사람을 위험으로 간주하는 거야."

나는 은령에게 실망했다는 듯이 말했다. 무엇을 기대하고 무엇에 실망한 줄도 모르는 채로. 내가 죽어서 영혼이 되었을 때, 나무 높이의 허공에 떠서 조금도 울지 않는 은령을 가만히 가만히 바라보는 상상을 하며.

"너는 평생 아무도 사랑하지 못할 거야."

은령은 역시 아무런 표정 변화가 없었다. 그 때문에 도리어 내가 상처를 받았다. 은령은 실패한 실험의 결과를 보는 듯한 무심한 눈빛으로 나를 바라봤다. 내가 은령의 손에서 내 손을 빼내자 은령은 천천히 일어나 미술실 밖으로 걸어 나갔다.

그 후로 은령은 다시 예전처럼, 나를 한 번도 알고 지낸 적이 없는 사람처럼 지나쳐 갔다. 나는 은령에게 한 말들을 후회했고 사과하고 싶었지만 은령은 내게 그럴 기회를 주지 않았다. 한번은 용기를 내 수돗가에 혼자 서 있는 은령에게 다가갔을 때, 은령은 정말 내가 보이지 않는다는 듯이 얼굴 너머 먼 곳을 멍하니 응시했다. 나는 내가 진짜 유령이 된 게 아닐까 하는 착각이 들어 손과 몸을 내려다봐야 했다. 어쩌면 은령과 함께한 시간들이 실재하는 일이 아니라 나 혼자만의 상상이 아니었을까, 우리가 함께 찾던 어디에도 없는 신처럼, 거인처럼, 이 세상에서 사라져버린 보잘것없는 조각이 아닐까 생각할 때도 있었다. 혹시나 하는 마음으로 수업이 끝난 뒤 미술실에 가보면 굳게 닫힌 문에 무겁고 차가운 자물쇠가 매달려 있었다.

마지막으로 전해 들은 은령의 소식은 사범대에 수시로 합격했다는 것이었다. 스스로 정한 인생으로 나아갔다는 것. 그 뒤로 은령은 학교에서 잘 보이지 않다가 어느 순간부터 영영 내 앞에 나타나지 않았다.

나는 내 삶으로 나아갔다. 전기공학과를 졸업한 뒤 수력발전소에 취직해서 한 번도 가본 적 없는 낯선 도시에서 살았다. 일이 끝나면 아주 좁은 투룸 아파트로 돌아와 텔레비전을 작은 볼륨으로 틀어두고 맥주를 마셨다. 텔레비전을 끄지 못하고 그대로 잠드는 일이 다반사였다. 아침 8시면 걸어서 발전소로 갔다. 댐의 가장자리를 따라 만들어놓은 산책로를 걸었는데 해가 떠오르기 전까지 자욱한 안개가 깔리는 곳이었다. 하얀 어둠 같은 안개 속에서 어느새 코앞까지 불쑥 다가온 사람을 마주치기도 했다. 회사 동료인 김 씨가 가끔 자전거를 타고 뒤에서 나타났다. "안녕하십니까." "좋은 아침입니다." 김 씨는 특유의 요란한 목소리로 인사한 뒤 자전거에서 내려와 내 옆에 서서 걸었다. "나는 이곳이 싫습니다. 안개가 웃음소리를 잡아먹습니다." "나는 댐이 싫습니다. 고여 있는 물을 보고 싶지 않습니다." 그는 늘 괴상한 말투로 부정적인 말을 해서 회사 내에서도 묘하게 겉돌곤 했다. 나는 김 씨의 말에 "네" "그런가요" 하고 적당히 대답했다.

그런데 어느 날, 어김없이 안개 속에서 나타난 김 씨의 얼굴이 은령의 얼굴로 보였다. 그건 찰나의 착각이었지만 나는 두근거리는 마음으로 김 씨의 얼굴을 계속 힐끔거렸다. 그날 김 씨는 별다른 말 없이 옆구리에 자전거를 끼고 내 옆에서 걸었다. 아무도 밟지 않은 페달이 빙글빙글 돌아갔다. 나는 종일 은령에 대해 생각했다. 당시 은령이 사라졌다는 얘기가 종종 들려왔다. 그 많던 친구와 모두 연락을 끊었다고 했다. 은령에게 무슨 일이 생긴 게 아닐까 하는 생각이 들었지만 확인할 수 없는 일이었다. 그때쯤 나는 어쩐지 평생 다시는 은령을 보지 못할 것 같은 예감이 들곤 했다.

그날 대부분의 발전소 직원들이 퇴근한 뒤 당직이었던 김 씨가 댐으로 뛰어들었다. 그가 물속을 구경하듯 들여다보다가 스스로 뛰어드는 것을 목격한 사람들이 있었기 때문에 김 씨의 죽음은 자살로 처리됐다. 유서는 없었고 회사 자전거 보관소 한쪽에 김 씨의 자전거가 거의 2년간 방치되어 있다가 어느 날 갑자기 사라졌다.

몇 년 뒤에는 여자친구와 저녁을 먹다가 은령의 이름을 부르기도 했다. 나는 생선 요리에서 가시를 발라내다가 마치 재채기를 하듯이 자연스럽게 "은령아" 하고 불렀다. 내가 낸 소리라고 생각도 하지 못하고 잠시 고개를 이리저리 돌리며 소리의 출처를 찾았다. 그즈음 나는 은령을 전혀 떠올린 적이 없었기 때문에 스스로도 소스라치게 놀랐다. 결국 그것이 발단이 되어 여자친구와 다투고 속초에 가려던 주말여행도 취소했다. 나는 주말 동안 집에 틀어박혀 라디오에서 흘러나오는 맥락 없는 노래들을 들으며 맥주를 마셨다. 일요일 저녁에 여자친구가 집으로 찾아왔다. "속초에 산불이 났어. 사람들이 정말 많이 죽었어." 여자친구는 두 팔로 나를 꽉 끌어안고 목과 등을 쓸어내렸다. "사람들이 죽었어. 우리가 죽을 뻔했는데……"

여자친구와 이듬해 봄 결혼식을 올리고 곧 딸이 태어났다. 딸은 다섯 살 무렵에 소아림프종에 걸려 고생했다. 목에 두툼한 종괴를 달고 온종일 기침을 하는 딸아이를 위해 외삼촌이 어린 앵무새를 선물했다. 앵무새가 사람 손을 탈 수 있도록 직접 윙컷을 해주었다. 나는 욕실에서 나오다가 날지 못하고 뒤

뚱뒤뚱 방 안을 걸어 다니는 앵무새를 밟고 말았다. 앵무새의 꺾인 다리에서 이슬 같은 피가 흘러나왔다. 딸아이가 울면서 "어떡해요. 어떡해요" 하고 외쳤다. 피를 흘리는 새에게는 다가가지 못하고 내 품으로 달려들었다. 나는 그때 두려움이란 무엇일까 잠시 생각했다. 그런 건 대체 어디에서 오는 건지.

나는 곧장 딸아이와 함께 동물 병원에 가서 앵무새를 치료하고 데려와 열흘 동안 정성껏 보살폈다. 종이 상자에 부드러운 수건을 깔고 새를 넣어주었다. 그러곤 아침저녁으로 다진 소고기와 잘게 으깬 아몬드를 섞어서 부리 안으로 흘려주었다. 아이가 걱정하지 않도록 달래며 새가 회복하는 모습을 함께 지켜보았다. 그런 것이 아이가 병을 이기는 데 도움이 되리라 생각했다. 새는 어느 정도 시간이 흐르자 기운을 차리고 플라스틱 통에 넣어준 물을 곧잘 먹으며 짹짹 울었다. 그러나 어느 날 아침, 작고 가벼운 몸을 늘어뜨리고 죽어 있었다. 딸은 상자 가장자리를 잡고 가만히 안을 들여다보았다. 피 흘리는 새를 보며 질겁하던 딸은 이미 죽어버린 새에게 아무런 두려움도 느끼지 못하는 것 같았다. 딸은 나를 올려다보며 물었다. "아빠가 죽인 거예요?" 어째서 그 순간 은령을 떠올렸을까?

세월이 꽤 흘러 내 나이 마흔쯤 되었을 때, 다시 한번 은령이 내 삶에 찾아왔다. 이번에 은령은 분명한 실체로 모습을 드러냈다. 내가 라운지 바에서 혼자 위스키를 마시고 있을 때 예쁜 드레스를 입은 은령이 다가왔다. 아무렇지 않게 내 이름을 부르며 어떻게 지냈는지 물었다. 나는 나이가 든 은령의 모습을 처음 보았지만 이번에도 단번에 은령임을 알아봤다. 그날 은령과 술을 마시며 오래 이야기를 나눴다. 가족처럼 여겼던 아내의 남동생이 사업 자금을 빌려간 뒤 완전히 종적을 감춘 이야기, 아내와 별거 중인 이야기, 몰래 만나고 있는 애인 이야기를 두서없이 털어놓았다. 어째서 세상은 이토록 불가해한 방식으로 움직이는지 의심스러우며, 어쩌면 어떤 의지를 가지고 삶에 개입하는 신이 정말 존재할지도 모르겠다고 말했다. 그리고 한 해 전 수력발전소 시설 정비 금액을 부풀려 횡령한 사실을 고백했다. 누군가에게 그 이야기를 하는 것은 처음이었다. 나를 비난하거나 자리를 피해버릴 거라고 예상했지만, 은령은 그러지 않았다. 바 테이블에 턱을 괸 채 조용히 내 이야기를 들어주었다.

다음 날 술에 취해 침대에서 눈을 떴을 때, 나는 그것이 술김에 본 헛것이나 꿈이었다는 걸 바로 깨달았다. 그리고 문득 아버지가 돌아가신 게 아닐까 하는 생각이 들었다. 그것은 아주 이상한 생각이었는데, 당시에 아버지가 편찮으시다는 소식을 들은 적도 없었고 거의 10년간 연이 끊어지다시피 한 상태였는데도 그런 생각이 들었다. 내 걱정과 달리 아버지는 돌아가시지 않았다. 어머니도 정정하셨다. 오랫동안 기다렸지만 누구의 부고도 들려오지 않았다. 그것이 내가 은령을 떠올린 마지막 순간이었다. 은령의 그림자는 더 이상, 두 번 다시는 내 삶에 찾아오지 않았다.

그 후로 20여 년이 흐른 지금, 은령의 이름과 은령에 대한 기억은 나에게 어릴 적 꿈처럼 아득한 것이 되었고, 그러므로 은령이 내 앞으로 남긴 유산이 있으니 그것을 받으러 오라는 전화는 너무나 터무니없는 장난처럼 느껴졌다. 전화를 건 사람은 은령의 아들이었고, 그는 은령이 지난달에 가족들이 지켜보는 가운데 편안하게 눈을 감았다고 알려주었다.

나는 은령이 살던 집으로 초대되었다. 미심쩍은 마음을 품고도 나는 그 초대에 응했다. 어떤 함정에도 빠지지 않고, 어떤 속임수에도 홀리지 않을 자신이 있었다. 지난 세월 동안 내 안에서 흐른 진물이 고치가 되고, 딱딱한 고목이 되고, 결국 무쇠처럼 단단한 바위가 되었던 일련의 과정을 떠올렸다. 내가 소중하게 여겼지만 한순간에 나를 배반한 사람들, 평생 곁에서 서로의 인생을 뒤섞으며 같은 방향으로 나아갈 거라 믿었지만 이제는 내게 아무런 의미도 없어진 사람들을 떠올렸다. 그들의 마음과 내 마음이 변하던 순간들, 이미 오래전에 변했지만 모르고 있다가 그래도 결국엔 그것을 깨닫게 되던 지겨운 경험들을 떠올렸다. 그 일들에 비하면 세상에 더 고약할 것은 아무것도 없었다.

그 집은 놀랍게도 내가 퇴직한 뒤 혼자서 쭉 살고 있는 집에서 차로 15분 거리밖에 되지 않았다. 나는 일주일에 두어 번

새벽 등산을 갈 때, 또 가끔 심란한 마음을 정리하기 위해 조용한 저수지로 야간 낚시를 떠날 때 은령이 사는 동네를 지나가곤 했었다. 그런 기억을 떠올리며 은령과 내내 같은 도시에 살고 있었다는 사실에 묘한 충격을 받았다.

적어둔 주소로 차를 끌고 가 진입로에 들어서자 2층 벽돌집이 보였다. 어깨 높이의 낮은 담벼락에는 빨간 덩굴장미가 촘촘하게 자라 있었고, 지붕은 햇볕을 따스하게 반사하는 주황색이었다. 내게 전화했던 은령의 아들이 반가운 얼굴로 나와 문을 열어주었다. 목소리만 듣곤 이십대일 거라고 어림짐작했었는데, 그는 적어도 사십대 초반으로 보였고 알고 보니 앞을 보지 못했다. 지팡이 없이도 자연스럽게 앞장서 걸으며 이따금 뒤를 돌아봤고 나를 볼 수 있는 것처럼 웃었다. 그는 나를 정원으로 안내하며 한쪽에 텃밭으로 가꾼 땅이 있다고 알려주었다. 붉은 고추와 상추, 어린 파, 반쯤 익은 토마토 같은 작물들이 구획에 따라 가지런한 모양으로 자라고 있는 것을 내게 자랑스럽게 보여주었다. 그는 그것들의 빛깔과 모양을 볼 수 있다는 듯이 이야기했다.

집 안에 생각보다 많은 사람이 있어서 나는 놀랐다. 어른은 그를 포함해 아홉 명이었고, 아이도 일곱이나 되었다. 내가 모두 은령의 가족들이냐고 묻자, 그는 고개를 끄덕이며 모두 은령의 자손들이라고 알려주었다. “어머니는 우리를 입양하셨어요.” “전부?” “네, 다 친자식이 아니에요. 결혼도 하지 않으셨어요." 나는 고개를 돌려 주방에서 식사를 준비하고 있는 사람들의 얼굴을 바라봤다. 그들은 내가 온 것을 봤지만 자주 만난 적 있는 이웃처럼 대수롭지 않게 인사한 뒤 하던 일을 계속했다. 거실에는 종이와 크레파스를 가지고 노는 아이들, 그 아이들이 손에 크레파스를 제대로 쥐도록 바로잡아주며 관심 있는 얼굴로 그림을 들여다보고 이따금 무엇을 그리는지 물어봐주는 어른들이 있었다. 나는 그들의 얼굴도 찬찬히 훑어봤다. 은령을 닮았을 리 없는 얼굴들에서 희미해진 은령의 흔적을 찾아보려 했다. 은령의 아들은 이제 그들이 모두 함께 살지는 않지만 오늘 나를 보기 위해 한자리에 모였다고 말했다. 은령의 오랜 친구에게 무엇이든, 얼마나 사소한 것이든, 그들이 알지 못하는 은령의 이야기를 듣고 싶어 한다고.

모두 함께 앉을 수 있는 식탁이 없었기 때문에 거실에 교자상 세 개를 놓아야 했다. 그 일은 은령의 세 아들이 했다. 접시를 상으로 나르는 건 아이들의 일이었다. 그 애들은 자신이 해야 할 역할을 정확히 알고 움직였다. 식사는 파와 당근을 넣어 육수를 깔끔하게 낸 불고기전골과 텃밭에서 기른 쌈 채소였다. 케일과 로메인, 치커리가 고루 섞여 있는 쌈 채소가 접시마다 수북이 쌓여 있었고 사과와 블루베리 같은 과일이 채소와 함께 놓였다. "우리는 이렇게 먹어요." 고등학생 정도 되어 보이는 은령의 큰손녀가 맞은편에 앉아 말했다. 누구나 자기 접시로 가져갈 수 있게 내놓은 삶은 달걀과 구운 호박도 있었다.

어린아이들이 계속 손을 뻗는 요구르트볼도 있었다. 그 애들은 익숙하게 그것에 시리얼과 꿀을 넣어 맛있게 먹었다. 그밖에도 상에는 된장으로 간을 한 오이고추와 싱거운 마늘장아찌, 치자로 색을 낸 매실장아찌, 어리굴젓 같은 반찬들이 놓였다. 모두 은령이 만들어둔 것이라고, 맛이 아주 좋다고 은령의 딸이 말했다. 큰손녀만큼이나 어려 보이는 그녀는 식사 내내 어린 아들이 턱에 흘린 음식을 손수건으로 닦아주었다. 3년 전 열일곱 살 미혼모였던 그녀를 은령이 우연히 공원에서 만나 입양했다는 이야기를 들었다. 그녀는 스스럼없이 죽은 은령을 엄마라고 부르며 그리운 표정을 지었다.

내 입맛엔 으깬 두부와 매운 고추로 만든 쌈장이 특히 맛있었다. 나는 식탐이 있는 편이 아니었는데도 밥을 두 공기나 비웠다. 컵에 담긴 물은 냉침한 보리차였다.

식사가 끝나자 은령의 자식들은 분주하게 상을 치우기 시작했고, 그동안 내가 아이들과 집을 구경하는 것이 좋겠다고 말했다. 이미 아이들은 내 손가락을 하나씩 붙잡고 나를 2층으로 데려가고 있었다. 그 애들은 장난감과 푹신한 쿠션이 가득한 다락방으로 요정들처럼 쏙쏙 들어갔다. 나는 거인이 된 기분으로 허리를 깊게 숙이고서야 그곳에 들어갈 수 있었다. 벽에 등을 기대고 앉아 조그만 아이들이 눈앞에서 오고 가는 모습을 구경했다. 그 애들은 별다른 이유도 없이 이쪽에서 저쪽으로, 다시 저쪽에서 이쪽으로 뛰어다녔다. 순간 내가 어디에 있는 것인지 떠올려봤지만 모든 것이 모호하게 느껴졌다. 어리둥절하면서도 이내 속을 든든하게 채운 뒤에 찾아오는 기분 좋은 노곤함이 밀려왔다. 꿈결처럼 반복되는 아이들의 의미 없는 움직임은 영원할 것처럼 보였고 바로 그 영원이라는 속성이 거기에 어떤 의미나 패턴을 숨겨놓은 것 같았다. 맞은편 벽에는 노란 전등 불빛에 흔들리는 아이들의 그림자가 나타났다가 사라졌다. 민첩한 유령들처럼. 빛이나 어둠처럼. 무엇을 보는가에 따라 전혀 다른 그림이 되는.

두 살 내지 세 살 정도 되는 어린애들은 자꾸 내 무릎 위로 올라왔다. 나는 얼떨결에 손을 뻗어 그 애들이 앞으로 고꾸라지지 않도록 꽉 붙들었다. 아이들의 등과 배에 붙은 말랑말랑한 살에 깜짝 놀라면서. 까딱까딱 흔들리는 아이들의 정수리에서는 따뜻한 우유나 달큰한 자두 냄새가 났다. 여섯 살쯤 되어 보이는 남자아이가 팔이 빠진 로봇을 가지고 와서 내가 그것을 고쳐주었다. “아빠가 사 주신 거예요.” “부럽구나.” “할아버지는 아빠가 없어요?” “없지.” “엄마는요?” “없단다.” 그러자 아이는 로봇을 내려놓고 나를 안아주었다.

은령은 나에게 약간의 수표와 편지를 남겼다. 법적 효력을 가진 건 아니었고 자식들에게 부탁해둔 것이었다. 수표는 2백만 원이었는데, 나는 내가 그 애매한 금액의 돈을 보자마자 엉뚱하게도 딸의 결혼식 때 입을 새 양복을 떠올렸다는 사실에 깜짝 놀랐다. 나는 딸이 사랑하는 남자를 몹시 미워하고 있었고, 그 애들은 나의 축복 같은 건 조금도 필요하지 않다는 듯 이미 저들만의 삶으로 나아가고 있었다.

앞을 보지 못하는 은령의 아들이 은령의 편지를 건넸다. 나는 그것을 거실에 선 채로 읽었다. 편지는 인사말도 없이 이렇게 시작했다.

어쩌면 신은 거인이 꾸는 꿈일지도 몰라. 거의 영원 동안 홀로 존재하던 거인이 눈을 감고 꿈을 꾸기 시작했을 때 비로소 세계가 나타난 거야.

나는 그 부분을 두 번 읽고서야 은령이 '어디에도 없는 신' 이야기를 하고 있다는 걸 깨달았다. 은령은 40여 년의 세월이 흐른 지금, 자신은 이미 사라지고 없는 이 세계에서, 우리가 미술실에서 나누었던 그 대화를 이어가겠다고 말하고 있는 것이었다.

내가 도착한 세계에는 어떤 의미가 있을까? 나는 탐구하고 이해했어. 인간과 인간. 인간의 마음. 생각과 감정. 하지만 끝까지 존재하는 이유를 알 수 없었던 감정은 보복과 혐오였어. 그건 아무런 이득도 없이 대상뿐 아니라 자신의 일부도 파괴하니까. 그럼에도 매번 인간을 사로잡고 인생 안에서 강력하게 작용하며 행로를 방해하고 파괴하고 뒤흔드는 힘은 불행과 죽음, 그리고 악이었어. 정말 놀랍지. 세계는 악의 중력으로 움직여. 빛을 휘게 하는 거대하고 무거운 암흑처럼. 그토록 많은 별이 빛을 내도 우주에는 어둠이 존재하고, 심지어 대부분이 어둠이라는 불가사의처럼. 나는 이제 선을 좇는다는 건 최상의 선을 향해 직선으로 도달하는 경주가 아니라, 그때그때의 최선들이 그리는 나선형의 궤적으로 춤추는 것임을 알고 있어. 평생 제자리를 뱅글뱅글 맴돌다가 끝나버릴 수도 있고 영영 엉뚱한 곳으로 가버릴 수도 있다는 것을, 그러므로 선은 영구불변한 형태로 소유할 수 있는 실체가 아니라 오직 순간 속에 존재하는 것임을, 다른 많은 사람처럼 보통의 삶을 통해 느리고 단단하게 배웠어. 하지만 이것은 모든 일이 지나가고 난 뒤에, 실은 다가오는 죽음을 감지하고 인생을 은하수처럼 길게 펼쳐본 뒤에 알게 된 것이고, 나는 내 삶의 모든 순간을 그저 살았어. 선을 잘 떠올리지도 못했어. 선택의 기로는 그것이 기로인 줄도 모르게 찾아오고 대체로 선이나 악으로 구분할 수 없는 모양을 하고 있었어. 세상에는 가해와 피해, 보복과 증오, 혐오와 폭력이 줄지어 배열되어 있을 뿐, 그 때문에 인간은 선에서 악으로 악에서 선으로 변해갈 뿐, 선과 악이 동시에 혼재되어 있을 뿐, 완전한 악도 온전한 선도 존재하지 않았어. 처음 죄는 사라지고 벌을 받는 사람들만 남아 세계의 모양과 역사를 짐작 가능하게 할 뿐이었어. 어디서부터 시작된 걸까? 이 질문은 어떤 경우에도 내게 답을 주지 않아. 나는 왜 이렇게 태어났을까? 인간적이지 않은 인간인 채로. 사람들이, 그리고 네가 두려워하는 모습으로. 유전적인 요인이나 가정환경이 '잘못된' 인간을 만들기도 하지만 내 경우엔 아니었어.

이야기를 하나 해볼까. 내가 나인 것에는 인과가 없고, 나는 그저 무작위로 발생한 돌연변이라는 이야기. 정말 우리 가족은 별다른 문제가 없었어. 여섯번째 아이가 태어나기 전까지, 그러니까 내 다섯번째 동생이 태어나기 전까지는 말이야. 그 애를 낳다가 어머니가 돌아가셨어. 불행하지만 우연한 사고로. 누군가의 죽음이 살아 있는 사람들을 변하게 한다는 건 그때의 나에게 여전히 이해할 수 없는 일이었어. 아버지는 그 애를 미워했지. 사랑하는 아내를 죽인 살인자라고 생각했어. 정말이야. 진짜로 미워했어. 아버지는 스스로도 그것이 합리적인 생각이 아니라는 것을 아는 눈치였지만 마음속에서 솟아오르는 미움을 진실이라고 받아들였어. 그것이 어쩔 수 없는 사람의 마음이라고 생각했지. 말하자면 그 미움의 다른 이름은 사랑이었던 거야.

어머니의 죽음은 새로 태어난 아이의 일부가 되어 계속 살았어. 동생은 탄생과 동시에 죽음의 영향 아래, 아버지의 이유 없는 증오와 그로 인해 서서히 무너져가는 가정의 음울한 분위기 속에서 의기소침하고 신중하고 차가운 아이로 자랐어. 결국엔 사랑을 모르는 사람이 됐지. 다름 아닌 사랑 때문에 말이야. 그 애는 겨우 여섯 살 때 친구를 밀어 인도와 차도를 구분하는 단단한 턱 모서리에 머리를 부딪치게 만들었고 뇌진탕에 빠뜨렸어. 집에서는 얌전하게 굴었지만 어린이집에 가면 돌연 기이한 행동을 하고 자기보다 약한 애들에게 난폭해진다는 걸 그때 알게 되었어. 아버지와 내가 다친 아이의 병실에 찾아갔지. 머리에 붕대를 감은 작은 아이가 먼눈으로 나와 아버지 사이 어디쯤을 바라봤어. 앞이 뿌옇게 보이는 현상이 왜 해결되지 않는지 정밀 검사를 받았고 결과를 기다리고 있다고 그 아이 부모가 말해줬어.

그때 놀라운 일이 벌어졌어. 아버지가 울기 시작했지. 어머니의 죽음 이후로 동생에 대한 미움을 제외하면 모두 메말라버린 것 같았던 감정이 뜨겁고 섬세하게 살아나고 있었어. 아버지의 눈물에는 가식이 없었어. 나는 사람의 표정에서 감정을 읽을 수 있었고 아버지의 두려움과 죄책감이 진심이라는 걸 알 수 있었어. 다친 아이와 아이 부모가 느끼고 있는 공포에 공감하며 그것을 끔찍하게 여겼지. 그리고 우리가 집으로 돌아왔을 때, 두번째 놀라운 일이 일어났어. 아버지는 동생을 안아주었어. 어째서일까? 죄책감이었을까? 두려움 때문이었을까? 돌연 아이는 죄가 없다는 깨달음이었을까? 그 애는 무슨 일이 일어나고 있는지 모르는 천연한 눈으로, 아버지의 흐느낌 때문에 작은 몸이 앞뒤로 흔들리는 채로 가만히 품에 안겨 있었어. 자신이 응당 받아야 했지만 잠시 잃어버렸던 사랑을 이제 돌려받게 되리라는 것과, 그럼에도 자신이 아버지가 죽는 순간까지 그를 사랑하는 법을 배우지 못하리라는 사실을 모르는 채로 말이야.

다행히 다친 아이의 시력은 정상으로 돌아왔어. 끔찍하고 무서운 일은 그림자처럼 우리 발밑까지 찾아왔다가 꿈속에서 들려오는 포성처럼 아득히 멀어졌어. 아버지는 그 아이가 다시 앞을 보게 되는 날까지 하루도 빠짐없이 병실을 찾아갔지. 아이와 부모에게 사과했지만 나는 아버지의 사과가 동생을 향한 것이라는 걸 알 수 있었어. 그것은 정말 이상한 일이었어. 슬픔과 증오가, 죄와 죄책감이, 사과와 용서가 엇나간 방향으로, 그러나 분명하게 연결되어 하나의 유기적인 성운처럼 움직이는 일 말이야. 나는 부모들이 아이들에 대해 이야기하고, 용서와 기적에 대해 이야기하는 병실 밖으로 나와 복도 끝에 마련된 휴게실에 앉아 그런 생각을 했어. 그리고 우연히 간호사들의 이야기를 들었지. 잠든 아이의 눈꺼풀 위로 길고 미세한 침을 찔러 넣어 실명시킨 엄마가 있다고, 그것으로 얼마간의 보험금을 탔지만 남은 한쪽 눈을 마저 실명시켰기 때문에 덜미가 잡혀 경찰들이 그녀를 체포했다고, 엄마와 아이를 분리시켰다고, 앞을 보지 못하는 그 아이가 지금 이 병원에 있다고.

어째서일까? 다시 앞을 보게 된 아이와 영원히 앞을 보지 못하게 된 아이를 함께 떠올린 것은. 두번째 아이와 내가 연결되어 있고 내게도 책임이 있다고 느낀 것은. 내가 그 아이를 돕겠다고 결심한 것은. 복잡하고 기나긴 절차를 감수하고도 그 애와 가족이 되어야겠다고 마음먹은 것은. 왜 사람의 마음속에서는 이런 일들이 일어날까? 어째서 사람의 선택은 선과 악의 분별이 아니라 그저 선택일까. 과거의 나는 지금의 이 삶과 이 가족들을 알지도, 꿈꾸지도 않았는데 내가 한 선택들은 어떻게 나를 이곳에 데려왔을까. 나는 이 많은 질문의 답을 모르는 채로 살았어.

나는 지난 세월 동안 무수한 윤리적 기로에 직면했고 늘 답을 찾았어. 흡족하지 못한 답을 선택할 때도 있었지만 계속해서 최선의 선택을 했어. 그리고 어느 날, 윤리적인 결정을 하는 순간마다 내 안에서 일어나는 신비로운 일을 깨달은 거야. 나는 무엇이 옳은 일인지 판단할 때마다 내가 간직하고 있는 풍경들을 떠올렸어. 아름다운 자연 광경이나 평범한 일상, 단순한 대화 같은 것들. 그런 것들을 떠올리는 것만으로도 어쩐지 답을 알 수 있었지만, 때로는 생각하기도 했어. 내가 앞으로 할 선택이 그 풍경을 훼손시키지는 않는지, 풍경 속 나에게 부끄러워지지는 않는지, 풍경 속 너를 영영 잃게 되는 결정은 아닌지 생각해본 거야. 너는 내가 실패할 거라고 말했지. 하지만 바로 그 말이, 그 순간이 내 안에서 가장 중요한 윤리가 되었어. 나는 너를 잊고 있는 순간에도 너를 떠올리면 알게 되는 '선'을 따라갔어. 그러니까 말하자면, 가장 윤리적인 순간마다 네가 있었던 거야. 그건 마치 신의 역할과도 같고, 거인이 꿈속에서 바라본 풍경과도 같다고 나는 생각하게 되었어. 그리고 어쩌면, 나에게 평생토록 가장 미스터리한 감정이었지만, 아마도 이것을 사랑이라고 불러도 좋을 거야.

편지를 다 읽은 뒤, 나는 문득 은령의 가족들이 주변을 빙 둘러싼 채 나를 빤히 올려다보고 있다는 것을 깨달았다. 창문으로 들어온 부드러운 석양이 그 얼굴들 위에서 물결이나 불꽃의 운명처럼, 영원이나 불멸의 의미처럼 너울거리고 있었다. 나는 잠시 그 비현실적인 풍경을 멍하니 바라봤다. 그러다 어느 순간 이미 나는 그들의 마음에서 빠져나갔다는 것을 깨달았다.

"할머니를 좋아했니?"

나는 손을 뻗어 아이들의 작고 동그란 머리를 쓰다듬었다.

"네!"

"할머니는 편안하게 떠나셨겠지?"

"그럼요."

은령의 큰손녀가 대답했다.

"우리 모두 곁에서 지켜봤어요."

"남기신 말씀은 없었고?"

"할머니는 잠시 숨을 쉬지 않으시다가 갑자기 여기, 여기에 환한 것이…… 하고 말씀하셨어요. 그러면서 천천히 눈을 감고 웃으셨는데 저는 할머니가 무슨 말씀을 더 하시려는 줄 알고 조금 더 기다리다가 잠시 후에 할머니, 하고 부르며 가볍게 몸을 흔들어봤어요. 하지만 그때는 이미 떠나신 뒤였죠."

앨리스 앨리스 하고 부르면

빛 속에서 불어온 부드러운 바람에 눈을 떴을 때, 무릎 위에 책 한 권이 놓여 있었다. 나는 펼쳐진 책의 한 페이지를 가벼운 깃털처럼 잡고 다음 장면을 기다리고 있었다. 잠시 머릿속이 혼란스러웠다. 내가 어디에 있는 거지? 귓가에 물소리가 맴돌았다. 처음에는 긴 동굴 끝에서 들려오는 희미한 소리였지만 이내 물살이 갈라지며 뒤섞이는 시원한 파도 소리가 사방에서 들려왔다. 나는 내가 위아래로 출렁이는 것을 느꼈다. 놀이 기구를 타고 추락하기 전에 몸이 한 번, 자유롭게 떠오르는 느낌과 비슷했다. 마침내 나는 배를 타고 여름휴가를 보낼 작은 섬으로 가는 중이었다는 걸 기억해냈다. 깜빡 잠이 들었던 것일까? 아니지, 너무 짧은 순간이었는걸. 나는 고개를 저었다. 아마도 잠깐 다른 생각에 빠졌던 것이 분명했다. 그러나 대체 무슨 생각을 했단 말인가?

여객선 앞쪽 갑판에는 유선형의 뱃머리를 따라 긴 나무 의자들이 마련되어 있었다. 나는 그 의자에 앉아 책을 읽으며 청록색 수평선과 거대한 뭉게구름이 만나는 지점에서 점 같은 섬이 모습을 드러내길, 그것이 점점 커지며 가까이 다가오길 기다리고 있었다. 옆 의자에는 덩치 큰 나이 든 남자가 한참 전부터 졸고 있었다. 그의 하얀 셔츠와 두툼한 피부는 여름 햇살 아래 녹아내리는 바닐라아이스크림 같았다. 갑판 위를 산책하는 어린 부부도 있었다. 그들은 아직 학교나 교실이 어울릴 만큼 어려 보였지만 편안한 분위기와 어쩐지 서로 유사한 표정과 몸짓 때문에 이미 부부라는 느낌을 주었다. 남자는 여자의 가는 허리를 끌어안으며 구멍 뚫린 선박 난간 쪽으로 점점 다가갔다. 난간에 완전히 붙어 서자 그들이 신은 스니커즈 끝이 아래에 거친 물살이 도사리는 허공으로 조금 삐져나왔다. 그런 것이 하나도 두렵지 않다는 듯 즐겁게 웃는 어린 부부를 보자 문득 부모님이 떠올랐다.

부모님의 결혼은 친우였던 두 집안의 조부들이 은근하게 내정해둔 결혼이었고, 평생 아버지와 어머니 둘 다 서로 이외에 다른 사람을 만나본 적이 없었지만 아버지는 어머니에게 프러포즈를 하는 순간 어린애처럼 울음을 터뜨렸다. 극도의 긴장감과 인생의 특별한 순간이 지나간다는 공포, 감격, 그리고 거절에 대한 일말의 불안이 그 눈물 속에 들어 있었다. 어머니는 아버지가 우는 내내 미소 지으며 그를 가만히 지켜보기만 했는데, 바로 그 순간에야 아버지는 평생 이 눈물 없는 여자가 곁에 있어준다면 무슨 일이든 헤쳐나갈 수 있다는 확신이 들었다. 내가 사랑을 알기 시작했을 무렵에, 부모님은 내게 이 이야기를 들려준 뒤 서로를 잠시 바라보며 행복하고 조금은 그리운 표정을 지었다. "얘야, 이보다 더 완벽할 수는 없단다."

그리고 얼마 후 어머니가 근무하던 회사 건물이 불탔다. 1차는 방화였고, 2차는 가스 폭발이었다. 끝내 건물이 완전히 무너져 내린 큰 사고였다. 아버지와 나는 뉴스로 먼저 소식을 전해 들었을 때도 어쩐지 어머니는 무사하리라는 막연한 확신을 품고 있었다. 다음 날 구조대원들이 잔해 속에서 어머니의 시신을 찾아냈는데, 이 모든 것이 잘 꾸며진 장난처럼 느껴졌다. 실제로 아버지는 그 후 오랜 세월을 더 사는 동안 어머니의 죽음이 여전히 끝나지 않은 장난이며, 언제고 아내가 다시 문을 열고 집 안으로 걸어 들어오리라 믿는 사람처럼 행동했다. 아버지가 죽는 순간까지 슬픔에 지지 않고 끝내 나를 키우고 내 가족으로 남아준 것은 그런 속임수 덕분이라고, 나는 늘 생각했다.

조금 다른 이야기지만, 내게는 어머니가 화를 내던 어느 날을 떠올리는 것이 위안이 되었다. 어머니는 내가 세 살 내지 네 살이었을 때 유아용 식사 의자에 앉혀두고 어지럽혀진 주방을 신경질적으로 오가며 소리쳤다. "너를 기르며 내 인생을 잃을 수는 없어. 네가 모든 걸 멈추도록 놔두지 않을 거야." 그건 아마도 어머니는 기억하지 못할 하루가 분명했고, 나 역시 어머니가 살아 있을 때는 전혀 특별하게 떠올리지 않았던 기억이었다. 나는 어머니가 그때 화를 낸 것이 아니라 공포에 질려 있었다는 것을, 결국 그 공포를 이기고 원하던 삶을 쟁취했다는 것을, 그럼에도 언제나 나를 명백하게 사랑했다는 것을 알고 있었다. 설사 그날의 어머니와 불이 난 회사에 있던 어머니 사이에 길고 복잡한 인과가 존재할지라도, 그게 결코 무언가의 대가나 벌이 아니라는 것을 알고 있었다. 그런 것을 안다는 사실 때문에 젊은 어머니가 날카롭고 불길하게 소리치던 모습은 도리어 강력한 사랑의 증거로 남았다.

어린 부부는 어느새 갑판에서 사라지고 없었다. 다시 생각해보니 나는 그들만큼 젊었던 부모님의 모습을 본 적이 없었다. 그들은 나를 찾아온 부모님의 유령이었을까? 정말 그렇다면 거의 백 년 전의 유령이겠구나, 하고 생각하며 나는 내가 이미 오래전에 늙어버렸다는 사실을 천천히 깨달았다.

"멀미 때문인가요?"

옆 의자에서 졸던 남자가 어느새 일어나 내게 물었다. 그는 내 무릎 위에 놓인 책과 내 얼굴을 바라봤다.

"아니요. 잠시 다른 생각을 했어요."

"힘들면 어려워 말고 말해요. 내게는 좋은 방법들이 아주 많아요."

"배를 자주 타시나 봐요."

"이 배의 요리사죠. 틀림없이 오늘 아침에 내 요리를 먹었을 텐데요."

"그럼요. 정말 맛있었어요."

"이제 나는 손님들이 먹을 한 끼 식사를 준비하고 나면 꼼짝도 할 수 없는 상태가 되어버려요. 나이를 먹은 게지요. 그런 상태가 되면 마지막 힘을 짜내 이 갑판으로 올라와 해바라기처럼 햇빛을 받으며 잠을 잡니다. 그런 게 정말 도움이 되지요."

"아직 건강해 보이세요."

그는 잠시 햇볕에 달궈진 붉은 얼굴로 나를 바라봤다.

"아무래도 우리가 아는 사이인 것 같은데요."

"우리가?"

나는 모르는 척했다.

"기차역에서 만나기로 했는데 만나지 못했어요. 기억 안 나요?"

"글쎄, 나는 이제 많은 것을 잊었어요."

요리사는 실망한 얼굴로 고개를 끄덕였다.

"섬에서 내리시겠죠? 그 전에 해주고 싶은 요리가 있어요."

나는 그를 따라 배의 하나뿐인 주방으로 들어갔다. 파도와 바람에 배가 기울어져도 떨어지지 않도록 끈으로 선반에 고정된 양념 통들과 색색의 과일조림병들이 보였다. 그는 칼끝으로 토마토와 양파, 양배추를 순식간에 자르고 달궈진 기름에 마늘을 튀겼다. 거친 호밀빵에 크림치즈와 딸기잼을 바르고 그것으로 먹음직스러운 샌드위치를 만들었다. 그가 먼저 맛있게 한입 베어 물었다. 내가 두 조각을 연달아 먹자 그는 기뻐했다.

"나는 오래전에 전 세계를 여행했어요. 늘 바뀌는 잠자리와 일자리에 질려버렸을 때 결국 정착한 곳이 물 위를 이리저리 떠다니는 배라니 우습지 않나요?"

"잘 어울려요. 다른 곳에서 다른 삶을 살고 있는 당신은 떠올리기 어려운걸요."

"하지만 이곳과는 전혀 다른 곳에서 살고 싶었던 적이 분명히 있었어요. 어떤 여자랑 함께라면 정말로 그럴 수 있었을 겁니다."

내가 아무 말이 없자 그는 계속 이야기했다.

"나는 어디서나 그랬듯이 이방인이었고, 그녀는 삶의 한 순간 미지의 이끌림을 따라온 여행객이었어요. 우리는 한 도시에서 만나 좋은 시간을 보냈지만, 같은 날 각자 다른 기차를 타고 그 도시를 떠날 예정이었죠. 내가 먼저 함께 가자고 말했어요. 나와 함께 떠나자고. 그 시간에 기차역으로 나와달라고. 하지만 그녀는 오지 않았죠. 다시는 만나지 못했어요."

그는 조금 쾌활하게 목소리를 바꿨다.

"재밌는 얘기를 해줄까요? 나는 약속했던 기차를 타지 않았어요. 다음 기차로, 또 그다음 기차로 표를 바꿨죠. 혹시 그녀가 집으로 돌아간 게 아니라면 늦게라도 마음을 바꾸고 올까 봐요. 그곳은 시골의 아주 조그만 기차역이었고 무언가 먹을 만한 곳이라곤 샌드위치 가게와 도넛 가게가 전부였어요. 나는 도넛을 좋아하지 않기 때문에 샌드위치 가게에서 샌드위치를 다섯 개나 사 먹었죠. 나쁘지 않은 맛이었습니다. 햄치즈샌드위치, 베이컨토마토샌드위치, 달걀샌드위치, 오이게살샌드위치, 감자샌드위치였습니다. 모두 기억하죠. 하지만 그때도 내 가방 안에는 그녀와 기차에서 나눠 먹기 위해 만든 샌드위치가 들어 있었어요. 바로 이 샌드위치죠."

요리사는 배가 선착장에 도착하자 나를 배웅하기 위해 배에서 부두로 내려가는 계단을 함께 내려가주었다. 그는 수십 년간 배에서 내린 기간을 모두 합쳐도 한 달이 되지 않는다고 고백했다. 움직이지 않는 육지에 서면 이제 멀미를 한다고. 나는 계단을 내려가며 이야기했다.

"나도 재밌는 이야기를 하나 해줄게요. 나는 그날 그 기차역에 갔어요. 당신이 기차를 보내고 또 보낼 때마다 샌드위치 가게에 들어가 샌드위치를 먹는 모습을 건너편 도넛 가게에서 지켜봤죠. 당신이 한 번이라도 도넛 가게로 들어왔다면, 나는 당신과 인생을 함께할 용기를 낼 수도 있었을 거예요. 나는 달콤한 도넛을 무척 좋아하니까요."

부두는 이제 막 여행을 시작하는 들뜬 얼굴의 사람들로 북적였다. 그 인파 속으로 조금 걸어가다가 뒤를 돌아보니 요리사는 내가 있는 곳으로 오려는 듯 비틀비틀 취한 사람처럼 땅

위를 걷다가 이내 물 근처로 달려가 먹은 샌드위치를 다 게워냈다.

섬으로 들어가는 길목에는 여행객들 사이를 돌아다니며 물건과 음식을 파는 바구니 장수들이 있었다. 실은 이야기나 점괘를 팔기 위해 접근하는 부랑자들이 더 많았다. 그들은 삶의 근심이라곤 모르는 여유로운 표정으로 여행객들에게 다가가 우아하게 말을 걸었다. 그리 정당한 거래는 아니었지만 내 앞에서 걷던 어린 두 딸을 둔 가족이 호기심 어린 표정으로 걸음을 멈췄다. 그들은 그것을 섬의 환영식쯤으로 여기며 기꺼이 키 작은 노파에게 동전 한 닢을 건넸다. 슬쩍 지나가며 들어보니 그 가족이 산 것은 이 세계의 비밀이었다.

조금 더 안쪽으로 들어가자 식당과 상점이 가득한 원형 광장이 나왔다. 가게와 가게 사이에는 다른 길로 이어진 좁은 골목의 입구들이 있었고 중앙에는 잔디가 깔린 넓은 공간이 있었다. 더위를 이기지 못하고 윗옷을 벗은 남자들과 비키니를 입은 채 수건 위에 누워 피부를 예쁘게 태우는 여자들이 보였다. 잔디가 없는 길에는 사람과 자전거, 화려한 색깔의 안장을 얹은 말들이 별다른 규칙 없이 자유롭게 지나다녔다. 섬은 생각보다 넓었고 많은 사람이 살고 있었다. 한쪽에는 뾰족하고 날카로운 바위 절벽이, 다른 한쪽에는 한적한 모래사장이 있는 작은 휴양 섬을 기대했던 나는 내심 놀랐다. 그러나 뜻밖의 요란한 풍경 속으로 금세 빠져들었다.

골목의 작은 옷 가게에서 시원하고 얇은 천으로 만든 짙은 초록색 원피스를 하나 사 입었다. 옷을 갈아입자 다른 세상에 온 것이 실감 났다. 하늘은 투명했고 거리의 모든 것은 햇빛을 받아 반짝반짝 빛났다. 사람들은 더위를 이기기 위해 걸으면서 손에 과일을 들고 먹었다. 문득 목이 말라져서 눈에 들어온 과일주스 가게로 들어갔다. 발음하기 어려운 이름의 처음 보는 과일이 있어서 직접 골랐다. 꼭지 쪽에 검은 반점이 점점이 생긴 보라색 타원형 과일이었는데, 점원에게 그것의 과즙을 짜낸 주스를 한 잔 부탁했다.

"맛있나요?"

주스를 만들어준 날씬한 여자가 물었다.

"아주 맛있네요."

"원래 이 섬에서 나던 과일은 아니에요. 언젠가 이방인들이 남겨두고 떠났죠. 그 사람들은 항상 무언가를 남겨두고 가니까요. 다신 돌아오지도 않으면서요."

여자는 매력적인 목소리로 계속 말했다.

"원산지에서는 떫고 쓰고 질긴 탓에 가축의 사료로도 쓰지 않았대요. 주로 색료를 만들 때 사용됐죠. 그런 과일이 이 섬의 석회질 토양과 바닷바람의 염분을 만나 이토록 달고 향기롭고 아름다운 빛깔의 과일로 다시 태어난 거예요."

"이런 맛은 처음 먹어봐요."

"맞아요. 그런데 이제는 아무도 이 과일의 고향을 모른답니다. 처음 누군가는 알았겠지만 그들은 모두 오래전에 죽은 사람이죠."

"한 잔 더 주실래요?"

"그럼요. 충분히 드세요. 과일이 아직 많이 남았어요."

거리에는 악사와 마술사, 그리고 화가가 넘쳐났다. 그들은 일단 시선을 끄는 데 성공하면 모여든 사람들을 설득해 어김없이 맥주를 마시러 갔다. 그들과 춤을 추고 내기를 했다. 오직 친구를 만들기 위해 섬에 머무는 사람들 같았다. 함께 수영을 하러 골목 속으로 사라졌다가 머리카락이 젖은 채로 돌아오기도 했다. 골목 곳곳에는 해수가 들어찬 천연 수영장이 공공연한 비밀처럼 숨어 있었다. 나도 그 투명한 물에 손을 담그고 휘저어보았는데, 살짝 맛을 보니 정말 짠물이었다. 바다와 떨어져 있는 단순히 움푹한 구조물에서 어떻게 바닷물이 마르지 않고 유지되는지 알 길이 없었다.

문득 섬의 공기에서 바다의 짠 냄새가 전혀 느껴지지 않는다는 사실을 깨달았다. 부두에서 물을 본 것을 제외하면 이곳이 바다 위에 뜬 섬이라는 사실을 믿기 어려웠다. 해변은 어디에 있는 거지? 섬은 안으로 깊이 들어갈수록 스스로 팽창하며 복잡해지는 금색 미로 같았다. 하지만 아는 길이 하나도 없으니 길을 잃을 걱정도 없지. 속으로 그렇게 생각할 때 누군가 나를 불렀다.

"할머니, 할머니."

"나를 불렀니?"

"네, 저희를 좀 도와주세요."

어린 남자아이들이었다. 그 애들은 한곳에 모여 내기를 하고 있었다. 이 섬에서는 어딜 가나 세 명 이상 모이면 내기를 벌였다.

"누가 가장 특별한 아이인지 골라주세요."

"그러자꾸나."

첫번째 아이는 완벽한 원을 그릴 수 있었다. 아이는 손끝을 모래가 얇게 덮인 바닥 위에 올려두고 눈을 감은 뒤 천천히 원을 그렸다. 한 점에서 시작한 곡선은 정확히 처음 점이 있던 곳으로 돌아와 하나의 원이 되었다. 어느 한쪽으로도 일그러지지 않은 완벽한 원이었다. "나는 중심점으로부터 같은 거리에 있는 모든 점을 그릴 수 있어요." 그러나 정작 원의 중심점을 찾지는 못했다.

두번째 아이는 몸에 이리저리 흘러 다니는 세 개의 점이 있었다. 아이 말로는 점들이 무작위하게 움직이며 자신은 잘 볼 수 없는 목덜미나 혀끝, 때로는 주먹을 쥔 손바닥 위에 나타난다고 했다. 세 점이 그리는 삼각형의 무게중심이 자신의 급소이며, 그곳을 들키면 곧장 죽어버리고 말 거라고 아이는 믿고 있었다. "점이 움직일 때마다 나는 운명이 바뀐다고요." 그러나 운이 없게도 마침 세 점이 모두 어딘가에 숨은 상태였으므로 아무도 그 아이의 운명을 볼 수 없었다.

세번째 아이는 쌍둥이 마을에서 태어났다. 어떠한 유전적인 요인으로 그 마을 주민의 대부분이 일란성쌍둥이였다. 엄마도 아빠도 친구들도 똑같은 얼굴의 쌍둥이 형제가 하나 더 있었다. 모든 임산부가 쌍둥이를 임신했기 때문에 유산율도 높았다. 태어나면서 하나가 죽으면 살아남은 아이에게 진흙으로 만든 아기 인형을 선물했다. 인형을 평생 돌보며 비어 있는 영혼의 반을 채우기 위해서였다. "하지만 나는 애초에 쌍둥이가 아니었어요. 모두가 단독자인 내 존재를 끝내 이해하지 못했죠."

나는 세번째 아이의 동그란 머리에 손을 얹었다.

걸어도 걸어도 길은 끝나지 않을 것처럼 이어졌다. 나는 숨이 턱까지 차올라서 보도 한구석에 비스듬하게 솟아 있는 돌비석에 등을 기댔다. 잠시 쉬면서 찬찬히 훑어보니 이정표나 알림판이라고 생각했던 비석은 생몰년이 적힌 묘비였다. 이 섬의 사람들은 가족이 죽으면 묘지가 아니라 생의 터전에 묘비를 세워두는 것 같았다. 부적이나 장승과 같은 역할을 하는 것이라고 나는 생각했다. 그렇게 이따금 보이는 특별한 돌들을 제외하면 모두 음식점이었다. 이 많은 가게에 들어찬 손님들은 다 어디에 머물며 그들에게 음식을 주고 돈을 받는 가게 주인들은 어디에 사는지 궁금했다. 사람이 사는 인가를 한 번도 보지 못했던 것이다.

그때 한 마부가 다가와 말에 태워주겠다고 말했다.

"바다로 가고 싶으시잖아요?"

나는 정말 바다로 가고 싶었지만 고개를 저었다.

"나는 말을 못 타요."

"말을 무서워하나요?"

"그래요. 말이 무서워요."

마부는 포기하지 않고 나를 설득했다.

"그럼 말은 제가 탈게요. 할머니는 그저 제 앞에 앉아서 왜 말이 무서운지 이야기를 들려주세요. 말을 탈 필요는 없어요. 단지 머릿속에 말을 떠올리고 이야기만 하면 되죠. 이야기가 끝나면 할머니는 멋진 바다에 도착해 있을 테고, 이미 말을 타고 바다에 간 사람이 되어 있을 거예요."

나는 결국 그 자신만만한 마부에게 돈을 주고 말을 무서워하게 된 이야기를 시작했다.

"미안하지만 바다까지 가면서 할 만한 긴 이야기는 없어요. 그저 오래전에 친구의 아홉 살 난 딸이 승마를 배우다가 말에서 떨어진 일이 있었어요. 말에게 머리를 밟혀서 죽을 뻔했죠."

"그리고요?"

"그리고?"

"그 일이 할머니한테 중요한 사건으로 남은 이유가 더 있을 것 같은데요."

마부가 예리하게 말했다. 나는 조금 망설이며 대답했다.

"실은, 내가 친구의 딸에게 페도라를 선물했어요. 그저 좋은 마음으로요. 밤색 울로 만든 작은 페도라였는데 살구색 벨벳 리본이 달려 있는 앙증맞은 모양이었죠. 작고 귀여운 아이가 그걸 쓰고 커다란 말 위에 앉아 있으면 아주 근사할 거라고 생각했던 것 같아요. 나중에 알았지만 승마 교육을 받을 때는 금속 재질의 안전모를 쓴다더군요. 그런데 나는 한 번도 말을 타보지 않은 채 막연히 말에 탄 사람의 모습을 떠올리며 안전모와 비슷한 모양의 페도라를 산 거예요. 아이도 그 모자를 마음에 들어했죠. 그리고 사고가 있던 날 자신의 연약한 두개골을 보호해줄 튼튼한 안전모 대신 내가 사 준 예쁜 모자를 쓴 거예요."

머리에 아무것도 쓰지 않은 마부가 능숙하게 다리 힘으로 말의 방향을 바꾸며 물었다.

"그래서 무슨 일이 일어났죠?"

"그래서…… 아이는 큰 수술을 받고도 깨어나지 못했어요. 의사는 회생을 장담하지 못했고, 친구는 페도라 같은 건 생각도 하지 못한 채 매일 내게 전화를 걸어 울었죠. 나는 그때 큰 충격에 빠졌어요. 이유 없이 몸에 열이 나고 잠을 자다가 팔다리가 마비되어 잠깐이지만 반신불수의 지경에 이르렀죠. 머릿속에는 한 가지 생각이 떠나질 않았어요. 나 때문에 아무 죄 없는 아이가 죽는구나. 죄 없는 아이가. 나 때문에. 물론 제정신이 아니었기 때문에 그런 생각에 빠졌겠지만, 나는 어쩐지 이 모든 게 내가 그동안 저지른 잘못에서 비롯된 사소한 인과들의 책임처럼 느껴졌어요. 그때 나는 아직 결혼 전이었고 유부남인 남자와 만나고 있었거든요. 그 남자는 내가 사랑해서도 안 되고 나를 사랑하지도 않는 최악의 남자였지만 나는 그에게서 결코 벗어날 수 없으리라는 절망감에 빠져 있었죠. 그만큼 그를 사랑하고 있었어요. 그 관계가 겉으론 멀쩡해 보였던 내 마음을 이미 좀먹고 있었을 거예요. 서서히 다가오던 죽음이 어떤 계기를 통해 모습을 드러낸 거죠. 나는 아이가 죽는다면 나도 죽게 되리라는 것을 알았어요. 아이가 무사히 깨어나길 기도했죠. 아이가 원래 나아가야 했을 빛나는 미래로 다시 돌아오기를요. 그렇게만 된다면 나는 그 남자를 말끔히 잊겠다고 마음속으로 다짐했어요. 죽어가는 아이와 남자는 아무런 관계가 없는데도 말이에요. 그리고 아흐레 만에 깨어난 아이가 잠을 자고 일어난 것처럼 아무렇지 않게 엄마를 부르며 배가 고프다고 말했다는 이야기를 들었을 때, 내 마음은 기쁨과 삶에 대한 경이로 가득 찼어요. 평생 그토록 충만한 순간은 없었죠. 이미 마음속 어디에도 그 남자는 남아 있지 않았어요."

"그다음에는요?"

마부가 물었다. 나는 깜짝 놀랐다.

"다음 이야기가 남았다는 걸 어떻게 알았죠?"

"어떤 이야기에도 끝은 없어요. 분명히 다른 곳으로 이어진 길이 있죠."

나는 계속 이야기했다.

"그 경험 후 나는 다시 시작하고 싶었어요. 내가 어떤 사람인지, 어떤 사람이 될 수 있는지 생각해봤죠. 일단 어디로든 떠나야겠다고 마음먹었어요. 살고 있던 집과 직장을 정리하고요. 한 번도 본 적 없는 길과 풍경을 여행했죠. 즐겁고 자유로웠지만 사실 못 견디게 외로웠어요. 많은 사람을 만났지만 아무도 내 곁에 남지 않았어요. 끊임없이, 끊임없이 떠나갔죠. 지친 마음으로 1년의 여행을 마치고 돌아왔을 때, 참 알 수 없는 일이지만, 특별하게 생각해본 적 없는 남자가 나를 좋아하고 있다는 것을 깨달았어요. 정확히는 내가 그것을 이미 오래전부터 알고 있었다는 사실을 깨달은 거죠. 그리고 이제 나도 그를 사랑할 수 있다는 걸요. 나는 남자에게 전화를 걸었고 그는 나를 만나러 왔어요. 그 남자가 바로 내 남편이죠. 내가 지금 유일하게 사랑하고 있는 남자예요. 나는 기묘한 미로를 헤맨 뒤에 결국 그를 만난 것이 놀라운 행운이라고 생각해요. 그가 아닐 수도 있었던 무수한 가능성을 떠올리면 두려워질 정도로요. 세상은 정말 알 수 없는 일투성이죠. 가장 이해하기 힘든 일은 누군가가 계속 죽고 누군가가 계속 태어나는 일이에요. 그것이 태초부터 반복되어온 섭리라는 것이요. 내가 결혼식을 준비할 때, 친구 남편이 자살했어요. 말에서 떨어졌던 아이의 아빠 말이에요. 나는 그것을 결혼식을 마치고도 몇 개월 뒤에 알게 되었죠. 결혼식에 참석하지 않았던 친구가 내게 늦은 결혼 선물을 주겠다고 해서 만났을 때 그 사실을 알게 되었어요. 친구의 남편은 딸이 사고를 당하던 날 바람을 피우고 있었대요. 딸이 깨어난 뒤에 그것을 아내에게 다 털어놓았죠. 친구는 남편을 한동안 용서하지 못했지만 결국 용서했어요. 미움을 숨긴 것이 아니라 진심으로 훌훌 털어버리고 용서했다고 친구는 말했어요. 하지만 결국 남편은 자살하고 만 거예요. 친구는 아마도 딸이 깨어나지 못하던 아흐레 동안 남편 안에서 일어난 어떤 변화가 그를 결국 죽게 만들었다고 생각했어요. 그것을 이해할 수 있겠느냐고 내게 물었죠. 나는 그것을 이해할 수 있다고 대답했어요. 그날 나는 친구와 헤어지기 전에 수업을 마친 친구의 딸을 데리러 갔어요. 아이는 아주 건강해 보였고, 내게 예의 바르게 인사했죠. 나를 잘 따랐었는데 2년 사이에 까맣게 잊었더라고요. 아이들은 금방 자라니까요. 정말 몰라보게 자란 아이는 이제 더 이상 말을 타지 않았지만 여전히 어딘가 높은 곳에서 떨어진 아이처럼 어리둥절해 보였어요. 눈과 코와 입과 얼굴의 모든 근육이 기계처럼 기능을 수행하고 있을 뿐, 아이의 내부는 아무것도 깃든 것 없이 깨끗했어요."

마부는 천천히 말을 세웠다.

"자, 바다에 도착했습니다."

해안이 내려다보이는 언덕에 작은 호텔이 있었다. 여행객들로 가득한 광장과 달리 전혀 엉뚱한 세상에 온 것처럼 호텔과 호텔 주변 바닷가에는 사람이 하나도 보이지 않았다. 호텔의 나이 든 지배인과 호텔 주변을 어슬렁거리는 게으른 고양이 몇 마리 말고는 아무도 없었다. 나는 체크인한 방에 들어와 창가에 놓인 작은 탁자 앞에 앉았다. 소박하게 준비된 잼이 든 비스킷과 따뜻한 차를 한 잔 마셨다. 그러면서 노란색 커튼 너머로 석양이 지는 해안을 내려다봤다. 호텔 방에서 보이는 바다는 온통 날카롭고 기괴한 바위들로 가득했다. 파도가 지나가면 바위 사이에 갇힌 물거품이 우유 얼룩처럼 보였다. 먼바다의 색깔은 붉었고, 더 먼 하늘은 분홍색이었다. 텅 빈 방들, 아무 쓸모 없이 남은 방들. 나는 무심히 속으로 생각하며 잠시 그곳에서 쉬었다.

저녁을 먹기 위해 로비로 내려왔을 때 역시나 보이는 사람은 나이 든 지배인뿐이었다.

"식당이 어딘가요?"

"이 호텔엔 식당이 없어요."

나는 당황해서 물었다.

"그럼 이 호텔에 묵는 사람들은 어디서 식사를 하죠?"

"해안을 따라 조금만 가면 식당이 나올 겁니다. 음식이 아주 맛있어요. 하지만 서둘러야겠네요. 곧 해가 완전히 질 테니까요."

나는 해안을 따라 걸으며 지배인의 말을 이해했다. 해가 저물어가자 아무 인공물도 없는 바닷가는 순식간에 암흑으로 변했다. 사람이 사는 집도, 사람도 없었다. 길을 찾는 유일한 방법은 해안을 따라가는 것뿐이었다. 오른쪽에는 바다가, 왼쪽에는 해변이 있었다. 그것을 잊지 않는다면 길을 잃지 않을 거라고 나는 생각했다. 파도가 해변 위에 만드는 해안선은 시시각각 변했지만 얕은 바닷물이 스스로 푸르스름한 빛을 내며 길을 밝혀주었다. 발에 밟히는 느낌이 거친 자갈에서 고운 모래로 변했다 싶었을 때, 어둠 속에서 홀로 노르스름한 불빛을 흘리는 해변 식당이 나타났다.

식당은 술이 준비된 원목 바와 열댓 개의 테이블이 놓인 너무 크지도 너무 작지도 않은 규모였지만 언뜻 보아도 빈자리를 찾을 수 없을 만큼 사람들이 잔뜩 들어차 있었다. 만석인 테이블은 물론이고, 손에 술잔을 든 사람들이 비어 있는 벽마다 편안하게 기대서 이야기를 나누고 있었다. 이 즐거운 사람들이 모두 저 깜깜한 암흑 속 어딘가에서 왔다는 사실이 믿기지 않았다.

"식사를 하실 건가요?"

점원이 다가와 물었다. 그녀는 입술이 일그러진 아름다운 여자였다. 나는 감탄을 숨기며 대답했다.

"그래요. 하지만 자리가 없겠지요?"

"문제없어요."

아름다운 점원은 나를 어두운 벽 쪽 자리로 데리고 갔다.

네 명이 앉을 수 있는 나무 탁자에서 한 신사가 이제 막 식사를 마치고 일어나고 있었다. 아름다운 점원은 그것을 이미 알고 있었던 것처럼 나를 그 자리로 안내했다. 내가 주문을 마치자 예쁘게 미소 지으며 주방으로 사라졌다.

"걱정 말아요. 여긴 정말 맛있어요."

맞은편에 앉은 나이 든 여자가 다정하게 말을 걸었다. 그녀의 접시는 반 정도 비어 있었고, 식사와 함께 혼자 와인 한 병을 마시고 있었다. 피부가 희고 턱이 조금 길었다. 귀에는 작은 진주 귀고리를 하고 있었는데 그것 이외에 다른 장신구가 전혀 없어서 계속 시선이 갔다. 몸에는 부드러운 살집이 붙어 있었고 옷과 구두는 그에 비해 헐렁했지만 고급스러워 보였다. 부유한 인상이었고 외로운 사람 특유의 분위기도 느껴졌다. 나는 그녀가 아무렇지 않게 다시 식사를 시작한 것을 이해할 수 없어 불안한 눈으로 지켜봤다. 모르는 척하는 걸까? 그녀는 익힌 채소를 칼로 조그맣게 잘라서 천천히 먹고 있었다. 나는 나와 똑같이 닮은 그녀의 얼굴을 유심히 들여다봤다. 조명이 어두웠지만 착각을 할 정도는 아니었다. 이게 무슨 일이지? 옆에 앉아 식사를 하고 있는 엄마와 어린 딸은 우리에게 아무런 관심도 두지 않았다. 입술이 일그러진 아름다운 점원이 내게 음식을 가져다주었을 때 나는 일부러 슬쩍 물어보았다.

"저분이 드시는 와인과 내 요리가 어울릴까요? 한 병 주문하고 싶은데요."

아름다운 점원은 내 얼굴을 바라보다가 시선을 돌려 맞은 편의 나이 든 여자를 바라봤다. 그녀의 와인병을 본 것이지만 그녀의 얼굴도 봤다. 점원은 다시 천천히 내게로 고개를 돌리고 말했다.

"기가 막히게 어울리겠지만 저 와인은 남은 게 없어요."

점원은 미안한 표정을 지었을 뿐 아무런 수상함도 느끼지 못한 것 같았다.

"내 와인을 나눠 마셔요."

나이 든 여자가 선뜻 말했다.

"새 잔을 하나 가져다주세요."

나이 든 여자가 점원에게 부탁했다. 점원은 바로 잔을 가지러 갔다.

"그래도 될까요?"

나는 시험하듯 그녀의 눈을 마주 보며 물었다. 나와 똑같은 눈동자를 한 여자가 나를 놀리는 것인지 확인해보았다.

"그럼요. 이 맛있는 술을 누군가와 나누고 싶었어요."

나는 식사를 하며 나이 든 여자와 이야기를 나눴다. 그녀가 나랑 나이가 같으며 키와 출생지도 같다는 것을 확인했다. 그런데도 여자는 정말 아무것도 눈치채지 못한 기색으로 그런 우연한 공통점들을 신기하게 여겼다. 그녀는 내게 와인을 더 따라주며 내 이야기를 들려달라고 말했다. 나는 내가 사랑했던 사람들에 대해 이야기했다. 그들과 가까워지고 또 멀어졌던 이야기를 들려줬다.

"남편과 나는 얼마간의 돈을 모아 도시 외곽에 넓은 집을 샀어요. 그곳에서 아이들을 낳고 기르고 함께 늙어가며 평생을 살자고 약속했죠. 남편은 나를 위해 집 뒤쪽 공터에 수영장을 만들어주고 싶어 했어요. 비어 있는 땅을 직접 파고, 평평하게 다듬고, 수도와 배관을 연결한 뒤, 물이 샐 틈 없이 꼼꼼하게 파란색 타일을 깔았어요. 그 모든 일을 직접 했죠. 한 번에 해낸 것은 아니었고 일을 마치고 돌아와서 조금씩 수영장 공사를 했어요. 폭이 4미터, 길이가 12미터, 수심은 1.7미터나 됐죠."

"굉장하네요."

"거의 반년이 걸렸어요."

"그래도 대단한 일이에요."

"맞아요. 그 깊고 아름다운 수영장이 완성되었을 때 우리는 너무 기뻐서 친구들을 초대해 파티를 벌였어요. 깨끗한 물을 받아놓은 수영장 한쪽에 음식과 술을 차려두고 그것들을 먹으며 수영을 했어요. 남편은 도통 수영장에서 나올 생각을 안 했죠. 그는 물속에서 숨을 쉬지 않고 수영장 끝에서 끝으로 헤엄을 치다가 수면 위로 갑자기 솟아오르기를 반복했어요. 사람들은 그가 물개 같다며 놀렸죠. 남편이 물을 튀기며 장난스럽게 물개 흉내를 냈어요. 물 위에 누워서 두 손을 가슴에 모으고 발장구를 쳤어요. 우스꽝스러운 표정을 지으며 물속으로 들어갔다가 위로 올라왔다가 물속으로 들어갔다가 다시 위로 올라왔어요. 우리는 그가 신이 나서 장난을 친다며 웃었죠. 남편은 평소에도 사람들을 웃기고 싶어 했어요. 우리는 그가 이번에도 그러는 줄 알았죠. 하지만 남편은 그때 물에 빠진 거였어요. 원인은 알 수 없지만 갑자기 몸의 근육들이 오그라들어 말을 듣지 않았던 거예요. 남편은 오랫동안 물을 먹고 숨을 쉬지 못하다가 병원으로 실려 갔어요. 다행히 목숨은 건졌지만 한순간 산소가 차단됐던 뇌의 일부가 망가져서 얼굴 한쪽이 일그러졌죠. 그가 평소에 사람들을 웃기기 위해 짓던 재밌는 표정 같았어요."

그때 식당의 한쪽 조명이 밝아지더니 입술이 일그러진 아름다운 여자가 노래를 시작했다. 알고 보니 그녀는 점원이 아니라 가수였다. 그녀의 노래에 맞춰 악사들이 연주를 했다. 나이 든 여자와 나는 잠시 노래를 들었다. 아름다운 가수의 일그러진 입술에서 처음 들어보는 노래가 흘러나왔다. 식당 안의 모두가 그녀가 노래하는 것을 지켜봤다. 내가 나이 든 여자에게 그녀가 정말 아름답지 않느냐고 물었고, 여자는 내 말에 동의했다. 가수의 노래가 끝나자 나는 이야기를 계속했다.

"남편과 나는 그 일이 있고도 그 집에서 36년을 아주 행복하게 보냈어요. 수영장도 36년간 우리 가족과 함께했죠. 남편은 때가 되면 수영장 물을 갈고, 바닥을 청소하고, 타일을 보수했어요. 내 딸과 내 아들이 거기서 수영을 배웠죠. 우리는 그 수영장을 끔찍하게 여기지 않고 더 사랑했어요. 수영장과 남편의 일그러진 얼굴은 사랑의 징표처럼 보였어요. 아주 깊고 불운한 구멍 속에 빠졌다가 다시 돌아온 증거 말이에요. 우리는 함께 늙어가다가 남편이 먼저 세상을 떠났어요. 어느 날 아침 일어나보니 내 옆에서 꿈을 꾸는 듯이 죽어 있더군요. 나는 남편이 떠난 것을 알고 조용히 슬픔에 잠겼다가 그의 얼굴이 36년 만에 제대로 돌아온 것을 발견했어요. 세월이 흘러 늙어버린 남편의 얼굴을 처음으로 제대로 본 거죠. 그가 죽은 뒤에요. 남편의 얼굴은 모든 것이 끝났다는 것을 알고 있는 편안한 노인의 얼굴이었어요."

나이 든 여자는 생각에 잠겼다. 잠시 후 그녀가 말했다.

"그 이야기는 내 인생과 전혀 무관한 이야기지만 어쩐지 관련이 있다는 생각이 드네요."

"어떤 점이요?"

내가 물었다.

"삶이 항상 죽음의 연습이라는 점에서요. 꿈이 삶의 연습이듯이요."

돌아갈 시간이 되어 나는 나이 든 여자와 인사를 나눴다.

"즐거웠어요."

내가 진심으로 말했다.

"그런데 우리 얼굴이 조금 닮은 것 같지 않나요?"

내가 결국 참지 못하고 조심스럽게 묻자, 나이 든 여자는 놀라는 표정으로 고개를 저었다.

"아니요. 나는 내내 당신과 저 아름다운 가수의 얼굴이 닮았다고 생각했는걸요."

식당 밖으로 나오자 문득 호텔로 돌아가는 어두운 길이 걱정되었다. 내가 길을 제대로 찾을 수 있을까? 하지만 그런 걱정이 무색할 만큼 한밤의 해변은 밝게 빛나고 있었다. 사람들은 해변에 불을 밝혀두고 무리를 지어 걸어 다녔다. 그것은 축제 행렬처럼 보이기도 했고 의식적인 의미가 있는 춤처럼 보이기도 했다. 나는 어느새 그 사람들 속에 섞여 있었다. 느린 물결처럼 그들과 함께 움직였다. 우리가 어디로 가는지 어디에서 왔는지 알 수 없었다. 어둠을 밝히는 횃불은 이 사람 손에서 저 사람 손으로 계속해서 옮겨졌다. 나에게 횃불이 돌아왔을 때, 나는 얼굴로 다가오는 뜨거운 화기에 겁을 먹었다. 하지만 끝까지 그것을 놓치지 않은 채 쥐고 있다가 다음 사람에게 넘겨주었다.

알고 보니 이것은 누군가의 결혼식이었다. 섬의 풍습대로 사람들은 어두운 바다와 밤하늘이 만나는 해변에서 결혼했다. 흰 꽃을 검은 물속으로 던지며 그들의 앞날을 축복했다. 그리고 이런 행렬은 하나가 아니었다. 길고 어두운 해변 가득 사람들의 행렬이 이어졌다. 누군가의 결혼식 옆으로 다른 누군가의 장례식 행렬이 지나갔다. 사람들은 서로를 비켜서 지나가기도 하고, 자리를 차지하며 밀어내기도 하고, 한데 뒤섞여 하나의 무리가 되기도 했다. 누군가에게 상처를 주지 않고 이 해변을 지나가는 일이 가능할까. 나는 아득한 생각에 잠겼다.

그때 사람들 틈에서 누군가 내 손을 잡았다.

"당신의 여행이 평안하시길."

나는 그녀가 섬의 초입에서 한 가족에게 점괘를 팔던 노파라는 것을 기억해냈다. 내가 주섬주섬 주머니에서 동전 한 닢을 꺼내자 그녀가 만족스러운 표정을 지으며 나무줄기 같은 손가락으로 동전을 가져갔다.

"이 세계의 비밀을 알려주리다."

노파는 나이를 짐작할 수 없는 주름진 얼굴을 내 귓가에 가까이 가져다 댄 뒤 속삭였다.

"누구나 언젠가 도착하게 되는 텅 빈 해변이 하나 있어."

노파는 노래하듯 계속 말했다.

"누군가는 해변에 앉아 잠시 머물다가 떠나고, 누군가는 해변을 산책하듯 천천히 지나가고, 누군가는 오랜 세월 해변을 헤매고, 누군가는 해변이 마음에 들어 집을 짓고 살고, 누군가는 자신이 해변을 헤매고 있었다는 사실을 잊어버리고, 누군가는 자신이 해변에 도착한 줄도 모르는 채 거기서 평생을 살고, 간혹 수평선의 석양을 사랑하게 된 사람들은 해변을 헤매기보다 해변의 일부가 되기를 원한단다."

노파는 다 끝났다는 듯이 두 손바닥을 모으고 내게 인사했다.

"당신은 시인인가요?"

내가 물었다.

"나는 동전을 받는 장사꾼이라오."

"또 무엇을 팔죠?"

키 작은 노파는 잠시 내 눈을 올려다보았다.

"꿈을 꾸고 있는 사람에겐 진실을 팔기도 하지."

"진실은 얼마죠?"

내가 동전을 내밀자 노파는 고개를 저었다. 그러고는 팔을 뻗어 나를 가만히 안아주었다. 나는 노파가 내 귓가에 속삭이는 소리를 똑똑히 들었다.

"우리는 모두 이상한 굴속에 빠져 있어."

노파는 나를 놓아주고 내 얼굴을 보며 슬프게 웃었다. 나도 이제 떠나야 한다는 것을 알면서도 서글픈 마음이 되었다.

나는 내가 감은 눈을 뜨고 쏟아지는 저 세계의 빛을 보면 이 꿈이 단숨에 끝나리라는 것을 알았다. 한낮의 오후 동안 잔디밭에서 책을 읽다가 어머니와 아버지의 무릎을 베고 잠든 일곱 살 소녀로 돌아가리라는 것을 알았다. 처음 몇 초간은 눈을 깜박이며 내가 이미 살았던 인생의 소중한 순간들을 되새겨보겠지만 이내 모든 걸 잊고 아직은 세상의 비밀과 진실을 모르는 아이가 되리라는 것을 알았다. 미래에 대한 호기심과 두려움을 안고, 그러나 알쏭달쏭한 기시감 속에서 살아가리라는 것을 알았다. 나는 이제 그 세계의 빛보다 먼저 희미하게 흘러들어오는 부모님의 목소리를 듣는다. 꿈을 꾸고 있는 어린 딸을 바라보며, 이 조그만 아이가 어떤 비밀을 간직한 여자로 성장할지, 성장한 후에 오늘 오후의 이상한 꿈과 재밌게 읽었던 책과 어린 시절 전부를 어떤 신비로운 모습으로 기억할지 궁금해하는 대화를 듣는다. 아이가 가진 특별한 운명이 어떤 불가해한 모습으로 다가와서 인생의 한 부분을 차지할지, 그 인생의 알 수 없는 미로 속에서 어떻게 아이가 놓치지 않고 사랑을 발견할지, 그것을 발견한 즐거움으로 얼마나 행복해질지 그려보는 어린 부모의 순수한 사랑을 느낀다. 그러나 나는 이 모든 걸 아직 모르는 채로 살아갈 준비를 하며 오래된 마법처럼 잠에서 깨어난다.

해변 미로

아라가 태어나고 아홉 달 뒤에 아성이 태어났어. 한기가 한풀 꺾인 푸근한 겨울 끝자락에 아라가 태어나고 다시 그해 겨울이 막 서늘하게 시작될 때 아성이 태어났는데도 아라가 언니이고 아성이 동생이라는 건 자매에게 늘 기묘한 일로 여겨졌어. 그렇게 정해진 생일에는 무언가 뒤바뀌거나 뒤틀린 비밀이 있는 것 같았지. 어머니는 아라를 출산한 후 바로 들어선 아성을 칠삭둥이로 조산한 뒤 이렇게 말했어. "아무래도 이 애들은 원래 쌍둥이였던 거 같아. 나는 알 수 있어."

그건 아라도 이미 배 속에 있을 때 분명하게 느꼈던 사실이야. 살갗과 점막을 둘러싼 부드러운 밀도의 양수와 미지근한 어둠 속 어딘가에 자신 이외의 무언가가 더 존재한다는 걸 한 번도 의심해보지 않았지. 그래서 홀로 세상에 나왔던 아홉 달 동안 아라는 동그랗고 검은 눈으로 이상하다는 듯이 주위를 둘러보며 때로 어머니 배를 향해 흔들흔들 작은 손을 뻗기도 했지만 부모는 그것이 앞으로 생겨날 어떤 사건이나 존재를 향한 지시라고 생각하지 못했어.

아라의 이름이 아라였기 때문에 부모는 아성의 이름을 아성이라고 지었지. 말이 트였을 때, 아성은 자기 이름을 발음하기 어려워서 자꾸 자기를 아라라고 했어. 아성이 작은 손바닥으로 가슴을 치며 "나는 아라야" 하고 말하면 아라는 가만히 생각해보다가 "내가 아란데?" 하고 말했어. 처음 1년은 아성의 몸이 훨씬 작았지만 세 살 무렵부터는 체격 차이가 나지 않았고 비슷한 수준의 어휘를 구사했기 때문에 처음 보는 사람들은 어김없이 그 애들이 쌍둥이일 거라고 생각했어.

하지만 아성의 타고난 기민함이 드러나는 데는 오래 걸리지 않았어. 아라와 아성은 손가락 마디만 한 납작한 형태의 플라스틱 블록을 조합해 뾰족한 첨탑이 솟은 성이나 미로 따위를 만들며 놀곤 했는데, 어느 날 아버지가 머리를 맞대고 놀이에 집중하고 있는 어린 딸들에게 다가갔을 때 이상한 점을 발견했어. 아라와 아성은 무언가를 만들기 전에 먼저 블록을 공평하게 나누고 있었지. 늘 그래왔던 것처럼 당연하다는 듯이 말이야. 아버지는 흐뭇하게 미소 지으며 아성이 정방형, 장방형 블록과 일자, 십자, 기역 자, 모음 '아' 자 모양의 블록들을 신중하게 살피고 분류하는 것을 지켜보았어. 그걸 나누고 나면 둘 다 말없이 블록에 열중했는데 아성이 빨랐어. 생각하는 과정 없이 조립을 위해 손을 움직이는 동작만이 필요한 것 같았지. 마치 완성될 모양과 그것이 만들어지는 순서를 이미 다 알고 있다는 듯이 말이야. 아성은 두 개의 돛이 달린 완벽한 대칭의 범선을 만들었어. 가지고 있는 블록을 하나도 남김없이 모두 사용했지. 아버지는 그것이 우연일까 싶어 계속 지켜봤지만 그렇지 않았어. 아성은 자기가 만들 구조물의 형태를 처음부터 다 구상한 후에 필요한 블록만을 가지고 나머지를 아라에게 줬어.

검사를 진행한 전문 기관은 아성의 공간지각능력과 인지추정사고력에 주목했어. 테스트 과정에서 함수와 확률을 이해할 수 있는지 확인하기 위해 개념을 알려주었을 때, 아성은 그것을 이해하는 것은 물론, 습득한 수학 형식을 토대로 미분과 적분의 원리를 형상화해냈어. 수식이나 기하학적 증명으로 풀이하지는 못했지만 자기만의 방식으로 이해하고 그것을 설명할 수 있었지. 그건 아성이 연속적이고 지속적으로 변하는 상황의 형태와 속도를 예측할 수 있다는 걸 의미했어. 기온 상승에 따라 북극의 빙하가 얼마나 녹을지, 태풍이 어디에서 시작되어 어떤 궤적으로 이동하며 소멸할지 사고할 수 있다는 말이야. 만약 아성이 무심히 날아가는 새의 움직임을 바라본다면, 그것은 곧 질서와 규칙성을 보는 일이자 패턴을 연산하는 일이고, 나란히 펼쳐놓은 과거와 미래를 동시에 상상하는 경험이라는 거야. 그때 아성의 나이는 겨우 다섯 살이었어.

부모는 놀라고 기뻤지만 동시에 두려움을 느꼈어. 아이의 인생이 평범함과는 거리가 먼 낯선 미래로 흘러갈까 봐, 그 과정이 기구하고 어쩌면 순탄하지 않을까 봐 겁을 먹은 거야. 또 우애 좋은 자매인 아라와 아성이 괴리감을 느끼며 자라도록 하는 건 끔찍한 일처럼 여겨졌어. 전문가들은 아성에게 적합한 교육을 제공해줄 수 있는 학교나 해외에 있는 유수한 시설을 권유했지만 부모는 고개를 저었어. "지금 이대로도 충분해요. 행복은 이미 우리 곁에 있는 걸요."

그 무렵 아라는 심한 폐렴을 앓고 천식이 생겼어. 늘 한 몸처럼 붙어 지내며 같은 음식을 먹고 같은 시간에 잠을 잤는데도 아라는 폐렴에 걸리고 아성은 폐렴에 걸리지 않았지. 부모는 아라가 사레들거나 혹은 부주의하게 깔깔 웃다가 호흡 곤란이 시작되면 달려와 흡입약을 뿌려주었어. 손으로 등을 쓸어주고 꼭 안아주었어. 혹여 잠을 자다가 숨이 멎지 않을까 노심초사하며 번갈아 방에 들어와 아라의 코와 입에 귀를 대보았지. 아라와 아성은 한 침대에서 잤기 때문에 이따금 아라가 쌕쌕 숨이 차오르면 아성이 깨어났어. 어둠 속에서 더듬더듬 베개 아래 깔린 흡입약을 찾아 아라 입에 뿌려주었어.

반면 가벼운 몽유병이 있는 아성이 깊은 밤 불 꺼진 방 안을 돌아다니면 아라가 번뜩 눈을 떴어. 아성의 손을 잡고 침대로 데려와 다시 잠들도록 이불을 덮어줬지. 아성은 이따금 여닫이 장롱 문을 열고 그 안을 들여다보며 중얼중얼 무슨 말을 하기도 했는데, 아라가 다가가 안을 살펴보면 차곡차곡 개켜진 여분의 이불과 잡동사니를 담아놓은 바구니들뿐이었어. 다음 날 아침에 그때 무슨 말을 한 거냐고 물으면 아성은 기억나지 않는다고 했어.

아라와 아성이 자란 아파트에서는 잘 다듬어진 수로에 흐르는 깨끗한 바닷물을 어디서든 볼 수 있었어. 아이들이 그네나 시소, 정글짐을 타고 놀 수 있는 놀이터나 단지 안에 자리한 볼링장, 소프트볼 코트, 부채꼴 모양의 벽돌 계단으로 둘러싸인 오페라 무대 바로 앞까지 얼룩처럼 얕게 깔린 바닷물이 들어왔어. 육각 정자가 있는 작은 인공 호수도 실은 바다에서 끌어온 해수로 채워진 것이었지. 해안으로 이어지는 큰 수로를 따라 목조 산책로가 설치되어 있었고, 그보다 조금 더 높게 조성된 자전거나 보드를 탈 수 있는 붉은 우레탄 길이 있었어. 봄이면 연하고 부드러운 벚꽃이, 고인 것처럼 잔잔한 해수 위로 떨어졌지. 그 길을 30분 정도 걸으면 완만한 포물선 모양으로 펼쳐진 해수욕장이 나왔어.

여름이면 백사장에 커다란 수건을 깔고 네 가족이 물놀이를 했어. 아라와 아성이 열 살이 되던 해 이른 여름에 셋째를 임신하고 있던 만삭의 어머니는 물에 들어가지 않고 해변에서 일광욕을 하며 시간을 보냈어. 물장구를 치다가 팔과 다리에 고운 모래를 묻히고 돌아오는 아라와 아성의 짭짤한 입속에 먹기 좋게 잘라놓은 수박과 복숭아를 넣어주었어. 반쯤 얼린 시원한 사과주스에 빨대를 꽂아 아이들에게 건네주고는 아버지와 연한 라임 탄산수를 한 잔 마셨지.

그날 아라의 흡입약을 챙기기로 했지만 깜빡한 건 어머니였어. 언제 갑자기 발작이 올지 몰랐기 때문에 늘 여분의 약을 가지고 다니던 아버지도 마침 물놀이에 적당한 골프 셔츠와 반바지로 갈아입으면서 그것을 재킷 안주머니에 그대로 넣어두고 왔어. "차를 가지고 올걸." 아버지는 자책하며 서둘러 집으로 갔어. 그동안 어머니는 두 딸들이 물에 들어가지 못하도록 했어. 무거운 몸으로 혼자 두 아이의 동선을 살피긴 힘들었으니까. 아라는 순하게 고개를 끄덕이며 말을 들었지만 아성은 금세 지루해했어. 어머니는 칭얼거리는 아성을 달래다가 결국 물에 들어갔다 와도 좋다고 허락했어. 대신 눈에 보이는 가까운 해변에서만 놀아야 한다고 주의를 주었지. 아성은 아버지에게 수영을 배워서 헤엄을 잘 쳤어. 직관적으로 반응하는 운동감각과 건강한 몸을 가지고 있었지. 반면 아라에게 오래 숨을 참으며 이따금 물을 삼키기도 해야 하는 수영은 무리였어.

신이 난 아성이 반짝이며 부서지는 하얀 파도 거품을 향해 달려가는 모습을 어머니는 잠시 지켜보았어. 그리고 시선을 옮겨 얌전히 주스를 먹고 있는 아라를 보았지. 순간 저 주스가 목에 걸려 사레들리면 어쩌나 불안한 마음이 들었어. 아라가 마른기침을 시작하다가 호흡이 가빠지고 마침내 하얗게 얼굴이 질려가는데 약을 가지러 간 남편이 돌아오지 않을까 덜컥 겁이 난 거야. 아이 손에서 주스를 자연스럽게 빼앗을까도 생각했지만 그러지 않았어. 그저 그 달콤하고 위험한 연분홍색 액체가 아라의 목으로 넘어가는 것을 유심히 지켜보았지. 다행히 아라는 아버지가 돌아올 때까지 한 번도 호흡 발작을 하지 않았어. 그제야 마음을 놓은 어머니에게 아버지가 물었지. "아성이는 어딨어?"

아라는 어머니 곁에 붙어 서서 몇몇 남자가 큰 소리를 지르며 해변을 오가고 아버지가 수차례 물속을 드나드는 모습을 지켜보았어. 어머니는 아라 어깨 위에 무겁게 손을 얹고 파도가 지나간 자리의 짙은 모래와 미동 없이 고요한 먼 수평선을 초조한 눈길로 바라보고 있었지. 그런 시간이 오래도록 계속됐어. 구름 사이로 석양이 번지기 시작할 때, 마침내 작은 보트가 아성을 싣고 왔어. 배 안에서도 이미 응급조치를 해본 뒤였지만 구조대원들이 달려들어 부드러운 모래 위에 아성의 작은 몸을 눕히고 부서뜨릴 것처럼 가슴을 눌렀어. 아버지의 우는 소리가 들려오자 어머니는 결국 참지 못하고 아라를 혼자 내버려둔 채 달려갔지.

아라는 사람들의 팔과 다리 사이로 모래 위에 널브러진 아성의 얼굴을 볼 수 있었어. 하얗고 투명한 뺨 위에 젖은 머리카락 몇 가닥이 달라붙어 있었어. 눈은 편안하게 감고 있었고 입술은 방심한 채 벌어져 아무 의미도 읽을 수 없었어. 온몸이 축축이 젖어 있었는데도 피부에 스며 있는 물기가 조금도 느껴지지 않았지. 단순한 얼굴이라고, 아라는 생각했어. 다르게 생겼다고 생각했는데 표정이 빠져나간 아성의 얼굴은 자신의 얼굴과 비슷하게 보였어. 생각이나 의지를 가진 영혼의 존재를 그때의 아라는 이해하지 못했지만, 죽음은 저렇게 특성 있는 것들이 다 사라지고 단순해진 순간이라고 생각했어.

충격이 컸기 때문에 유산할지도 모른다는 우려가 조심스럽게 돌았지만, 어머니는 아성의 장례를 치른 뒤 얼마 지나지 않아 무사히 나를 낳았어. 유난히 뜨겁고 가물어서 음산한 열기가 감돌던 그해 여름에 말이야. 아라와 아성이 태어난 지 아홉 해가 되던 해였어. 아라의 이름이 아라고 아성의 이름이 아성이었기 때문에 내 이름은 아해가 되었어. 나는 아라 이외에 아성이라는 이름의 언니가 한 명 더 존재했다는 것을 모른 채로 자랐지만, 훗날 그것을 알려줄 때 어머니는 이런 이야기를 들려줘.

"너희는 사실 세쌍둥이란다. 아라를 낳기 전에 세 마리 분홍돌고래가 물과 빛 속에서 나를 감싸고 도는 꿈을 꿨어. 그 후로 일절 태몽을 꾸지 않았지. 어쩌면 처음부터 돌고래는 한 마리뿐이었을지도 몰라. 내가 본 건 그저 물결에 비친 잔상이나, 그것의 유령이었을 거야."

*

아성에게는 아홉 달 먼저 태어난 언니가 있었지만 그녀가 열 살이 되던 해 여름에 부모와 함께 교통사고로 죽었다. 온 가족이 가까운 해변으로 물놀이를 다녀오던 길이었고 앞좌석에는 아버지와 어머니가, 뒷좌석에는 아성과 그녀의 언니가 나란히 앉아 있었는데 아성만이 살아남았다. 그것이 아성에게는 일생을 관통하는 수수께끼로 남았다. 당시 어머니 배 속에는 출산일을 앞둔 동생이 있었지만 아성은 그 동생을 만난 적이 없다.

신앙심이 깊고 성정이 따뜻한 이나 이모가 선뜻 아성을 맡아주었다. 처음에 아성은 이상하리만치 별다른 징후를 보이지 않았고 이나 이모가 식사나 잠자리에 대해, 혹은 지금 기분에 대해 "정말 괜찮니?" 하고 물으면 "네, 그럼요" 하고 대답했다. 일가족을 한꺼번에 잃은 충격이 당장은 아니더라도 마음 깊숙한 곳에 잠복해 있다가 중요한 성장기에, 혹은 인생 전반에 걸쳐 수면 위로 드러날지도 모른다고 다른 친척들은 염려했다.

오랫동안 아이를 원했던 이모부가 아성을 자상하게 대해주었다. 배급사에서 영화를 수입하는 그는 종종 아성을 데리고 영화관에 갔는데, 거기서 어린아이들이 보기에 적합한 교육적인 내용의 영화나 아름답고 환상적인 세계로 모험을 떠나는 애니메이션을 보여주었다. 이나 이모가 함께 갈 때도 있었지만 대체로 그런 시간은 이모부가 그녀를 위해 마련해준 작업 시간이었다. 이나 이모는 몇몇 출판사에서 주기적으로 일을 받아

인문서와 에세이를 번역했다.

아성이 열두 살이던 어느 날, 영화관에서 영화를 보다가 고개를 돌려 옆에 앉은 이모부의 얼굴을 보았는데 그는 눈을 감고 있었다. 잠이 든 걸까 잠시 생각했지만 곧 아니라는 것을 깨달았다. 입술과 눈꺼풀이 미세하게 떨리고 있었다. 이모부는 갑자기 자리에서 일어나 영화관 밖으로 나가버렸고 영화가 다 끝나고 불이 켜질 때까지 돌아오지 않았다. 아성은 어쩐지 움직이면 안 될 것 같아서 자리에 그대로 앉아 이모부를 기다렸다. 청소를 하기 위해 들어온 직원들이 아성에게 다가와 이름을 물을 때에서야 이모부는 다시 나타났다.

그날 집으로 돌아왔을 때, 이모부는 아무런 일도 없었던 것처럼 행동했다. 실제로 무슨 일이 있었던 건 아니지만 그날 밤 이모부의 행동들은 아성에게 기묘한 기억으로 남았다. 이모부는 평소와 똑같이 베란다 화분들의 방향을 바꿔주고 화분대에 고인 노란 흙물을 수챗구멍에 흘려보냈다. 또 통통하게 자란 알로에 끝을 가위로 조금 잘라 요구르트에 넣어 먹은 뒤, 이를 닦고 구운 소금으로 한 번 헹궈냈다. 잠들기 전에는 침실에서 이모와 이야기를 나누다가 작게 웃음을 터뜨리기도 했다. 모든 것이 조금도 이상할 게 없었다. 그러나 며칠 뒤 이모부는 갑자기 실종됐다.

특별히 없어진 물건이나 유서 형식으로 남긴 서신은 없었고, 집과 회사 사이 동선을 따라가며 흔적을 확인해봐도 특이

점을 발견할 수 없었다. 원한을 살 만한 관계나 도피 충동을 일으킬 만한 행적도 없었다. 사건을 조사하던 경찰들은 실종이 이모부의 자의인지 타의인지조차 확신하지 못했다. 그들이 알아낸 사실이라곤 그날 회사에서 일을 마치고 집으로 돌아오던 이모부가 평소에 타던 버스 대신에 다른 버스를 탔다는 것뿐이었다. 그 모습이 정류장 CCTV에 남아 있었다. 이모부가 탄 버스는 원래 타야 했던 버스와 비슷하기는 했지만 전혀 다른 버스였다.

그때 이나 이모의 인생은 크게 방향을 틀었다. 불면 증세를 보이던 이모는 사흘이고 나흘이고 잠을 자지 않고 책을 번역하기 시작했는데 그러면서 와인을 몇 잔씩 마셔댔다. 점차 그것이 이모 안에 존재하는 줄도 몰랐던 얇은 경계를 무너뜨렸다. 이모는 서서히 자신이 이런 책들, 축적된 지식에서 도출한 어떤 원리나 누군가가 경험하고 체득한 생각에 아무런 흥미가 없으며 아주 오래전부터 자신의 일에 넌덜머리가 났다는 것을 깨달았다. 또 자신이 사실은 신의 존재를 확신하지 못하며 타인의 사정에 진실로 공감한 적이 없고 남편을 사랑한 적도 없으며 그가 부재하는 지금, 이전에는 느껴보지 못한 이상한 생기에 휩싸여 있다는 것을 알게 되었다. 이모는 고급스러운 옷을 걸치고 자주 외출하며 늘 술에 취해 들어왔는데 인사불성이 된 날에는 온 집 안에 불을 켜두고 발가벗은 채 소파에 드러누워 잤다. 때로 아무런 말 없이 며칠이나 집을 비우기도 했는데 그러다 결국 낯선 남자들을 집으로 끌어들이기 시작했다. 이모와 남자들이 집에서 무언가 요기를 하면 아성도 같이 먹었다. 그들이 떠나면 남은 음식을 먹었다. 가끔 남자들이 동정과 호기심을 담아 아성에게 지폐를 건네는 것을 알면서도 이모는 거들떠보지 않았다. 그녀는 아성의 존재를 완전히 잊은 것처럼 굴었다. 그러나 아성은 끊임없이 이모가 자신을 탓하고 있다는 느낌을 받았는데 실제로 자기가 이모부에 대해 무언가 이모에게 말해주지 않은 것이 있다고 느꼈다. 그것이 무엇인지 알 수 없었지만 아성이 느끼는 죄책감에는 분명한 실체가 있었다.

아성이 그런 죄책감에 대해 처음으로 털어놓은 사람은 국영이었다. 그는 함께 고등학교 연극 동아리에 가입했던 남자애로 얼굴이 창백하고 어딘지 몽환적인 눈을 가졌으며 가벼운 천식을 앓고 있었다. 아성은 그를 보며 어릴 때 죽은 언니가 흡입약을 들이마시던 기억을 떠올렸다. 그런 이야기를 하자 국영은 자신에게도 앞서 들어섰던 형제가 있었다고 말하며 그의 부모가 형편을 따져본 끝에 결국 낙태했다는 이야기를 들려주었다. 그의 부모는 아이를 지운 후 그 사실을 거의 잊었지만 서서히 그 결정이 그들에게 존재하던 어떤 것, 공유된 감각이나 잠재적인 가능성에 가까운 무형의 실체를 영구적으로 훼손했다는 것을 깨달았다. 그리고 이듬해 국영을 낳았다. 국영은 서로를 남보다 못하게 여기면서도 자식에게만은 맹목적인 부모의 애정에는 수상쩍은 구석이 있으며 어쩌면 자기가 누군가의 삶을 대신 살고 있고 부모는 그가 그것을 분명하게 자각하길 바라고 있다고 느꼈다. 그를 사랑하지만 한편으로는 그들의 진짜 아이가 있어야 할 자리에 들어앉은 침략자처럼 여기며 증오하고 있다고 생각했다. "선후 관계에서 생겨난 최종적인 결론이 동시에 그것을 야기한 이유이며 모든 일의 기원이 되는 거야. 뫼비우스의 띠처럼. 언젠가 어디선가 이미 시작되었고 끝은 사라진." 국영은 손끝으로 아성의 눈앞에 어지러운 무늬를 그리며 네가 이모에게 느끼는 감정도 그런 모양이지 않을까? 하고 물었고 아성은 정말 그런 것 같다고 대답했다.

성인이 되자 아성은 즉시 대학 인근의 방을 구해 국영과 같이 살기 시작했다. 부모가 남긴 얼마간의 재산과 보험금을 이나 이모가 맡아두고 있었는데 원금에 비하면 터무니없이 적은 돈이 남아 있었지만 이모도 아성도 묵은 거래를 청산하듯 서둘러 그 일을 일단락 지었다. 아성은 아주 좋지도 나쁘지도 않은 적당한 성적을 유지하고 있었고 국영이 지원한 학교와 캠퍼스가 가까운 대학교 문헌정보학과에 입학할 수 있었다. 물론 책이나 글에는 아무런 관심이 없었고 대학에도 흥미가 없었지만 적극적으로 다른 결심을 하고 행보를 결정하기에는 하고 싶은 일이 없었다. 반면 국영은 희곡을 쓰기 위해 몇 년 동안 목표했던 대학에 들어갔다. 그는 학교 도서관에 틀어박혀 책장으로 둘러싸인 넓은 책상에 앉아 있길 좋아했고 집에 돌아와서도 침대에 엎드려 무언가 공책에 끄적거렸다. 아성은 그토록 정신적으로 성숙하고 똑똑한 사람은 처음 본다고 생각했는데 국영의 생각은 달랐다. "정말 놀라운 사람은 너지. 너는 네가 어떤 사람인지 모르고 있어." 그러면 아성은 웃으며 "나는 정말 아무것도 하고 싶지 않아. 아무도 되지 않을 거야" 하고 말했다.

아성은 국영과 같은 침대에서 잤지만 관계를 하진 않았다. 아성이 왜 그런 짓을 해야 하는지 모르겠고 마음이 내키지도 않는다고 했기 때문인데 국영은 그래도 몇 번 더 시도해보다가 아성의 의견을 존중하며 깨끗이 단념했다. 그러면서 그들은 점차 키스도 하지 않게 되었는데 사이는 여전히 아주 좋았다. 아성에게 불만이 있다면 단지 그가 자기만의 사색에 빠지는 순간이었고 그런 순간이면 차가운 물속에 버려진 기분이 들었다. 당시 아성은 살이 조금 빠지고 어딘지 가련한 분위기를 풍겨서 곧잘 남자들이 다가와 말을 걸었다. 아성은 그 남자들에게서 이나 이모가 만나던 남자들을 떠올렸고 그런 수작을 모르는 척 내버려두었다. 이따금 그들과 술을 먹다가 국영에게 들키기도 했다. 온순한 성격의 국영이 그렇게 화를 내는 모습을 처음 보았다. 아성은 지지 않고 끝까지 오리발을 내밀었는데 그렇게 버티면 이내 국영이 그녀를 안으며 사과했다. 아성이 떠나버릴까 봐 두려워서 그녀를 믿는 척 화해했다. 아성은 티 내지 않았지만 그런 국영의 태도에 항상 깊이 감동받았다.

겨울에는 국영 몰래 유명한 정치인의 경호원인 형준과 온천 여행을 갔다. 그는 아성이 늦은 밤 강가에서 국영과 전화로 다투고 있을 때 근처 계단에서 친구들과 맥주를 마시다가 아성을 보았다. 그의 시선을 알아챈 아성은 왈칵 울음을 터뜨리며 전화를 끊었고 곧 그가 다가왔다. 그 후로 형준은 종종 아성을 재즈 바에 데리고 다니며 그가 경호하고 있는 정치인의 지저분한 소문을 떠들어댔다. 그의 말에 따르면 그 정치인은 나름대로의 신념을 가지고 삶을 꾸려나가는 사람들을 짓밟고 그렇게 굴복시킨 사람들을 이용해서 또 다른 사람을 공격하는 방식으로, 그러니까 손 안 대고 코 푸는 식으로 정치적 승리를 이뤄왔다. 형준은 그런 인간에게 혐오를 느낀다고 고백하며 비밀스럽게 자신이 그 정치인의 정보를 팔고 있고 그것으로 꽤 많은 돈이 생겼다고 알려주었다. 하지만 아성은 그런 이야기가 지루하게 들릴 뿐이어서 그가 무슨 이야기를 떠들던 신경 쓰지 않고 국영이 자신을 얼마나 외롭게 혼자 내버려두는지, 그럼에도 국영을 얼마나 사랑하는지에 대해서만 이야기했다.

형준은 함께 여행을 가기로 결심해준 감사의 표시로 아성에게 우드 향이 나는 값비싼 코롱을 선물했다. 온천을 하고 차가운 하이볼을 마시며 목덜미에 뿌려둔 코롱 향을 맡자 분위기가 무르익었다. 형준은 끈질기게 아성의 옷을 하나씩 벗기다가 결국 침대로 가는 데 성공했는데 마지막 순간에 가서는 아성도 이번에는 그냥 해버려야겠다고 생각했다. 섹스는 꽤 길었지만 아성은 그것이 무슨 느낌인지 도무지 알 수 없었고 시간이 흐를수록 오히려 감흥이 식어버려서 마침내 일을 마치고 형준이 아성 위에서 내려오자 둘은 아주 어색해졌다. 그런 분위기를 무마하기 위해 형준은 이런저런 이야기를 떠들기 시작했다. 그는 몇 년 전까지 다이빙 선수였다고 털어놓았다. 어린 나이부터 훈련을 받았고 꽤 유망했지만 한순간 그만두었다고. 아성이 왜냐고 묻자 그는 꿈 때문이라고 했다.

"어느 날 꿈속에서 눈을 떴는데 나는 머리부터 아래로 추락하는 중이었어. 떨어지는 속도는 빨랐지만 얼굴에 스치는 공기는 눅눅하고 부드러웠지. 나는 저 아래에 호수처럼 잔잔한 바다가 있고 그중에서도 밤하늘의 어두운 파란색 빛으로 물든 블루 홀 속으로 내가 떨어지고 있다는 걸 깨달았어."

"블루 홀?"

"해저에 있는 깊은 싱크홀이야. 나는 늘 훈련하던 대로 재빨리 입수 자세를 잡았어. 처음 수면에 닿는 느낌은 진득한 젤리 속으로 몸을 담그는 기분이었지만 이내 엄청난 급류에 휩쓸렸어. 팔다리를 휘저을수록 점점 더 밑으로 빨려 들어갔지. 구멍 안이 너무 넓어서 나는 점차 어디가 위이고 아래인지조차 구분할 수 없게 되었어. 단지 내가 어디론가 계속 흘러가고 있다는 것만 자각할 수 있는 거대한 우주 같았어. 꿈에서 깼을 때 나는 내가 그 바다이며 밤이며 동시에 우주인 어두운 구멍 속을 아주 오랜 시간, 어쩌면 하나의 기나긴 생애 동안 헤맨 것 같은 기분이 들었어. 그 후로 수도 없이 노력해봤지만 다시는 물에 들어갈 수 없게 되었지."

아성은 온천에서 돌아와 국영과도 몇 번 잠자리를 했지만 이내 시들해져서 관두고 이전처럼 지냈다. 국영은 함께 극을 준비하는 대학 친구들과 늦은 밤까지 회의를 하느라 정신이 없었고 가끔 세미나실에서 밤을 새기도 했다. 아성은 이나 이모에게 받은 돈을 거의 다 썼기 때문에 생활비를 벌기 위해 학교 도서관에서 하루 네 시간씩 일하기 시작했다. 그날도 도서관으로 출근하고 있었는데 형준에게서 전화가 걸려왔다. 그가 거의 한 달 동안 연락하지 않아서 아성은 이제 끝난 사이라고 생각하고 있던 참이었다. 아성이 전화를 받자 형준이 아니라 구급대원이 그의 사고 소식을 알려줬다. 5층 건물 옥상에서 떨어져 아래 주차되어 있던 자동차 앞 유리창을 얼굴이 뚫고 들어갔다고 했다. 어떻게 된 사고인지 아직 알 순 없으나 수술에 들어가야 할 것 같다고. 그의 가족이냐고 묻는 구급대원에게 아성은 그건 아니지만 지금 곧 병원으로 가겠다고 말했다.

병원 로비에 도착한 아성은 무작정 수술실의 위치를 물어 찾아갔다. 직사각형 모양의 투명한 창이 있는 은색 자동문을 통과하자 또 하나의 커다란 문이 나왔는데 작은 초록색 등이 켜진 안쪽 문은 열리지 않았다. 그 공간은 아무것도 없이 텅 비어 있었고 주변에 앉을 만한 의자도 없었다. 아성은 꽤 오랜 시간 그 자리에 가만히 서 있었는데 얼마 후 나타난 나이 든 청소부 여자가 여기 있으면 안 된다고 주의를 주었다. 저쪽 모퉁이 뒤로 돌아가서 다른 환자들의 가족들과 함께 기다리라고 했다.

그녀가 알려준 곳은 외과 대기실이었고 플라스틱 의자에 사람들이 앉아 있었다. 아성은 길쭉한 검은색 전광판에 노란 글씨로 떠 있는 여러 사람의 이름을 올려다보았다. 이름들 옆에는 각각 수술 대기, 수술 중, 수술 종료라고 상태가 표시되어 있었다. 형준은 수술 중이었다. 국영에게 전화가 걸려와서 아성은 이곳으로 와달라고 부탁했다. 국영은 아무것도 묻지 않고 그러겠다고 대답했다.

회복실로 옮긴 형준을 보러 갔을 때, 그의 얼굴은 터진 상처와 멍투성이였고 끔찍하게 부풀어 올라서 형체를 알아볼 수조차 없었다. 아성은 속으로 형준이 다시는 예전 얼굴로 돌아갈 수 없을 거라고 생각했다. 국영은 아성보다 조금 뒤에 서서 일면식도 없는 형준을 아무런 호기심이나 적의 없는 눈빛으로 바라봤다. 아성은 형준이 의식이 있는 것 같아서 옆으로 다가가 말을 걸어보았다. "누가 너를 밀었어? 위험한 상황에 처한 거야?" 하지만 형준은 끝내 아무 대답도 하지 않았다. 꿈을 꾸는 사람처럼 몽롱하게 눈꺼풀을 깜빡이며 아성과 국영을 바라볼 뿐이었다.

병실에서 나와 국영에게 몸을 기댄 채 하�고 긴 병원 복도를 걷던 아성은 문득 멈춰 섰다. 고개를 돌려 그들이 아무 흔적도 남기지 않고 지나온 바닥을 죽 바라보다가 다시 앞쪽에 남아 있는 길을 바라봤다. 그때 아성은 아주 기묘한 이질감을 느꼈는데 지금 자기가 어디에 있는지 도무지 알 수 없어졌다. 세계에는 무언가 이상한 일들이 벌어지고 있고 그 징후가 도처에 있었지만 다 놓쳐버리고 말았다는 생각이 들었다. 순간 아성은 눈에 보이지 않으나 어렴풋이 느껴지는 패턴과도 같은 기시감을, 거대한 시공간의 작위적인 무늬를 느꼈다. 그건 갑작스럽게 아성의 감정을 복받치게 만들었고 곧장 주체할 수 없는 울음이 터져 나왔다. 아성은 두 손으로 얼굴을 감싸고 그대로 소리 없이 오래도록 눈물을 흘렸다. 언젠가 그 순간에 대해 아성이 나에게 이야기해줄 때, 아성은 텅 빈 복도에서 희미하게 깜빡이던 불빛과 고요한 공기를 기억한다고 말했다. 그녀의 세계가 잠시 멈추고, 오직 가까이서 국영이 들이쉬고 내쉬는 따뜻한 숨결만이 느껴졌다고. 내가 그때를 떠올리면 슬픈 기분이 드느냐고 묻자 아성은 웃으며 고개를 저었다.

"앞으로 수많은 일을 겪게 될 어린 내가 거기에 한순간 멈춰 서 있었다는 걸 알고 있을 뿐이야."

*

아라는 스물아홉 살 5월에 비엔나로 갔어. 무덥고 습한 타이베이를 경유한 뒤에 다시 열세 시간 동안 비엔나로 날아가는 야간 비행기를 탔지. 다음 날 오후에 열리는 이론물리학 세미나에 참석할 예정이었고 내킨다면 며칠 더 호텔에 머물며 도시와 미술관을 구경할 계획이었어. 기내식으로 감자뇨키와 시금

치가 들어간 담백한 오믈렛을 절반 정도 먹고 사과 한 조각을 먹었어. 식사 후 승무원이 필요한 음료를 물었을 때 아라는 레드와인을 달라고 했지만 착오가 있었는지 화이트와인을 받았어. 맛을 보니 쓰고 미지근해서 더 먹지 않고 밀쳐놓았지. 그때 그가 한 손을 들어 다시 승무원을 부르고 레드와인을 한 잔 달라고 한 거야. 붙어 있는 세 좌석 중 그는 통로 쪽에, 아라는 창가에 앉아 있었고 둘 사이는 빈자리였어. 그가 건네는 작은 물방울 모양의 와인 잔을 받으며 아라는 조그맣게 고맙다고 말했는데 그걸로 끝이었어. 비행기 내부는 곧 취침 모드로 바뀌었고 희미한 어둠이 내려왔어.

마침내 그가 아라에게 말을 건넨 건 비행기가 비엔나에 착륙하고 짐과 캐리어를 손에 든 승객들이 좁은 통로로 밀려 나와 출구를 향해 조금씩 걸어갈 때였어. 아라는 이어폰으로 음악을 듣고 있었는데 그가 뒤에서 살짝 어깨를 두드리며 지금 듣고 있는 것이 무엇이냐고 물었어. 아라는 한쪽 이어폰을 빼고 돌아보며 소리가 들렸느냐고 물었고 그는 자기가 유심히 들으려고 노력했기 때문에 들린 정도였다고 말하며 웃었어. 그러면서 둘은 인파에 떠밀려 계속 앞으로 나아갔어. 비행기와 공항 건물을 연결하는, 벽과 천장이 투명한 보딩브리지까지 걸어갔을 때에야 그가 아라를 알아봤어. "맞지? 아라, 아성 중에 아라." 그제야 아라도 기원을 기억해냈어. 그 애는 아성이 죽었던 해에 자매와 같은 반이었어. 사고 직후 아라의 가족이 다른 도시로 이사를 갔기 때문에 그 후로 처음 보는 것이었어. 아라는 거의 20년간 자신을 아라, 아성 중에 아라라고 부르는 사람을 한 명도 만난 적이 없다는 걸 깨달았어. 둘은 잠시 걸음을 멈추고 미묘하게 변한 서로의 얼굴을 들여다봤는데 허공에 떠 있는 것처럼 하얗고 투명한 아침 햇살이 모든 방향에서 쏟아져 들어왔어.

아라와 기원은 케른트너 거리로 가서 간단히 아침을 먹었어. 작게 조각낸 따뜻한 팬케이크와 자두콩포트를 먹었고 달걀프라이와 짭짤한 치즈도 조금 먹었어. 그러면서 아라는 기원이 범국가적인 규모의 환경운동 단체에서 활동하고 있고 오래전부터 기후와 식량, 멸종과 생태, 오염과 전쟁 같은 문제에 골몰해왔다는 것을 알게 되었어. 당분간 비엔나에 사는 독일인 환경운동가 부부가 아파트를 비워서 휴가를 보낼 겸 그곳에서 지내기로 했다고 기원은 말했어. 그러면서 그는 아라에게 세미나가 끝나면 자기가 머무는 아파트로 와서 함께 저녁을 먹지 않겠느냐고 제안했어. 요리를 할 만한 재료와 와인을 사두겠다고. 아라는 손목시계를 잠시 들여다보다가 5시 이전에는 끝날 것 같다고 말했어. 기원은 아라를 호텔까지 데려다주면서 기념품 가게에서 클림트의 〈키스〉가 그려진 카드를 하나 샀는데 그것을 아라한테 내밀며 연락할 수 있는 번호를 적어달라고 했어.

물론 그와 함께 있을 때도 분명한 호감을 느꼈지만 혼자 남겨지자 아라는 미칠 지경이 되었어. 세미나 내내 머릿속은 온통 그의 아파트로 갈 생각뿐이었어. 아라는 스스로를 오랜 시간을 들여 경계하며 마음을 키우는 사람이라고 생각했지만 아니었어. 어릴 적에 그와 같은 교실에 있을 때 어째서 아무런 느낌을 감지하지 못했는지, 어째서 지난밤 열세 시간의 긴 비행을 함께하며 그렇게 가까이 있었는데도 시간을 허비했는지 의문스러웠어. 그를 만나서 그의 눈을 들여다보며 이런 감정의 정체를 파악하고 싶었어. 이미 확신했지만 그래도 확인하고 싶었어.

독일인 부부의 아파트는 좁고 오래된 나무 엘리베이터가 있었어. 그것을 타고 3층으로 올라가서 기원이 알려준 문 앞에 서자 어떻게 알았는지 아라가 벨을 누르기도 전에 기원이 문을 열어줬어. 그는 베이지색 셔츠로 갈아입었고 머리에서 부드러운 비누 향이 났어. 아라를 집 안으로 이끌며 파란색 카펫이 깔린 거실로 데리고 갔어. 편한 소파에 앉아 그가 식탁을 마저 차릴 동안 기다려달라고 했어. 둘은 테라스에서 들어오는 따뜻한 빛과 서로의 얼굴을 번갈아 바라보며 미트누들과 신선한 새우가 든 바게트샌드위치를 나눠 먹고 붉은 훈제햄에 와인을 마셨어.

기원은 아라가 다녀온 세미나에서 다룬 내용이 무엇인지, 아라가 어떤 연구를 하고 있는지 궁금해했어. 아라는 자신의 물리학 박사 논문이 작년에 통과된 일과 몇 가지 프로젝트에 참여하고 있는 상황을 이야기했어. 인류가 오랫동안 탐구해온 인간과 행성 단위의 거시 세계에서 당연하게 통용되던 물리법칙들이 원자 단위의 미시 세계로 진입했을 때 얼마나 터무니없이 무너졌는지, 어떤 대상을 정확히 관찰하는 일, 그러니까 그것이 어디에 위치하고 있으며 어떤 상태로 존재하고 있는지 정의할 수 있다는 믿음이 양자의 성질 앞에서 얼마나 오만한 착각이 돼버렸는지 설명했어. 자신은 이처럼 패배로부터 시작된 현대물리학을 연구하는 패잔병이라고 농담을 했어. 기원은 미소 지으며 아라에게서 한순간도 눈을 떼지 않았어.

계속해서 아라는 실제로 구현에 성공한 양자 컴퓨터가 앞으로 어떤 일들을 가능하게 만들지, 그것이 얼마나 빠르게 상용화될지에 대한 학회의 현실적인 전망을 이야기했어. 기존의 디지털 컴퓨터가 거리와 속도의 룰 안에서 정보를 물질처럼 운송하는 방식이었다면, 양자 컴퓨터의 메커니즘은 말 그대로 본체를 정보화해서 다른 곳에 재구성하는 것이라고, 이곳과 저곳에 동시에 존재하는 동기화 형태로 이루어지며 물론 시간 차는 생기지 않는다고, 그건 물리학자들이 세상에서 가장 빠르다고 믿어온 빛과의 속도 싸움이 이제 무용한 일이 되었다는 의미라고 이야기했어.

"그럼 나도 언젠가 다른 우주로 갈 수 있는 거야?"

"이론상으로 그럴 수 있지만, 너의 구성 요소를 양자화하면 1조의 수경 배로 나누어질 거고 지금의 컴퓨터로 처리한다면 수억 년이 걸릴 거야."

"엄청나네."

"만약 성공한다면, 그건 물리학자들이 사람의 마음과 영혼에 대해 모두 파악했다는 것이고 앞으로 그 모든 것을 분해하고 조립할 수 있다는 말이야."

기원은 잠시 식탁 위에 턱을 괴고 아라를 바라봤어.

"언제부터 물리학에 빠진 거야?"

언제부터였을까, 아라는 생각해보았어. 중학교 무렵부터 수학과 과학에 두각을 보였고 과학고에서는 좋은 성적을, 대학에서는 특출한 관점을 인정받았어. 늘 교수와 학생들의 감탄 어린 시선을 받았지만 그때마다 아라는 불편한 마음을 느꼈어. 어쩔 수 없이 오래전 아성이 보여주었던 천재성을 떠올렸고 그러면 자신이 이뤄낸 작은 성과들 앞에서 자조하게 되었어. 열 살의 모습으로 박제된 아성이 가지고 있는 눈부신 가능성보다 빛나는 것을 자기 안에서 찾아낼 수는 없을 것 같았어. 어쩌면 자신은 아성이 살아야 하는 삶을 대신 살아가고 있다는 생각을 했어. 하지만 그런 생각을 기원에게 말하진 않았어. 대신 그가 하고 있는 일에 대해 물었어.

"내가 하는 일은 주변의 상황에서 뭔가 잘못되고 있다는 것을 깨닫고 용기를 내는 것에서부터 시작해."

기원은 지구온난화를 막고 종 다양성을 지키고 유독 물질 배출을 규제하고 동식물이 함께 생존할 수 있는 환경을 만들기 위해 발 벗고 나선 사람들에 대해 이야기했어. 그들이 하는 일은 환경을 위협하는 기업과 정부 대표에게 편지를 쓰고, 플라스틱으로 지나치게 포장된 물건을 사지 않고, 연료 효율성이 좋은 차를 타고, 재활용하고, 아껴 쓰는 생활에서부터 시작한다고 말하며 자기도 그런 삶에 동참하고 있다고 이야기했어. 그러면서 그가 다국적 회사들로부터 살해 위협을 받은 경험이나 환경오염 현장에서 얻은 질병으로 죽음 직전까지 갔던 이야기를 들려줬어. 그와 함께 활동하던 운동가들이 국가의 이익에 위배된다 하여 감옥에 간 이야기도 들려줬어. 아라는 걱정스러운 마음에 손을 뻗어 그의 손등 위에 포갰어. 그리고 곧 그들이 처음으로 손을 잡았다는 걸 깨달았어. 무섭지 않아? 하고 묻자 기원은 우리가 사는 곳을 더 나은 곳으로, 사람답게 살 수 있는 환경으로 만들고 싶고 그런 일을 할 수 있다는 게 기쁘다고 대답했어.

기원은 식탁을 정리하고 따뜻한 차를 끓여서 아라를 테라스로 데리고 갔어. 노을 속에서 다채로운 색깔로 변하는 아름다운 건물들과 멋진 옷을 입고 거리를 걷는 외국인들을 구경하며 지난여름부터 겨울까지 북극에 머물렀던 이야기를 들려줬어. 눈이 녹아 드러난 텅 빈 땅과 유실된 빙하 위에서 살아가는 야생동물들을 관찰하고 그들의 생태가 얼마나 위협받고 있는지 다큐멘터리를 제작하는 사람들과 인터뷰를 했다고 했어. 그는 90일의 여름 동안 새끼를 키우는 북극여우를 지켜봤어. 북극여우의 털은 여름에는 바위와 식물 색깔과 비슷한 회갈색이다가 겨울이 오면 눈처럼 새하얗고 풍성한 털로 바뀐다고 했어. 그런 위장술로 설치류와 새, 그리고 물고기를 잡아먹는다고 알려줬어. 그러면서 북극여우의 털을 모피로 만들기 위해 북극여우를 사육하는 사람들에 대해 이야기해줬어. 그들이 북극여우를 좁은 우리에 가두고 비만이 될 때까지 먹인 후에 가죽을 벗기는 이야기를 들려줬어. 모피 코트 한 벌에 30마리의 북극여우 털이 필요하고 그런 식으로 모피 때문에 죽는 동물의 수는 1년에 1억 마리가 넘는다고 했어. 동물이 가지고 있는 가죽, 뼈, 뿔, 기름, 고기 등을 얻기 위해, 혹은 단순히 사냥하는 재미를 위해 동물을 죽이는 사람들 이야기를 하며 기원은 차가운 표정을 지었어.

또 기원은 직접적이진 않지만 명백하게 위해를 가하는 살육의 형태에 대해서도 분노했어. 지구온난화로 빙하가 사라져 먹이를 구할 수 없는 북극곰을 지켜봤다고 했어. 겨울이 오기 전까지 북극곰의 신체 기능은 죽은 거나 다름없는데 지치고 굶주린 채 바다가 다시 얼기만을 기다리지만 그러지 않아 얼어 있는 바다를 찾아 헤엄쳐 간다고 했어. 운이 좋으면 빙하 위에서 쉬고 있는 물범을 만난다고, 그것을 사냥해서 허겁지겁 먹는 북극곰을 보았다고 말했어.

"지금까지 관찰된 가장 오래 헤엄친 북극곰의 기록은 9일이야. 무려 9일 동안 멈추지 않고 헤엄을 친 건데 거리로는

687킬로미터를 이동했고 시간으로 계산하면 232시간에 달해."

"대단한 수영 선수네."

"그런데도 수많은 북극곰이 물에 빠져 죽어. 쉴 수 있는 작은 얼음 조각을 찾지 못하고 바다 아래로 가라앉지. 굶어 죽지 않기 위해 익사하는 거야."

기원은 어깨를 덮고 있는 아라의 머리카락 끝을 살짝 어루만졌어.

"살기 위해 헤엄치고 털로 몸을 감싸지만 바로 그런 이유 때문에 죽는 거야."

아라는 기원 쪽으로 비스듬히 머리를 기울이며 물었어.

"너는 어떻게 이런 일들에 대해 생각하게 되었어?"

기원은 잠시 웃었어. 그리고 아주 오래전에 그가 죽기로 마음먹었던 날의 이야기를 들려줬어.

"나는 그때 해변에 누워서 조금 떨어진 곳에 누군가가 지펴놓은 모닥불을 바라보며 그 불이 꺼지면 죽겠다고 생각하고 있었어. 미련이나 두려움은 전혀 없었고 아주 맑은 정신으로 그 결정을 인지하고 있었지. 해가 지고 모래와 바다를 구분할 수 없을 만큼 어두워졌을 때 모닥불 근처로 몇몇 사람이 몰려왔어. 손바닥을 불 쪽으로 내밀며 온기를 쬐고 왁자지껄하게 웃음을 터뜨렸어. 그 사람들 중 누군가가 오카리나를 불기 시작했는데 연습을 하는 것인지 서툰 솜씨로 한 곡만 계속 불어댔어. 끝나면 곧장 다시 시작하고 끝나면 또다시 시작했어. 나는 돌아버릴 지경이었지. 무한히 반복되는 멜로디가 귓가에 파고들며 무늬를 그리는 것 같았어. 그 사람들이 어서 가버리기를 기다렸지. 그런데 그들은 가지 않았어. 불 근처에 앉거나 천천히 주변을 걸으면서 계속 거기 있었어. 내게 말을 걸지도 않고, 심지어 내가 거기 있다는 것을 눈치채지도 못한 것처럼 자기들끼리 웅얼웅얼 무슨 이야기를 나누면서 무언가를 나눠 먹으면서 거기에 계속 머물렀어. 그러다 나는 잠이 들어버린 거야. 깨어났을 땐 칠흑 같은 어둠 속이었어. 몸을 일으키고 주변을 둘러봤어. 모닥불은 이미 꺼져 있었고 그 사람들도 해변을 떠난 후였지. 그리고 나는 내 마음속에 타오르던 죽음에 대한 갈망이 사라졌다는 걸 깨달았어. 갑자기 죽음이 터무니없고 믿을 수 없는 일처럼 느껴졌어. 나는 그 자리에 오래도록 앉아 사람들이 그저 머물며 존재하며 나에게 작용한 신비로운 일에 대해 생각했어. 해변에는 빛도 온기도 다 사라진 후였지만 귓가에 맴도는 멜로디는 여전히 남아 있었어."

이제 비엔나에는 완전한 밤이 찾아왔고 사람들이 머무는 곳에서 흘러나오는 따뜻한 빛이 기원과 아라의 얼굴을 환하게 물들이고 있었어. 기원은 아라의 허리에 팔을 감아 자기 쪽으로 끌어당기며 키스했어. 짧게 입을 맞추려는 건 줄 알았는데 아라가 멈추려고 하자 그러지 못하도록 다가서며 테라스의 단단한 돌기둥에 등이 닿을 때까지 몰아넣었어. 아라는 기원이 조금도 겁내지 않는다는 걸 알고 놀랐어. 조심스럽게 다가올 거라고 예상했지만 기원은 그럴 생각이 없었어. 둘은 방의 불을 끄고 테라스 문을 열어둔 채로, 불빛과 바람에 얇은 커튼이 흔들리도록 놔둔 채로, 지금까지는 그들의 인생과 무관했고 앞으로 다시는 그렇게 될 수 없을 그 낯선 도시의 소음을 들으며 사랑을 했어.

독일인 부부의 침대에서 잠들었던 기원과 아라는 새벽녘에 잠시 깼어. 아라가 먼저 일어났고 거의 동시에 기원이 눈을 떴어. 기원은 눈이 마주치자마자 그날의 모든 일이 정말 일어난 일인지 확인하듯 아라의 머리를 끌어당겨 키스했어. 그러고는 비행기에서 내리기 전에 아라에게 말을 건 것은 자기 인생에서 가장 잘한 일이라고 말했어. 처음엔 엄두를 내지 못했지만 아라의 이어폰에서 그 해변의 사람들이 오카리나로 연주하던 멜로디가 작게 흘러나왔을 때 용기를 냈다고 했어. 사실 기원은 그 노래의 이름을 알고 있고, 「사람이 사람을 도와야죠」라는 작자 미상의 찬송곡이라고 말해줬어. 아라는 그 노래를 기억해두었다가 오랜 시간이 흐른 후에 나에게 알려줬어.

*

아성의 이십대는 하루하루도 예측할 수 없는 파도의 연속이었다. 대학을 자퇴하고 몇몇 남자를 만나며 돈이 필요해지면 백화점이나 식당에서 일을 했다. 아성이 타르트 카페에서 일할 때는 그곳의 점장인 봉기와 사귀었는데 알고 보니 그는 이단 종교를 믿고 있었다. 그의 부모와 형제들, 연을 끊지 않은 몇몇 친척까지 그 교단에 깊숙이 몸담고 있었다. 그곳의 모든 신자는 목사가 정해주는 대로 인생을 살아가고 태어날 때부터 진로도 결혼도 거주 지역도 모두 예정되어 있었다. 아성은 그것이 참 편리할 것 같다고 말했다. 그렇게 정해진 운명에 따르면 봉기는 3년 뒤에 마흔이 넘은 여자와 결혼해야 했다. 또한 엄격하게 지켜야 하는 교리가 있어서 그것이 법에 위배된다 해도 교리를 우선했다. 봉기도 어떤 문제 때문에 2년 정도 교도소에 간 적이 있었지만 절대로 사람을 해한 건 아니라고 믿어달라고 울먹였다. 아성은 별로 궁금하지 않아 캐묻지 않았다. 얼마 뒤 그의 집에서 동거를 시작했는데 둘이서 누워 발을 뻗으면 꽉 차는 아주 비좁은 방에서 함께 살았다. 아성은 그때를 떠올리며 내 평생 그렇게 작은 방에서 살아본 건 처음이자 마지막이었다고 넌덜머리를 냈다.

봉기는 그의 종교적 신념 때문에 술을 입에 대면 안 됐지만 매일같이 아성과 술을 마셨다. 그의 집에는 주방이 없었기 때문에 기름진 고기나 찌개를 사 와서 소주를 마셨다. 둘이서 눈 깜짝할 사이에 일곱 병 내지 여덟 병을 마셨는데 물론 취했다. 그즈음 아성은 이상하게도 술만 먹으면 불같이 화가 치솟았다. 얼핏 듣기에는 아주 논리적이지만 따져보면 다 엉터리인 이유로 봉기를 미워했다. 그를 더 이상 사랑하지 않으며 그는 자신을 붙잡을 자격도 없다고 비난했다. 봉기는 한 번도 화를 내지 않고 그것을 다 받아주었고 다음 날 아성이 정신을 차리면 지난밤의 일을 얘기해줬다. 아성은 거의 대부분을 기억하지 못했지만 봉기에게 미안한 마음은 들었다. 또한 그의 착한 성정에 나날이 반하기도 했다. 그럴 때면 봉기가 진짜 신을 사랑하는 신실한 인간임을 믿을 수 있었다. 교리대로라면 그 교단의 신자가 아닌 아성과 교제하는 일은 있을 수 없지만 봉기는 아성을 만나기 위해 가족들과도 연을 끊었다. 하지만 신앙을 버린 건 아니라고 단호한 얼굴로 못을 박았다.

아성은 이따금 국영을 만나 밥을 사주며 봉기 이야기를 했다. 봉기가 파리 하나도 못 죽일 위인이며 인간관계에서도 늘 손해를 보고 자기가 떠나면 어떤 꼴로 살아갈지 아들처럼 걱정이 된다고 떠들었다. 국영은 대체로 별 대꾸를 하지 않고 아성이 사주는 밥을 먹었다. 그 당시에 그는 아성처럼 대학을 관두고 놀랍게도 의대에 갈 준비를 하고 있었다. 어느 날 그가 스스로 창작에 재능이 없다고 판단한 순간부터 엉뚱하게도 갑자기 공부에 대한 열정에 휩싸였다. 선행하여 습득한 지식을 기반으로 다음 지식을 차곡차곡 머리에 입력하고 그것을 온전히 자신의 것으로 만드는 일에 재미를 느꼈고 실제로 놀라울 정도로 빠른 습득 속도를 보였다. 국영은 하루에 다섯 시간을 자고 한 시간을 걸으며 대부분의 시간을 독서실에서 보낸다고 했다. 그는 살이 많이 빠지고 어딘지 분위기가 살짝 변했는데 아성은 그것을 반 뼘쯤 허공에 붕 떠올라 있던 발이 땅으로 내려온 것 같다고 표현했다.

그해 여름에는 타르트 카페에서 함께 일하는 시진이라는 여자애와 친해졌다. 시진은 유명한 미대에 다니고 있었고 알고 보니 집이 깜짝 놀랄 만큼 부자였다. 눈이 작고 키도 작았는데 스스로에게 어울리는 화장과 옷을 잘 알고 있어서 묘하게 매력적으로 보였다. 아성은 시진과 일렉트로닉 클럽에 자주 가서 춤을 췄고 남자들이 술을 사주면 먹었지만 같이 나가지는 않았다. 어느 날 아성이 몸을 못 가눌 정도로 취했을 때 시진이 자기 집으로 아성을 데리고 갔다. 부모님이 주무시고 계셨지만 시진의 방은 2층에 있어서 들키지 않고 올라갈 수 있었다. 시진은 아성을 침대에 눕히고 양말을 벗겨주고 치마의 단추도 풀어주었다. 그리고 브래지어의 후크도 풀어주었는데 이내 티셔츠를 들어 올리고 가슴을 빨기 시작했다. 아성은 무거운 눈을 끔벅이며 시진이 그녀 위에 올라와 있는 모습을 바라보다 천천히 정신을 차렸다. 아성이 몸을 일으켜 앉자 시진은 하던 걸 멈추고 아성의 눈을 바라보며 키스해도 되는지 물었다. 아성은 혼란스러웠지만 일단 고개를 끄덕였고 시진은 아주 느리고 부드럽게 키스했다. 그러고는 느낌이 어떤지, 기분이 나쁘진 않은지 다정하게 물었다.

그날 이후 아성은 천천히 스스로의 정체성을 확인해보라는 시진의 말대로 그녀와 몇 번 더 잤다. 하지만 점차 아니라는 확신이 들었고 그런 것을 솔직하게 시진에게 말하자 시진은 실은 자기도 느끼고 있었다고 괜찮다고 고개를 끄덕여주었다. 하지만 아성은 시진을 잃고 싶지는 않았는데, 친구로 지내주겠다고 약속했던 시진은 시간이 지날수록 점점 더 차갑게 굴었다. 급기야 나중에 가서는 아성이 울고 매달려도 아무런 느낌 없이 그녀를 바라보며 잔인한 말로 온몸에 힘을 다 빼놨다. 아성은 어떤 남자와 만날 때도 그렇게 자존심을 버린 적이 없었는데 그렇게까지 해서 누군가를 잃고 싶지 않다는 마음이 든 것은 처음이었다. 시진은 미련 없이 카페 일을 그만두었고 다시는 아성을 만나주지 않았다. 3년쯤 후에 아성은 길에서 시진을 한 번 마주쳤다. 그때는 아성의 마음도 완전히 식은 상태였지만 자신이 누군지 알아봤음에도 눈을 똑바로 바라보며 한순간도 동요하지 않고 그대로 지나가버린 시진 때문에 또다시 상처를 받았다.

겨울에는 봉기 방에서 나왔다. 겨울을 나기에는 너무 추울 것 같다고 생각했고 그냥 그의 모든 부분이 더 이상 새롭지 않고 질렸다고 판단해서 이별을 통보했다. 하지만 나중에 생각해보니 그건 시진에게 당한 앙갚음을 그대로 봉기한테 푼 것뿐이었다. 봉기는 애처로울 정도로 아성에게 돌아와달라고 전화를 하다가 어느 순간부터 더는 하지 않았다. 그 후로 아성은 봉기를 본 적도 소식을 들은 적도 없었다. 그와 1년을 함께 지냈는데 이토록 아는 사람이 겹치지 않는다는 사실에 조금 충격을 받았다. 돌이켜보니 봉기가 자기 이외에 누구와도 어울리는 모습을 본 적이 없었다. 아성은 자신이 왜 그토록 그에게 무관심했는지 의아했다. 그가 교단으로 돌아가 원래 정해진 인생대로 살고 있는지 아성은 가끔 궁금해했다.

아성은 봉기 방에서 나온 뒤 한 달 정도는 국영의 집에서 지냈다. 갈 곳을 구하지 못해서기도 했지만 그가 죽어버릴까봐 걱정이 되어서였다. 국영은 얼마 전 시험이 있던 날 택시를 타고 수험 장소인 학교에 갔는데 운동장을 가로지르고 복도를 걸어갈 때까지 빼곡한 요약 노트를 훑어봤다. 마침내 정해진 교실에 도착해 자리를 찾을 때에서야 뭔가 이상함을 느꼈다. 그곳은 원래 가야 하는 학교와 이름이 비슷하긴 하지만 전혀 다른 학교였다. 국영은 당황해서 무작정 학교 밖으로 뛰쳐나와 아성에게 전화를 걸었다. 아주 이른 아침이었고 아성은 잠결에 그 전화가 울리는 것을 보았지만 받지 않았다. 겉보기에 국영은 멀쩡해 보였다. 아성은 그가 다음 해에도 시험을 치르려 하는지 묻지 않았다.

이듬해에 아성은 한 무역 상사의 대표인 태우와 결혼했다. 그는 아성보다 나이가 열두 살이나 많은 이혼남이었는데 아홉 살 난 딸의 이름이 우습게도 아성이었다. 태우는 거래처 회사에 들렀다가 사무 비서로 일하고 있는 아성을 보고 한눈에 반했고 그녀가 퇴근하기를 기다렸다가 출구 앞으로 잿빛 세단을 끌고 가 같이 저녁을 먹으러 가자고 말했다. 두 달 정도 만났을 때 태우가 결혼하고 싶다는 의사를 내비쳤는데 아성은 잠시 생각해보다가 그러자고 했다. 그 결단에 대해 내가 의문을 품었을 때, 아성은 문득 가정을 한번 꾸려보고 싶었다고 설명했다. 결혼식은 없었지만 43층 펜트하우스를 하나 구입했고 아성이 원하는 만큼 마음에 드는 가구들을 채워 넣었다. 태우는 그녀에게 무엇이든 해주고 싶어서 안달이 나 있었지만 아성은 별로 가지고 싶은 게 없었다. 옷이나 보석에는 전혀 관심이 없었고 다만 한 가지, 부드럽게 앞으로 나가는 좋은 차를 직접 운전하는 것에는 조금 즐거움을 느꼈다.

그 무렵 이상하게도 아성은 이나 이모와 연락을 주고받기 시작했다. 별다른 대화는 아니고 그저 요새 무얼 하면서 시간을 보내는지, 어떤 것에 관심을 기울이고 있고 또 싫증이 난 것은 무엇인지, 그날은 무얼 먹었고 건강은 어떤지 이야기했다. 이모부가 사라지기 전에도 이나 이모와 그런 이야기를 나눈 적은 없었다. 그러기에는 그때 아성이 너무 어렸다. 그녀는 여전히 아성을 살갑게 여기지 않는 것 같았는데, 아니 아성의 말에 따르면 이제는 그 누구도 마음속에 들일 수 없게 된 것 같았는데 그래도 꾸준히 전화를 걸어왔다. "아마도 이나 이모는 우리가 많이 닮았고 세상 누구보다도 서로를 정확히 이해할 수 있다는 걸 어렴풋이 깨닫고 있었던 거 같아." 아성은 그렇게 말하며 명랑하게 웃었다. "물론 나도 마찬가지고 말이야."

아성은 태우가 출근길에 딸을 학교에 태워다주기 위해 데리고 나가면 느지막이 일어나 따뜻한 커피를 한 잔 마셨다. 그런 다음 필라테스를 다녀와서 샤워를 하고 에스테틱 숍에 가서 두 시간 동안 아로마 세러피를 받았다. 집으로 돌아와 간단하게 늦은 점심을 만들어 먹고 오후에는 골프를 쳤다. 태우가 돌아오면 그와 함께 응접실에 마련된 테이블에서 술을 한잔했는데 예전에 봉기와 그랬던 것처럼 취하도록 먹는 일은 없었다. 태우 특유의 분위기가 아성을 차분하게 만들어줬다. 태우와 1년쯤 살았을 때 아성은 문득 그를 사랑하게 되었다는 것을 깨달았다. 태우는 아주 견고하고 정교한 방식으로 그녀를 향한 마음을 보여주었고 그건 그가 가진 재력과 경험에서 나오는 여유가 전제되어 있었다. 아성은 그와 사랑이라는 무거운 감정으로 연결된 것이 편안하다고 느끼면서도 한편으로는 불편하다고 느꼈다.

어느 날 아성이 위스키를 마시다가 태우의 어깨에 머리를 기댔을 때, 그가 사업을 한번 해보지 않겠느냐고 물었다. 간단하게 가게를 차려보는 것도 좋을 것 같다고, 자신과 함께하는 삶이 지루하고 따분하게 느껴지지 않도록 적당히 생산적인 일을 해보라고 말했다. 그는 그동안 마음속에 품어왔던 두려움을, 언젠가 아성이 그를 떠날 거라는 예감을 처음으로 털어놓으며 그러지 말아달라고 부탁했다.

아성은 며칠 고민해본 뒤에 어린이 애니메이션을 배급해보고 싶다고 말했다. 이모부와 함께 보았던 영화들이 사실 많은 부분 그녀에게 영향을 끼치고 있었다. 아성은 그때쯤 만화 속 주인공들처럼 그녀가 미지의 세계를 모험하고 있다는 생각을 자주 했다. 사무실을 구하고 직원을 뽑는 일은 태우가 곁에서 도와줬지만 작품을 찾고 선별하는 일은 아성이 직접 발로 뛰었다. 물론 그것을 사업의 형태로 만들고 수익으로 이어지도록 하는 데에는 여러 가지 과정이 있었지만 아성은 그것들을 다 해냈다. 휴일도 없이 하루 열다섯 시간을 일했는데, 평생 그렇게 성실했던 적은 없었노라고 아성은 단언했다. 가벼운 마음으로 제안했던 태우를 놀라게 할 만큼 아성은 사업 수완이 좋았다. 하지만 어느 날, 겨우 반년이 지났을 무렵에 모든 걸 그만두고 싶다고 말했다. 더 이상 이런 만화들을 쳐다보고 싶지도 않다고 소리쳤다. 태우는 순순히 그렇게 하라고 했다.

일상은 다시 예전으로 돌아갔지만 아성의 몸은 이미 망가질 대로 망가져 있었다. 신장과 자궁에 문제가 생겨서 약을 먹었다. 회복을 위해 운동을 늘렸는데 그중 골프 선생인 민용과 가끔 자는 사이가 되었다. 민용은 아성보다 한 살이 어린 건장한 체격의 남자로 그와 몸을 맞대고 있으면 자연스럽게 태우와 비교하게 되었다. 태우의 나이를 새삼 실감했다. 민용 때문인지 골프 실력이 눈에 띄게 늘어서 라운드에 나가면 태우는 더 이상 아성의 상대가 되지 못했다. 민용은 진지하게 아마추어 데뷔를 권유했다. 근력을 더 키우고 스킬적인 부분을 보완하면 충분히 가능성이 있다고 말했다. 태우도 해보라고 부추겼다.

아성을 골프 리조트에 데리고 다니며 하루에 두세 라운드를 같이 쳐주었다. 아성은 두 남자의 성화에 못 이기는 척 돌아오는 봄에 한 스포츠 브랜드에서 주최하는 아마추어 대회에 참가하겠다고 말했다. 아성은 표면이 올록볼록한 골프공을 잠시 손으로 어루만지다가 그것을 가느다란 티 위에 올려두고 원하는 곳으로 쳐 보내는 것이 좋았다. 둥글고 푸른 잔디 언덕을 넘어가서 짐작했던 곳에 공이 놓여 있는 것을 확인하는 것이 마음에 들었다.

어느 날은 민용과 홀 근처에서 여러 자리에 공을 놓고 퍼팅 연습을 하고 있었는데, 초록 잔디 위에 놓인 골프공의 위치를 조금 바꾸려고 손을 뻗었을 때 아성은 자신이 생각한 것보다 공이 오른쪽에 있다는 걸 깨달았다. 눈을 한쪽씩 번갈아 깜빡여보며, 의아한 표정을 짓고 있는 민용의 얼굴을 바라보니 더 확실하게 알 수 있었다. 아성의 왼쪽 눈은 얇은 막이 낀 것처럼 앞이 흐릿하게 보였다. 태우는 당장 아성을 병원으로 데려갔다. 의사는 고개를 갸웃거리며 어째서 이제야 병원에 왔느냐고 물었다. 조금 더 일찍 치료를 시작했다면 좋았을 텐데 하고 무감정하게 한숨을 쉬었다. 아성이 그냥 눈이 침침한 정도라고 아프진 않다고 말하자 의사는 잠시 아성을 빤히 바라봤다. 그리고 그녀의 왼쪽 눈이 언젠가 유해 물질에 미세하게 오염됐고 그 상처가 처음에는 작은 점처럼 시야를 방해하지 않는 크기로 존재하다가 이제는 뿌연 안개처럼 각막을 뒤덮었다고 비유적으로 표현했다. 이미 시력이 많이 떨어졌고 조금씩 더 떨어질 거라고 했다. 그 속도를 약으로 늦출 수 있다고 알려줬다.

그날 밤 태우는 집으로 돌아와 어떡하면 좋으냐고 어린 애처럼 엉엉 울었다. 오히려 아성이 그를 달래주었다. 앞을 영영 못 보는 것도 아니고 살아가는 데 별로 불편하지 않을 거라고 대수롭지 않게 웃었다. 아성은 그 후로도 골프를 꾸준히 쳤는데 한 달 정도 지나자 정말 골프채로 공을 제대로 맞출 수 없게 되었다. 그래서 그녀는 민용과 더 자주 잠을 잤다. 이미 아마추어 대회 같은 건 태우도 민용도 입에 올리지 않고 있었다. 어느 날 태우는 아성의 골프 선생을 마음대로 바꿔버렸다. 새 선생은 나이가 지긋하고 점잖은 신사였다. 민용과는 아무런 작별 인사도 하지 못하고 헤어졌다.

아성은 태우와 5년 정도 살다가 이혼했다. 그때에 가서는 아성도 태우도 그런 결정을 정해진 순리처럼 담담히 받아들였다. 중학생이 된 태우의 딸이 조금 아쉬워했다. 아성과 이름이 같은 어린 아성은 서로를 한 번도 엄마와 딸처럼 여긴 적이 없었지만 좋은 친구라고 생각했다. 국영은 군대에 갔다가 부사관이 되기로 마음먹었는데 시험을 앞두고 결핵에 걸렸다. 그는 격리된 채로 군 생활을 마무리했고 제대 후에도 2년 정도 치료를 받았다. 이나 이모와는 꾸준히 연락을 주고받았다. 몇 가지 대화만으로도 그녀가 여기저기 몸이 좀 안 좋다는 것을 짐작할 수 있었다. 하지만 서로 만나자는 말을 일절 꺼내지 않았고 한 번도 얼굴을 본 적은 없었다. 그때쯤 아성의 왼쪽 눈은 거의 먼 상태였다. 그녀는 나를 만났을 때 쾌활하게 실명한 눈을 가리키며 말했다.

"나는 세상을 반만 보게 되었지만 다 볼 수 있어. 다시 말하면, 다 보고 있다고 믿었던 세상이 실은 반쪽짜리였을 수도 있지. 처음 한쪽 시력을 완전히 잃었을 때 세상의 반이 칼로 자른 것처럼 나뉘거나 암전으로 보일지도 모른다고 생각했지만 이전과 비슷했어. 이렇게 미묘한 방식으로 반은 사라지는 거야."

*

아침을 준비하는 것은 항상 기원이었어. 그는 아라가 눈을 뜨기 전에 커피를 끓이고 따뜻한 와플을 구워서 유리병에 재워진 달콤한 블루베리 시럽과 한 접시에 놓았어. 그것을 침대 위에 흔들리지 않도록 내려놓은 후에 아라의 어깨를 살며시 잡는 방법으로 잠에서 깨웠어. 아라는 원래 잠이 없는 편이었는데 기원과 독일인 부부의 아파트에서 지내는 동안에는 아주 많이 잤어. 어릴 때부터 기숙사나 독립된 공간에서 혼자 살았기 때문에 누군가와 아침을 나눠 먹는 것도 익숙한 일이 아니었어. 하지만 며칠간 기원과 함께하는 모든 것이 자연스럽게 느껴졌고 이제 그 아파트 침실과 거실 한구석을 차지하고 있는 자신의 짐들을 바라보며 거기서 기원과 오래전부터 살아왔던 게 아닌가 하는 착각까지 들었어.

아라와 기원은 매일 비엔나 거리를 이리저리 걸어 다녔어. 단 하루도 날씨가 좋지 않은 날이 없었고 발이 닿는 곳마다 근사한 풍경이 펼쳐졌어. 물이 마른 광장 분수대에 걸터앉아 수리 중인 슈테판 대성당의 지붕과 그 위를 앉았다가 날아올랐다가 하는 검은 새들을 구경하며 젤라토를 하나 나눠 먹는 것이 둘의 빠질 수 없는 일과가 되었어. 골목을 걸으면 거의 모든 가게가 밖으로 테이블을 늘어놓았는데 내킨다면 거기 앉아서 구름과 투명한 공기를 바라보며 무언가를 주문해 먹을 수 있었어. 거의 쌍둥이처럼 보이는 미술사 박물관과 자연사 박물관 앞을 지나갈 때면 잔디 위에 드러누운 연인들, 아이를 데리고 나와 주스를 먹이는 가족들을 볼 수 있었어. 아라는 아주 어릴 적에 그녀의 가족들이 저렇게 피크닉을 하던 걸 떠올렸어. 하지만 그리운 기억은 아니었어. 그냥 멀리 밀쳐두고 이따금 떠오르면 차분하게 그것이 지나가기를 기다리는 기억이었어.

주말에는 그 나라 사람들이 하듯 벨베데레 궁전 정원에서 조깅을 했어. 기원은 일부러 아라보다 뒤처졌다가 거리가 벌어지면 빠르게 달려와 뒤에서 끌어안았어. 그리고 잠자코 아라가 뒤돌아서 그의 품에 다시 안겨주길 기다렸어. 둘은 배가 고파져서 궁전 레스토랑에서 점심을 먹었어. 레몬을 곁들인 커다란 슈니첼과 으깬 감자 샐러드를 남기지 않고 다 먹었어. 바질을 넣은 진토닉을 한 잔씩 마셨는데 맛이 아주 좋았어. 그때 기원이 이제 너를 잊고 살 일은 다시 없을 거야, 하고 말했어. 기원은 아무 때나 생각이 떠오르는 대로 아라의 어떤 점이 특별하며 매력적인지, 자신이 그녀를 얼마나 좋아하게 되었는지 털어놓았어. 기원은 자신의 시시각각 변하는 마음을 즉각 캐치하는 능력이 있었고 그 마음이 무엇인지 정확히 알았어. 그걸 아라한테 말해줄 용기도 있었어. 하지만 아라는 항상 자신의 생각과 감정을 한발 늦게 감지했어. 곰곰이 생각해본 후에야 그것의 이유를 알아낼 수 있었어. 자신의 그런 점이, 어찌 보면 인색하고 건조하게 보이는 표현 방식이 지금까지 만나온 연인들에게 상처를 줬기 때문에 기원에게도 그럴까 봐 아라는 겁이 났어. 하지만 기원은 아라에게서 무언가를 확인하려 들지 않았고 그냥 자기가 줄 수 있는 것들을 주면서 순수하게 기뻐했어.

기원이 아무 데로나 걸어가보고 싶다고 해서 산책을 시작했어. 울퉁불퉁한 돌로 된 보도블록을 따라, 작은 강과 굽이굽이 휘어지는 트램 레일을 따라 계속 걸었어. 조용한 인가에 들어섰다고 생각했는데 그 안에 작은 놀이공원이 있어서 둘은 깜짝 놀랐어. 사실 놀이 기구라곤 관람차 하나뿐이었는데 아라가 그때까지 봤던 것 중에 가장 작고 아기자기한 관람차가 천천히 돌아가고 있었어. 그곳을 한번 둘러보고 나와서 길 하나를 건너자 이번에는 조용한 공원이 나왔어. 알고 보니 그곳은 공동묘지였어. 비석들의 모양이 다 제각각이었는데 녹은 밀랍처럼 무정형한 것도 있었고 바로 어제 세운 것처럼 먼지 하나 없이 깨끗한 것도 있었어. 이따금 아라가 비석 앞에서 걸음을 멈추고 거기에 새겨진 내용을 골똘히 읽기 시작하면 기원도 그것을 들여다봤어. 길 건너 관람차 속에서 사람들이 시끌벅적하게 떠드는 소리가 거기까지 들려왔어.

기원은 아라에게 훈데르트바서의 건축물들을 보여주고 싶어 했어. 그는 비엔나에서 태어난 건축가이자 예술가이자 환경운동가로 인간과 자연을 하나의 유기적인 형태로 인식했고 생명과 죽음이 시작도 끝도 없이 영원히 회전하는 나선 모양으로 순환한다고 믿었으며 그런 생각이 건축물에도 그대로 드러난다고 했어. 실제로 훈데르트바서 하우스에 갔을 때 아라는 기원의 말을 이해할 수 있었어. 높게 쌓인 집들은 밝고 강렬한 비비드 색상의 대비와 곡선 때문에 거대한 벌집처럼 보였어. 구부러진 계단과 파도의 움직임처럼 굽이치는 돌길을 걸을 땐 동화 속에 들어온 것 같은 기분이 들었어. 기원은 제2차 세계대전 때 유대인인 훈데르트바서의 외가 친척 예순아홉 명이 몰살당했고 그와 어머니는 유대인 거주 지역으로 강제 이주되었다고, 그 경험이 평화와 자연에 대한 갈망을 심어주었으리라고 말했어.

아라는 슈뢰딩거에 대해 이야기해야겠다고 생각했어. 훈데르트바서보다 조금 앞서 비엔나에서 태어난 슈뢰딩거는 역시 제2차 세계대전 때 나치에 반대하며 아일랜드로 망명했고,

빛이 입자이기도 하고 파동이기도 한 양자역학의 세계를 정립한 핵심적인 이론물리학자라고 소개했어. 훈데르트바서가 일반적인 의미의 자연을 건축물로 가지고 왔다면, 슈뢰딩거는 원자 내부에 존재하는 기묘하고 아름다운 자연의 질서를 수식으로 형상화해냈다고 설명했어. 바로 그가 눈에 보이지 않으며 측정하면 즉시 변해버리는 전자의 파동을, 그 미지의 이미지를 상상할 수 있게 된 첫번째 인간이라고 말했어. "같은 나라의 풍경과 같은 전쟁의 참상을 바라보며 서로 다른 걸 상상하는 일은 어떻게 일어나는 걸까?"

이제 아라와 기원의 눈앞에는 영업을 종료한 가게들의 쇼윈도가 유령처럼 하얀 빛을 내뿜고 있었어. 둘은 늦은 시간까지 술을 마실 수 있는 바를 알아두었고 그날도 거기로 갔어. 그 바에서는 모두가 특이하게도 화이트와인에 맥주를 살짝 섞어 마셨어. 아라와 기원도 그걸 마셨어.

"그런 일은 우리 안에서도 매 순간 일어나고 있어."

"어떤 일?"

"같은 것을 다르게 보는 일. 하나의 과거를 다르게 기억하고 하나의 미래를 다르게 상상하는 일. 결국에는 무수한 경우의 수 중에 하나를 선택하는 일."

기원은 아라의 손목을 부드럽게 들어 올려 자기 뺨에 가져다 댔어. 서로 다른 체온을 알려주려는 듯이.

"하지만 차이를 가진 것들만이 만들어내는 특별한 힘이

있어. 서로 다른 진동수의 소리들이 함께 울리면서 더 먼 곳까지 퍼져 나가는 종소리의 공명이 그렇고, 양쪽 눈의 서로 다른 시각이 겹쳐지면서 생기는 입체감이 그래. 박사님이니까 잘 알고 있겠지?"

"물론이지."

아라는 손으로 기원의 코끝을 문지르며 웃었어. 기원은 웃지 않고 잠시 아라의 손을 단단하게 잡았어.

"네가 스스로에 대해 더 알았으면 좋겠어. 네 안에 있는 다른 마음에 관심을 기울였으면 좋겠어. 너의 일부를 잃지 말고, 어쩌면 그 차이가 만들어줄 수도 있는 입체나 종의 공명을 모르며 살지 않았으면 좋겠어."

그때 아라는 기원이 하는 말의 의도를 정확히 이해하지 못했지만, 얼마 후 어렴풋이 그가 자신을 걱정하고 있다는 걸 깨달았어. 아라에 대해 아무것도 짐작하지 못하는 것이 아니라, 그녀가 충분히 준비될 때까지 기다리고 있고 아주 조심스러운 방식으로 도우려 하고 있다는 걸 알게 되었어.

아라와 기원은 할슈타트 호수를 보러 갔다가 그대로 며칠 머무르기로 결정했어. 하늘과 산등성이를 데칼코마니처럼 비추는 매끄러운 호수가 비현실적으로 보여서 금방이라도 눈앞에서 사라질 것 같았는데 오래된 얼음 조각처럼 호수는 언제나 그 자리에 박혀 있었어. 아라와 기원은 수면 위를 떠다니는 긴 물안개와 신비로운 윤곽의 구름들을 그저 하염없이 지켜보고 싫었어. 그렇게 하루의 시간을 다 보내는 것에 만족감을 느꼈어. 둘은 이미 열흘 넘게 비엔나에 체류하고 있었고 다음 주면 돌아갈 날짜를 결정해야 했어. 하지만 일단은 그 호수에 조금 더 머물러야 한다는 데에 말없이 동의했어.

호숫가에 있는, 담장이 알록달록 채색된 민박집을 빌렸는데 아침에 침실 창문을 열면 상쾌하고 깨끗한 물냄새가 들어왔어. 집주인인 마이어 부부가 매일 아침을 차려줬어. 식탁에는 신선한 샐러드 접시와 소금기 없는 담백한 빵과 닭 육수에 돼지고기를 졸인 굴라시가 빠지지 않고 올라왔어. 식사를 마치고 작은 마을을 천천히 산책하면 꽃으로 창을 단장한 세모 지붕 집들과 달콤한 디저트를 파는 카페들이 늘어서 있었어. 기념품 가게에 들어가면 예전에 소금 광산이었던 호수에서 나온 짭짤한 암염 조각을 손으로 만져볼 수 있었어.

해가 따뜻하게 떠오르면 호수에서 수영을 했어. 부드러운 풀밭에 누워 책을 읽고 맥주를 마시면서 물에 한 번씩 들어갔다 나왔어. 아라는 수영을 할 줄 몰랐지만 수영복을 사서 입고는 가슴이나 허리까지 차오른 물을 팔로 휘젓고 손으로 끌어보았어. 기원이 항상 뒤에 서서 아라가 물속으로 넘어지지 않도록 어깨를 잡아줬어. 아라는 천식을 앓던 어린 시절을 잠시 떠올렸어. 그때 물속에서 아라의 손을 잡고 끌어준 사람은 아성이었어. 일몰이 시작되자 물새들이 호수를 가로질렀어. 나무 그림자가 길쭉하게 숲 쪽으로 늘어지는 풍경과 어린 두 딸들에게 보여주려고 젊고 아름다운 엄마가 비눗방울을 부는 모습을 아라와 기원은 감탄하며 지켜봤어.

기원은 앞으로 그가 하게 될 일들을 아라에게 이야기해줬어. 초국적인 석유 기업을 상대로 기후변화로 인한 피해 보상 청구 소송을 준비 중이고, 전 세계 지진 위험 지대에 있는 원자력발전소의 영구적인 가동 중지를 촉구하는 전시회를 개최할 예정이라고 했어.

"그리고 해파리를 쫓아다니게 될지도 몰라."

"해파리?"

"수온이 높아진 바다에는 해파리 떼가 출몰해. 대형 선박들이 해수보다 따뜻한 물탱크의 물을 방출하거나 원자력발전소에서 냉각수를 해수로 흘려보내면 주변 바닷물의 온도, 밀도, 점성이 변하고 해수의 수직 운동을 방해하면서 연안 환경을 망가뜨려. 지금 아열대 기후로 변하기 시작한 지구 곳곳에 해파리가 나타나고 있어. 그건 차가워야 할 바다와 따뜻해야 할 바다가 뒤섞여서 해류의 흐름이 엉망이 되는 걸 의미해. 이 호수에 고여 있는 물은 언젠가 대류와 해류를 타고 적도로, 또 북극으로, 북극에서 남반구로 이동해야 해. 그런 순환이 자연을 정화하고 온도를 조절해왔어. 그런데 그게 잘되지 않고 계속해서 북극의 빙하가 녹는 거야."

"모든 게 그물처럼 이어져 있네."

"맞아. 내가 하고 있는 일들은 다양해 보이지만 결국 다 같은 일이야.”

기원은 잠시 멀리 보이는 마이어 부부의 집을 건너봤어. 둘이 머물고 있는, 물 쪽으로 면한 침실 창가에 벌써 그리움을 느끼는 표정으로 말이야.

“내가 너를 사랑하게 된 마음도 이름 모를 수많은 해변에서, 까마득히 오래된 우주에서 이미 시작된 걸지도 몰라.”

아라는 호수에서 소리 없이 불어온 바람이 기원의 머리를 흩뜨리고 그의 고개를 기분 좋게 뒤로 넘어가게 만드는 걸 바라봤어. 그건 어떤 명백하고 명징한 증거처럼 보였어. 그 순간 아라는 기원에게 이야기해야겠다고 마음먹었어. 아성이 죽은 뒤 느꼈던 속수무책의 상실감을, 누군가를 잃은 상실감이 아니라 시간이 흐를수록 자신의 인생이 어디론가 유실되고 자꾸 다른 것으로, 아성이 가지고 있어야 할 것들로 채워지던 느낌을 고백했어. 부모님이 자신을 바라볼 때 이따금 자신이 아니라 아성을 바라보고 있는 것을 느꼈다고 말했어. 또 그들이 아성을 대하던 것처럼 자신에게 말을 걸고, 아성이 좋아하던 음식을 먹이고, 아성이 했던 행동을 자신이 했던 행동으로 착각하며 나중에 가서는 원래의 진짜 자신을 완전히 잊어버렸다고 이야기했어. 아성이 누려야 할 특징과 시간 들을 차지했지만 오히려 자신은 점점 사라지고 결국 아성의 것들만 남았다고 말했어.

“너는 정말 나를 기억해? 너무 오래전이라 헷갈린 걸 수도 있어. 네가 기억하는 나는 사실 전부 아성에 대한 기억일지도 몰라."

기원이 이상하게 여기고 혼란스러워할 거라고 생각했지만 그러지 않았어. 그는 아라를 잠시 안아주고 드러난 어깨 위로 수건을 덮어줬어. 그리고 마이어 부부의 집으로 돌아가 따뜻한 걸 좀 먹자고 했어.

아라와 기원은 옷을 갈아입고 마이어 부인이 끓여준 양파 스프와 마늘빵과 데운 우유로 저녁을 먹었어. 그러면서 계속 이야기를 나눴어.

"어느 날 깨닫게 된 거야. 새로 태어난 동생이 예전의 나와 거의 똑같이 닮았다는 걸. 생김새도, 말투도, 그 나이에 내가 가지고 있던 버릇이나 생각도 모두 다 나랑 똑같았는데 부모님은 전혀 눈치채지 못하셨어. 왜냐하면 그분들은 이미 예전의 진짜 내 모습을 까맣게 잊었으니까. 오직 나만이 동생을 통해 점점 자라나는 어린 나를 지켜볼 수 있었어."

"동생을 미워했어?"

"글쎄, 내가 잃은 부분들이 그 애한테 있었으니까 그립기도 하고, 빼앗긴 것 같아서 분하기도 하고, 하지만 가장 확실한 감정은 그 애가 불편해서 피하고 싶었다는 거야. 나는 동생을 피했고, 집과 가족들을 벗어났고, 누구도 사랑하지 못하는 사람이 됐어. 내가 너한테 상처를 주면 어떡하지? 어느 날 너를 싫어하게 되면?"

아라는 지금까지 자신을 지나쳐 간 사람들을 떠올렸어. 아라를 향해 순수하게 다가왔고 아라가 사랑하려고 노력했던 사람들, 그러나 마지막 순간에 아라가 버리고 도망쳐버린 사람들을 하나씩 떠올렸어.

"나는 너를 정확하게 기억해. 네가 누군지 알고 있어."

기원이 말했어. 아라는 손으로 입을 막고 잠시 그대로 있었어.

"그리고 너는 나를 사랑하게 될 거야. 나는 그것도 알 수 있어."

기원은 자신만만하게 웃었어. 그러자 아라도 안심이 되었어. 둘은 더 이상 아무 대화 없이 사과와 레몬이 든 달콤한 상그리아를 한 잔씩 마시고 식사를 마쳤어. 먹고 어지럽힌 식탁을 바로 치우지 않고 그대로 잠시 앉아 있었어. 그들이 함께한 흔적들, 곧 그들 손으로 치우고 정리해야 할 증거들을 천천히 응시했어.

다음 주가 되자, 아라는 급하게 파리로 강연을 가야 했어. 그곳에서 일주일간 강연과 세미나와 간단한 파티에 참석하는 일정이었어. 기원은 아직 휴가 중이었지만 유류 유출 사고가 일어난 나이지리아에 출장을 가겠다고 했어. 아라의 일정에 맞춰서 함께 귀국하기로 했어. 그렇다면 아라와 기원은 처음으로 낯선 도시가 아닌 진짜 그들이 사는 곳에서 만나게 되는 것이었어. 기원은 어린 시절 그들이 살았지만 모두 일찍이 떠나버렸던 해안 도시에 가보자고 말했어.

아라는 오후 2시 비행기였고 기원은 3시 비행기였어. 둘은 비엔나 공항에서 햄과 치즈만 들어 있는 심플하고 맛있는 샌드위치로 이른 점심을 먹었어. 탑승할 수 있는 마지막 시간까지 탑승 동 라운지 소파에 앉아서 함께 시간을 보냈어. 탁자 위에는 읽을 수 있도록 마련된 신문과 비즈니스 잡지가 있었지만 그런 것을 들춰볼 생각은 하지 않았어. 둘은 놀랍게도 이 도시에서 내내 함께였다는 걸 깨달았어. 처음으로 다른 공간과 다른 생활 리듬으로 분리되는 것을 받아들이기 힘들었어. 서로의 얼굴로 손을 뻗어 진짜 거기에 있는지 확인하듯 하염없이 어루만졌어. 이제는 눈을 감아도 선하고 다시는 잊지 않게 될 얼굴이었어.

아라가 마침내 탑승 게이트를 통과할 때 기원은 모르는 외국인들 사이에 서서 정확히 아라를 향해 손을 흔들고 있었어. 아라가 어디에 있든 다 알 수 있다는 듯이 말이야. 아라는 심사대와 보딩브리지를 지나 비행기 좌석에 앉을 때까지 기원의 마지막 모습을 떠올렸어. 비행기가 천천히 땅 위로 떠오르자 기원과 함께한 모든 시간을 간직한 비밀스럽고 신비로운 도시가 점점 단순한 지형의 형태로 멀어졌어. 거기에 어떤 밤이나 어떤 기적이 있었다는 게 벌써 믿기지 않았어. 비행기가 안정 궤도에 오르고 승무원이 다가와 필요한 음료를 물었을 때는 기원이 너무 그리워졌어. 앞으로 아라의 인생에 계속 그가 있을 게 분명했어. 이전과는 완전히 다른 날들이 이어질 것이고 그건 아라가 오래전부터 막연히 기다려온 날들이었어. 아라는 행복한 예감과 기대에 가슴이 두근거리는 것을 느꼈어. 그러나 한편으로는 여전히 알 수 없는 불안이 조그마한 점처럼 이리저리 시야를 맴돌았어. 그 점은 이전에도 아라의 삶 도처에, 너울거리는 그늘이나 얼룩 같은 그림자 속에 도사리고 있다가 어느 순간 모든 것을 덮어버린 어둠이었어.

*

아성은 서른 이후의 삶에 대해서는 대강 이야기해줬다. 실제로 그녀의 인생이 조금 텅 비고 헐거워졌다는 것이다. 아성은 6년 정도 거처 없이 이리저리 떠도는 생활을 했다. 그때 정말 많은 친구를 사귀었는데 아성에게 상처를 준 사람들이 많았고 몇몇에게는 무언가를 배웠고 두세 명 정도는 그녀를 감동시켰다. 여행 중에 한 게스트 하우스에 머물다가 거기에서 일을 돕는 대가로 숙식을 해결하며 눌러앉아버린 적도 있었는데 그 게스트 하우스를 운영하던 남자를 정말 많이 사랑했었다고 털어놓았다. 그는 자신의 공간에 머물다가 떠나는 사람들을 수천 명이나 보아왔다고 아성에게 말했다. "신기하지 않아? 이곳에 왔다가 사라진 사람들." 아성은 그의 안에 있는 깊은 공허함을 느꼈고 그걸 채워주고 싶다는 열망에 사로잡혔다. 누군가의 마음을 들여다보고 그곳을 상상하고 자신이 가지고 있는 무언가를 건네주고 싶었던 건 이전에는 전혀 모르던 감정이라고 아성은 말했다. 그즈음 자신은 마침내 타인의 마음에 공감하게 되었다고. 얼마 후 그녀가 머물고 있던 게스트 하우스에 열흘 정도 장기 투숙을 하던 남자가 방에서 약을 먹었다. 아성은 그가 종일 식사도 하지 않고 커피도 마시러 나오지 않는 것을 이상하게 여겨 그의 방문을 두들겼다. 그때 아성은 처음으로 눈앞에서 죽은 사람을 보았는데 그런 경험이 처음이라는 것이 문득 아주 이상하게 여겨졌다. 죽은 남자는 시신을 수습해줄 가족이나 지인이 하나도 없는 무연고자여서 시체 안치소에 일정 기간 안치되었다가 절차에 따라 화장되었다. 게스트 하우스의 주인은 남자가 가지고 있던 배낭이나 볼펜, 물컵, 안경과 안경집, 낡은 손수건과 구두, 그리고 몇 벌의 옷을 상자에 담아 땅속에 묻어주었다. 그 모습을 지켜보면서 아성은 아마 자신의 죽음도 이와 같으리라는 생각을 했다. 한때 그녀가 가지고 있었지만 그녀에 대해 아무것도 말해주지 않는 것들을 누구도 찾지 않을 장소에 묻어두는 방식으로. 아성은 남자의 부드러운 울 코트만은 묻지 않고 따로 빼놓았는데 그해 겨울이 끝나갈 즈음 게스트 하우스를 떠나면서 그 커다란 코트를 입고 나왔다.

그리고 아성은 선생에 대해 이야기했다. 아성은 그녀가 인생에서 만난 가장 큰 은인이라고 말했다. 아성이 서른여덟 살이던 해에 아성의 인생은 최악으로 치닫고 있었는데 몸은 폐렴에 걸려 고생 중이었고 돈은 한 푼도 없었으며 국영과는 크게 다투고 더는 연락하지 않게 되었다. 국영은 그때까지도 이런저런 일을 시도하다가 관두기를 반복하고 있었다. 그즈음 아성과 국영은 서로를 한심하고 아무짝에도 쓸모없는 낙오자라고 생각하게 되었다. 이른 여름이었고 아성은 몇 달간 신세를 지던 친구와 다툰 뒤 거리로 나온 참이었다. 하루 정도는 공원에서 자도 괜찮을 만큼 날이 좋았다. 그렇게 부서져 내리는 햇빛을 바라보다가 아성은 잠시 어지러움을 느꼈고 이내 길 위에 쓰러졌다. 정신을 차려보니 낯선 방의 침대였다. 방문 밖에서 무언가를 끓이는 따뜻하고 고소한 냄새와 도각도각 도마 위 채소를 자르는 소리가 났다. 아성이 주방으로 갔을 때 선생은 요리에 온통 정신이 팔려 있었다. 그녀는 아성을 작은 접이식 식탁에 앉히고 들깨를 풀어 넣은 어죽을 한 그릇 먹였다. 그걸 다 먹고 나서 아성은 왜 구급차를 부르지 않고 여기로 자기를 데리고 왔느냐고 경계심을 담아 물었다. 그러자 그녀는 말했다. "돈이 하나도 없지 않니? 나는 돈을 안 받을 거란다."

아성은 친절을 베풀던 다정한 친구들에게 잇따라 배신을 당한 후였고, 그래서 그녀가 처음부터 미심쩍었지만 갈 곳이 없었기 때문에 당분간 그 집에 머물렀다. 그러면서 그녀가 대학에서 문학을 가르치던 교수였고 20여 년 전 남편과 아들을 하루아침에 잃었다는 것을 알게 되었다. 그녀가 강단에 서 있을 때 집에 큰불이 났고 그 안에서 모두 죽었다고 했다. 이제 그녀의 몸 안에는 작은 암세포가 자라고 있었다. 그녀는 매일 손

수 아침을 차려 아성과 함께 먹었는데 주로 콩이나 두부가 들어간 반찬과 흑미로 지은 밥, 맑은국, 흰 살 생선 등이었다. 그녀의 일과는 아성에게 아침을 차려주고 밖으로 나가 길고양이들에게 밥을 주고 공원에서 책을 좀 읽다가 근처 쓰레기를 주운 뒤 다시 집으로 돌아와 빌라 장미 화단에 물을 주는 것이 전부였다.

어느 날 아성은 무슨 이유에선가 머리끝까지 화가 치밀어 올라서 그녀에게 화를 쏟아냈다. "나는 당신 같은 인생을 살지 않을 거야. 고양이 밥이나 주면서 서서히 죽어가지 않을 거라고." 그리고 저녁에 가서는 그 말을 바로 후회했는데 아성이 잠자리에 들려고 누워 있을 때 그녀가 말없이 방에 들어와 침대 끝에 걸터앉았다. 그러고는 속삭였다. "너는 실패자가 아니야. 그 나름대로 충분히 가치 있는 선택들을 해왔을 거고 그것들 모두 너의 일부란다. 너는 아주 반짝반짝하지. 그걸 네가 모르고 살아가는 건 슬픈 일이야." 그녀는 손으로 아성의 돌아누운 등을 한 번 쓸어내렸다. "그래도 지나간 실패와 위태로웠던 순간들을 기억하렴. 광대한 경우의 수가 있었다는 자각은 언제나 우리에게 삶에 대한 경외감을 준단다."

아성은 선생이 암과 싸우다가 죽기까지 3년간 그녀와 살았다. 그 기간에 자신의 많은 부분이 달라졌다고 아성은 말했다. 그건 어떤 의미에서 처음으로 사랑에 가까운 형태를 체험한 것이었고 그녀는 아성의 인생에 거의 유일한 가족이었다. 선생은 죽으면서 모든 재산을 교육 기부금으로 환원했지만 아성에게 차 한 대를 살 수 있는 돈을 남겼다. 아성은 그때 산 차를 나를 만날 때까지 계속 몰고 있었는데 나를 조수석에 태워 그 차로 가본 곳들, 거기서 만난 사람들 이야기를 하나씩 들려주었다. 어느 곳은 풍경처럼 빠르게 스쳐 지나갔지만 어느 곳에서는 깊숙이 몸을 담그고 그곳의 일부가 되어 살았다. 그리고 언제나 다시 떠났다.

그녀가 쉰다섯 살이 되었을 때 이나 이모가 죽었다. 잠을 자다가 노환으로 간 호상이었다. 이나 이모는 죽는 순간까지도 이 세계의 삶을 부정하듯 혼자 고독하게 살았다. 아성은 그 장례식의 상주가 되어 나를 만났다. 내가 영정 앞에 국화꽃 한 송이를 놓고 잠시 묵념하는 모습을 아성은 가만히 지켜봤다. 나는 상주인 아성과 인사를 나누며 내가 독거노인과 불우 이웃들의 집을 지어주는 일을 하고 있으며 이나 이모의 집을 지어준 인연이 있다고 설명했다. 아성은 머리를 하나로 묶고 검은 상복 치마를 입고 있었는데 나는 그녀가 분명히 사십대일 거라고 생각했다. 아성은 장례식장에 서 있는 상주답지 않게 활짝 웃으며 물었다. “저도 집이 없는데 하나 지어주실 수 있나요?” 나는 그 순간 놀랍게도 아성을 기억해냈다. 그 도전적이고 겁 없는 미소를 내가 잊지 않고 있었다는 사실에 스스로도 충격을 받았다. 나는 아성과 이름이 같은 여자아이를 기억하느냐고 묻고 내가 그 애의 친구였으며 그때 당신을 본 적이 있다고 말했다. 그러자 아성은 상복을 입은 채로 서서 큰 소리로 깔깔 웃었다.

그 후로 나는 오랜 고민 끝에 아성에게 연락해서 술을 한잔 하겠느냐고 물었다. 아성은 흔쾌히 그러자고 했다. 우리는 어두운 와인 바에서 만났고 나는 긴장을 했지만 아성은 아니었다. 아성은 아성이라는 이름의 여자아이에게 별로 해준 게 없고 세월이 지날수록 그 일이 마음에 걸렸다고 이야기했다. 나는 그렇지 않다고, 어린 아성은 당신을 좋아했다고 이야기해주었다. 어린 아성이 나를 포함한 여러 친구를 잔뜩 끌고 가서 집 안에 아름다운 당신이 있는 걸 보여주었다고. 당신이 주방에서 설탕, 콘 시럽, 연유, 젤라틴을 섞어 표면이 매끄럽게 빛나는 무스케이크를 만들어주는 걸 자랑스럽게 여겼다고 말해주었다. 아성은 잠시 감격한 듯 말을 잇지 못하다가 그녀의 이야기를 들려주기 시작했다.

그걸 시작으로 우리는 자주 만나서 술을 먹으며 이야기를 나눴다. 얼마 후 아성은 아예 내 집으로 들어왔는데 처음 집에 왔을 때 발끝으로 거실 카펫 위를 천천히 거닐며 이렇게 말했다. “나는 항상 이렇게 누군가의 집으로 걸어 들어왔어. 그 집들은 붙박이장처럼 그 자리에 계속 있고 나는 언제나 그 안에 잠깐 머물다가 다시 빠져나왔어.” 아성은 나와 함께 지내면서 그녀의 삶을 다 쏟아낼 기세로 이야기를 들려줬다. 한 시절의 이야기를 끝낼 때마다 아성은 이렇게 말했다. “내가 거대한 물속이나 찰나의 꿈속에 있는 것 같았어." 나는 바다 같은 아성의 세계 속을 조금씩 탐험했다. 우리는 식탁이나 푹신한 소파, 어두운 침대 위 어디서나 술을 마시며 끊임없이 이야기를 나눴다. 나는 이 탐험의 끝에 내가 있을 거라고 믿고 있었다. 그녀의 세계 안에 이제 나의 이야기도 시작되었다고. 한참 시간이 지난 후에야 그녀가 죽어가고 있다는 사실을 알았다. 이미 췌장암 3기로 간까지 암이 전이된 상태였다.

어느 날은 아성이 신이 나서 나에게 나가자고 외쳤다. 내게 말로만 지겹게 들려주었던 국영을 보여주겠다고. 우리는 국영이 운영하는 어느 지하 펍으로 갔는데 원목 바 뒤에 서 있는 키가 큰 중년의 남자를 보자마자 나는 그가 국영이라는 것을 알아봤다. 몽환적인 눈빛으로 아성을 매료시켰던 십대 때의 모습이 어렴풋이 남아 있었다. 그는 우리를 발견하고는 손에 들고 있던 유리잔과 마른 천을 내려놓고 바를 천천히 돌아 나왔다. 아성과 국영은 크게 다툰 뒤 20년 만에 보는 것이었지만 서로를 향해 활짝 웃으며 오래도록 포옹했다.

국영은 무수한 꿈에 도전하다가 이제 피아노를 치고 있다고 했다. 그는 술을 좀 먹더니 아성과 나를 위해 펍의 한쪽 벽에 놓인 피아노를 연주해주었다. 아성이 나를 끌고 나가서 춤을 추기 시작하자 즉흥곡을 지어 연주했다. 나는 아성의 손을 잡고 테이블을 밀어 텅 비어 있는 바닥을 이리저리 옮겨 다녔다. 아성은 아무것도 없는 바닥 위에 그녀만이 볼 수 있는 길이 있다는 듯이, 자신감에 차서 나를 이끌었다. 순간 나는 이상하게도 머릿속에 온통 아성이 곧 죽을 거라는 생각만 가득 찼다. 아성이 지금 눈앞에 있는 것이 감사하면서도 동시에 절망적인 기분을 느꼈다. 세상이 어째서 이런 모양으로 이어져 있는지 도무지 이해할 수 없었다. 거기에 어떤 운명적 이유나 메시지가 있는지 궁금했다. 그런 생각을 하자 목까지 울음이 차올라서 결국 바닥에 주저앉아 울기 시작했다. 국영과 아성은 내가 취했다고 생각해서 나를 한참 어린아이 보듯 하며 크게 웃었다.

국영은 이제 헤어져야 할 시간이 왔을 때 아성과 눈이 마주치자 복잡한 감정이 인 듯 잠시 그대로 우두커니 서 있었다. 그러나 곧 처음 만났을 때처럼 환하게 웃으며 마지막일지도 모르는 포옹을 나누었다. 국영은 그날 만든 즉흥곡을 악보에 적어 우리에게 선물했다.

"세계는 아직 눌리지 않은 건반 같은 거야. 곡의 진행 안에 눌리는 횟수와 순간이 정해져 있어."

아성은 정말 그런 것 같다고 말하며 그 노래 악보에 '사람이 사람을 도와야죠'라고 제목을 붙여 넣었다.

불과 3개월 사이에 아성은 병세가 크게 악화되면서 거동조차 힘들어졌다. 거의 아무 음식도 목으로 넘기지 못하고 다 토해내는 생활이 시작됐다. 종일 침대에 누워 있게 된 아성은 내가 준 공책에 연필로 이따금 무언가를 적었다. 내가 무엇을 쓰는 거냐고 묻자 소설이라고 대답했다. "내 언니에 대한 소설이야.” 아성은 자기가 겪은 모든 이야기를 나에게 들려주었지만 언니에 대한 이야기는 별로 없었다. 내가 아는 것이라고는 열 살 때 교통사고가 났고, 아성 옆자리에 앉아 있던 언니가 죽어 버렸다는 것뿐이었다. “살면서 내가 항상 무언가를 놓치고 있다고 생각했는데 그게 아무래도 언니인 거 같아. 왜 이제야 언니에 대해 떠올리게 되었을까?”

하루는 아성이 바다가 보고 싶다고 해서 나는 아성을 차에 태우고 해변으로 갔다. 아성의 몸에 큰 담요를 둘러주고 가까이 바다가 보이는 위치까지 데려다주었다. 아성은 피곤한 눈으로 파도의 움직임을 바라보며 바닷물이 모래 사이를 빠져나가면서 내는 시원한 소리를 들었다. 몸이 조금씩 떨리는 것을 보고 아성이 고통을 참고 있다는 걸 알 수 있었다. 내가 걱정스러운 눈으로 아성을 바라볼 때마다 그녀는 “난 이제 내 몸 안에서 일어나는 일에는 관심 없어” 하고 남 일처럼 말했다.

아성이 바다에 들어가고 싶다고 말했다. 나는 잠시 망설였지만 그렇게 해주었다. 9월이었지만 물은 그다지 차갑지 않았다. 나는 아성을 안고 물이 가슴에 이를 때까지 파도를 헤치고 걸어갔다. 거기서 아성을 물 위에 살며시 놓아주었다. 아성은 조금 생기를 찾은 얼굴로 물을 휘젓고 손으로 잡아보았다. 나는 아성의 머리가 물속에 잠기지 않도록 목과 허리를 손으로 받쳐주었다. 아성은 나에게 안겨서 잠시 눈을 감고 입을 조금 벌린 채로 몸에 힘을 풀었다. 아성의 몸은 무게가 거의 사라진 것처럼 물결과 함께 흔들렸다. 아성이 너무 오래 그러고 있어서 나는 슬슬 겁이 나기 시작했다. 내 두려움을 느꼈는지 아성은 눈을 뜨고 나를 바라봤다. 나이 들고 병이 든 아성의 얼굴은 여전히 아름다웠다. 어째서 그녀가 죽어야 하는지 분노가 치밀었다.

"내가 아주 어릴 때 말이야."

아성이 말했다.

"나는 수학과 사고실험만으로 세상을 뒤집는 우아하고 아름다운 세계에 매혹되어 있었어. 일부를 보고 전체를 상상하는 능력, 시작부터 끝을 짐작하는 능력이 나한테 있다고 믿었어. 나는 내 인생의 모든 것을 알게 될 줄 알았어. 당연하게도 그러지 못했지. 내가 한 사랑은 모두 다 실패했고 나는 이대로 죽을 테니까."

작은 파도들이 아성과 내 몸을 통과해 지나갔다. 우리가 마치 허공에 떠 있는 유령이라는 듯이.

"너를 더 빨리 만났다면 좋았을 거야. 다른 조건이나 상황에서 혹은 다른 세상에서 우리가 만났다면 정말 좋았을 거야. 하지만 그런 완벽한 순간은 삶을 무한히 반복한다고 해도 잘 일어나지 않고 만약 그런 운이 따른다면 그걸 기적이라고 불러야 할 거야."

아성이 손을 뻗어 내 얼굴을 어루만졌다.

"그러니까 울지 마, 기원아."

그러고도 아성은 몇 번 더 내 이름을 불렀다. 기원아, 기원

아. 그러자 갑자기 내 이름이 낯설고도 돌연하게 느껴졌다. 하지만 이내 그 이름이 아주 오래전부터 무수하게 나를 부르던 익숙한 주문이라는 사실을 천천히 기억해냈다.

아성이 죽던 날 새벽에 나는 잠을 자다가 문득 이상한 기분이 들어 눈을 떴다. 그렇게 다행히도 그녀가 떠나는 것을 지켜볼 수 있었다. 아성은 흐린 어둠 속에서 나를 바라보며 눈을 몇 번 깜빡였다. 깜빡이는 불처럼 이곳과 이제 그녀가 가려는 곳을 잠시 넘나들듯이. 두 세계가 이어져 있고 멀지 않다는 듯이. 그것이 눈꺼풀 한 겹 정도일 수도 있다는 것을 내게 알려주듯이 나를 바라보다가 완전히 떠났다.

아성이 남긴 짐은 평소에 입던 최소한의 옷과 구두뿐이었고, 놀라울 정도로 별다른 소지품이 없었다. 내가 준 공책과 연필이 있었지만 그건 아성이 원하는 대로 태워버렸다. 아성이 쓰던 컵이나 담요에는 더 이상 그녀의 흔적이 남아 있지 않았다. 아성이 내 곁에 머물던 것은 세 계절 정도였는데 그게 진짜 있었던 일인지 확인할 만한 것을 아무것도 남기지 않고 떠났다. 그녀가 내게 준 것은 오직 그녀의 이야기뿐이었다. 아성이 그리워지면 그녀를 뿌린 해변으로 가서 차가운 모래 위에 누웠다. 눈을 감으면 아성이 들려주었던 그녀의 인생이 펼쳐졌다. 그 인생 안에는 내가 없었지만 그것은 이제 나만이 알고 있는 이야기였다. 내가 온전히 소유하게 된 그 세계를 나는 몇 번이고 무한히 반복할 수 있었다.

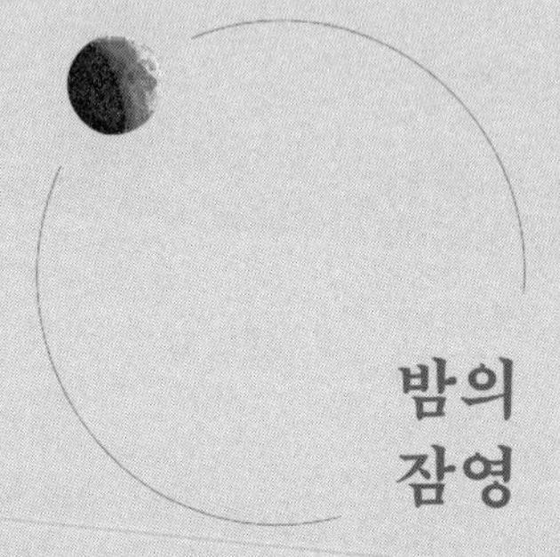

밤의 잠영

처음 수영을 가르쳐준 사람은 휴양지에서 만난 모르는 여자였다. 나는 5층짜리 새하얀 석조 호텔에 머물고 있었다. 테라스에서 내다보면 커다란 야외 수영장과 정돈된 수풀 너머로 느리고 혼탁한 강물이 보였다. 호텔은 강 위에 떠 있는 작은 섬 안에 있었다. 아주 작은 섬이어서 호텔의 한쪽 끝과 반대쪽 끝이 갈라진 두 강줄기와 맞닿았다. 산책하듯 천천히 30분 정도 걸으면 그 섬을 한 바퀴 돌 수 있었다. 강을 따라 내려가면 사계절 내내 여름인 아름다운 해변이 나왔다.

처음 며칠은 남자친구와 의욕적으로 섬 안에 있는 야시장이나 강 건너 올드 타운을 둘러봤다. 자전거를 타고 해변에 다녀오기도 했다. 그러나 이내 꼼짝 않고 호텔에 틀어박혀 지냈다. 날씨가 너무 더운 탓이었다. 호텔 식당에서 조식을 먹고 수영을 좀 하다가 샤워를 하고 몸을 말리고 해가 기울면 타운으로 나가 저녁을 먹고 돌아왔다. 그마저도 무기력하면 수영장 선베드에서 구운 닭고기와 토마토로 만든 클럽샌드위치를 주문해서 먹었다.

어느 날부터인가 그 커플이 보였다. 외국인이 많은 호텔에서 한국인 커플은 한눈에 들어왔다. 로비 소파에 앉아 커피를 마실 때나 식당에서 식사를 할 때 그들과 마주쳤다. 어쩌다 멀리서 그들이 대화를 나누면 내용이 들리지 않아도 한국말이라는 것을 알 수 있었다. 신기하게도 짧은 웃음소리만 들어도 단번에 구별할 수 있었다. 그들도 우리를 알고 있는 눈치였지만 말을 걸거나 눈인사를 한 적은 없었다. 우리는 아무도 우리를 모르는 낯선 곳에서 느긋하게 쉬는 중이었고 새로운 관계를 만들어서 피로해지고 싶지 않았다. 그 커플도 방해받기를 원치 않는 태도로 자신들의 공간 안에서 자연스럽게 지냈다.

대부분의 시간은 수영장에서 보냈다. 호텔에는 커다란 메인 풀과 작은 히든 풀이 있었는데 주로 메인 풀을 이용하다가 태양열이 너무 따가우면 그늘이 있는 히든 풀로 이동했다. 단순히 지겨운 기분이 들 때도 풀을 바꿨다. 두 풀장 모두 수심이 깊은 곳은 내 키를 훌쩍 넘었다. 나는 수영을 할 줄 몰라서 튜브에 팔을 끼우고 물 위를 떠다녔다. 남자친구는 이따금 접영이나 배영을 하고 돌아왔지만 여행 내내 몸이 안 좋았기 때문에 대체로 나처럼 물에 반쯤 잠긴 채 물결을 따라 유영했다. 선베드에 누워 책을 읽거나 낮잠을 자기도 했다. 몸이 뜨거워지면 다시 물속에 들어갔다. 미지근하게 달궈진 물은 부드러운 천처럼 몸을 감싸고 천천히 열을 식혀주었다.

그 커플은 수영을 잘했다. 그들은 주로 우리와 마주 보지 않아도 되는 선베드에 자리를 잡고 몇 시간 동안 수영을 했다. 계속 수영을 하는 건 아니었고 남자와 여자가 번갈아 물에 들어갔다. 이상하게도 함께 수영을 하진 않았다. 남자는 큰 키에 군살 없이 아주 엄격하게 관리한 몸이었고, 초록색 비키니를 입은 여자는 가녀린 골격은 아니었지만 그을린 피부와 적당히 붙은 근육 때문에 매력적으로 보였다. 둘 다 한번 물에 들어가면 수영장 끝에서 끝까지 두어 번 왔다 갔다 했는데 속도에 비해서 물소리가 거의 나지 않았다. 칼로 매끄럽게 푸딩을 가르듯 물속을 미끄러졌다. 물 밖에서 쉴 때는 둘이서 조용히 담배를 피웠다. 담배를 피울 때 그들은 아무런 말도 하지 않는 것 같았다. 여자는 파라솔을 한쪽으로 치우고 틈틈이 햇볕에 몸을 태웠다. 남자가 여자 몸에 정성스럽게 오일을 발라줬다.

우리는 망고주스와 맥주를 마시며 그들의 모습을 몰래 훔쳐봤다. 방에 들어와서 이야기하기도 했다. 남자는 서른 중반쯤 되었고 여자는 그보다 서너 살 어려 보인다는 데에 서로 동의했다. 남자친구는 그들이 부부일 거라고 생각했지만 나는 아닌 것 같다고 말했다.

그날은 여자 혼자 조식을 먹고 있었다. 덧문을 모두 열면 야외 공간과 구분 없이 연결되는 1층 식당에서 여자는 그늘이 있는 2인용 탁자에 앉아 있었다. 그녀는 접시 가득 반타원형 모양의 용과를 쌓아두고 티스푼으로 조그맣게 잘라 먹었다. 검은 씨가 빼곡히 박힌 용과의 하얀 살이 여자의 입안으로 빨려 들어갔다. 가끔 따뜻한 커피도 마셨다. 나는 무심히 혼자 있는 그녀를 구경하며 노른자가 반 정도 익은 먹음직스러운 에그베네딕트를 나이프로 잘라 먹었다. 남자는 어디로 가버렸는지 식사 내내 나타나지 않았다.

여행 중 가장 무더운 날이었다. 슬리퍼를 신고도 뜨거운 반사열이 올라오는 풀장 주변 바닥을 밟기가 힘들었다. 하는 수 없이 오전 수영을 포기하고 방에서 맥주를 마셨다. 에어컨 냉기가 천천히 돌아가는 실링 팬을 따라 방 안을 느리게 순환했다. 바깥의 이글거리는 열기는 상냥하고 부드러운 빛이 되어 창을 투과하고 있었다.

차가운 맥주를 마시면서 이따금 메인 풀을 내려다봤지만 모든 선베드가 비어 있었다. 수영장 바닥에는 보기만 해도 시원해지는 파란색 타일이 깔려 있었고 아무런 냄새도 나지 않는 정수된 맑은 물이 일정한 높이의 수면을 유지하고 있었다. 수영하는 사람은 아무도 없었다. 화단을 손질하거나 타월을 정리하는 직원들의 모습만 가끔씩 보일 뿐이었다.

어째서일까? 순간 호텔에 묵고 있는 모든 사람이 어딘가로 사라져버린 것 같은 기분이 들었다. 정확히는 수영장과 함께 사라졌다. 내가 드나들던 수영장은 사실 저기에 없어. 속으로 무심히 중얼거리자 그건 진실에 가까워졌다. 태양 아래서 가지각색의 빛으로 너울거리고 있는 저 크고 아름다운 수영장이 아직 아무도 훼손한 적 없는 완전무결한 세계의 일부처럼 느껴졌다.

잠에서 깼을 땐 이미 해가 진 뒤였다. 남자친구는 맥주를 많이 먹고 다시 몸 상태가 나빠졌는지 침대에서 몸을 뒤척이다가 좀더 자야겠다고 말했다. 태엽 풀린 오르골처럼 말이 뚝 끊기자마자 잠들어버렸다. 이번 여행 내내 그의 몸 안에선 이유를 알 수 없는 열이 오르내렸다. 그 열은 높은 쪽에서 낮은 쪽으로 이동하며 무언가를 덥히고 식히는 온도의 법칙과 무관하게 미지의 경로로 흐르며 완전하게 사라졌다가 또 완전하게 나타났다.

너무 오랫동안 에어컨 바람을 쐬어 그런지 몸이 으슬으슬 떨렸다. 자연스럽고 따뜻한 바람을 쐬고 싶었다. 조금 고민하다가 수영복을 입고 가운을 걸친 뒤 수영장으로 내려갔다.

메인 풀 주변에는 낮은 조도의 조명이 바닥을 향해 켜져 있었다. 늘어선 선베드들은 적당한 어둠 속에 잠겨 있었고 물은 팽창하는 은하나 성운을 휘저어놓은 것처럼 신비롭게 빛났다. 가까이 다가갈 때까지 물속에 누가 있다는 것을 눈치채지 못했다. 소리 없이 조용하게 헤엄치고 있는 사람이 있었다. 그 여자라는 것을 알 수 있었다.

나는 한쪽 선베드에 자리 잡고 비치 타월로 몸을 감쌌다. 따뜻하게 건조된 꺼칠꺼칠한 타월의 감촉에서 무시무시했던 한낮의 열기가 한순간 느껴졌다. 온화한 밤공기가 수면과 어두운 바닥을 휘장처럼 덮고 있었다. 풀장 주변을 에워싸고 있던 디귿 자 화단은 밤의 일부가 되어 깊이를 알 수 없는 컴컴한 벽처럼 보였다.

어느새 수영을 마치고 물에서 나온 여자가 내 쪽으로 걸어왔다. 다시 보니 초록색 비키니가 그녀의 살결과 아주 잘 어울렸다. 그저 건강하게만 보였던 그을린 피부가 달빛에 닿자 청동처럼 창백한 빛을 내뿜었다. 여자는 물을 뚝뚝 흘리며 내 앞을 지나 선베드를 한 칸 비워두고 다음 선베드에 앉았다. 타월로 머리 물기를 좀 닦고 어깨에 두른 뒤 나를 바라봤다.

"오늘 무척 더웠죠?"

밤에 들으니 중성적인 목소리였다.

"네, 정말 더웠어요."

내가 계속 말했다.

"여기 머무는 동안 한 번도 비가 안 왔어요."

"오래 머물렀나요?"

"일주일 동안 머물 예정이에요. 이틀 남았어요."

"우리는 내일 아침에 떠나요. 마지막 밤이죠."

여자는 잠시 어두운 수풀을 바라봤다. 이파리와 돌 틈에 숨은 풀벌레들이 낮게 울고 있었다.

나는 그렇군요, 하고 대답하며 여자의 얼굴을 관찰했다. 눈과 코의 선은 밋밋했지만 살짝 벌어진 입술이 아리송한 느낌을 주었다. 나는 아침에 그녀의 입속으로 끊임없이 들어가던 물컹하게 축 처진 용과를 떠올리고 있었다. 하얀 살 속에 점점이 박힌 까맣고 작은 씨들이 무수하게, 정말 무수하게 그녀의 내부로 빨려 들어갔다. 달빛에 비친 그녀의 몸 어디에도 검은 반점 같은 건 찾아볼 수 없었다.

"방이 몇 층에 있어요?"

여자가 물었다.

"제일 위요."

"좋겠네요. 우리는 2층이라 뷰가 그리 좋지 않았어요."

여자는 물기가 남아 있는 몸 구석구석을 손으로 문질렀다.

"다른 건 다 좋았어요. 요리도 맛있고 청소도 깔끔하고. 여기 수영장 물이 참 깨끗해요."

"맞아요."

"어떻게 정수하는 건지 모르겠네요. 이물질이 생겨도 자연스럽게 사라지는데 직원들이 뜰채로 수면을 청소하는 걸 한 번도 못 봤어요. 수영장 내벽을 빙 돌면서 손으로 만져보고 발로 바닥을 짚어봤는데 딱히 물을 빨아들이는 구멍 같은 건 없었어요."

"발이 닿지 않는 곳에 구멍이 있지 않을까요. 깊은 곳에요."

내가 말했다.

여자는 물끄러미 나를 바라봤다.

"그럴 수도 있겠네요."

"오늘 혼자 식사를 하시던데요."

물어놓고 조금 후회했다. 여자의 기분을 살폈지만 표정 변화는 거의 없었다. 타월 아래로 삐져나온 여자의 팔과 가볍게 꼰 다리가 여전히 미묘한 경계 너머의 존재처럼 빛나고 있었다. 나는 문득 손을 뻗어 그 피부를 만져보고 싶었다.

"어제 남편이 다쳤거든요. 물로 뛰어들다가 너무 얕은 곳에 닿아서 코뼈가 부러졌어요."

"저런, 몰랐어요."

내가 놀라서 말했다.

"어제 우리는 하루 종일 수영장에 있었는데……"

"호텔 뒤에 있는 히든 풀에서 그랬어요."

여자가 말했다.

"히든 풀에 계셨다면 재밌는 구경을 하셨을 텐데."

여자가 웃어서 나도 조금 웃었다. 여자는 고개를 흔들었다.

"꼼짝없이 수영은 못 하게 됐죠. 물을 그렇게 좋아하는데. 남편은 유소년 수영 선수였어요. 지금은 전혀 상관없는 일을 하지만."

나는 고개를 끄덕였다.

"두 분은 결혼하지 않았죠?"

여자가 물었다.

"네."

"남편과 나는 그럴 거라고 생각했어요."

여자는 우리가 어려 보여서 그렇게 짐작했다고 말했다. 내가 나이를 말해주자 전혀 그런 나이로 보이지 않아요, 대학생일지도 모른다고 생각했는데, 하며 놀라워했다. 나는 그들도 우리를 관찰하고 있었다는 게 기묘한 일처럼 느껴졌다. 호텔에 머물면서 그들과 눈이 마주친 적은 한 번도 없었다.

"물에 잠시 들어가야겠어요."

여자가 일어서며 말했다.

"물기가 마르니까 또 덥네요."

"저도요."

튜브를 가져오지 않아 구명조끼를 보드처럼 잡고 물에 들어갔다. 가만히 떠서 헤엄치는 여자를 구경했다. 여자가 힘차게 밀어낸 물결이 긴 간격을 두고 밀려와 나를 천천히 밀어냈다. 내 몸의 반은 따뜻하고 포근한 물속에 잠겨 있었고 이미 한참 전부터 바닥에 발이 닿지 않는 위치에 떠 있었다.

헤엄쳐 온 여자가 물었다.

"수영을 전혀 배운 적이 없나요?"

"네. 가족들 모두 수영을 배웠는데 저만 배우지 못했었어요."

"내가 좀 알려줄까요? 어렵지 않아요."

여자는 팔로 물을 밀어내고 다리로 물을 차는 원리를 간단하게 알려줬다. 여자의 말대로 움직이니 팔과 다리는 내 몸의 일부가 아니라 신체 연장선에 짜 맞춘 딱딱한 도구처럼 느껴졌다. 어설프지만 구명조끼를 잡고 발장구를 치자 앞으로 조금씩 나아갔다. 내가 가라앉지 않도록 여자가 손으로 배를 받쳐주었다. 물과 공기 사이에서 숨을 쉬는 타이밍도 알려줬다.

"이런 것만 알면 크게 더 배울 건 없어요."

여자가 말했다.

"몸이 물속에서 움직이는 방식에 익숙해지면 적절한 근육과 힘이 생겨요. 아까의 균형감을 기억하고 있어야 해요."

여자의 손이 배에 닿았던 위치를 떠올렸다. 그제야 그녀가 나를 만진 것이 놀랍게 느껴졌다.

물 밖으로 나와서 여자는 자연스럽게 내 옆 선베드로 옮겨 앉아 새 타월로 몸을 닦았다. 나는 선베드 깊숙이 몸을 파묻었다. 열기와 물기를 머금은 매트는 무겁게 푹 꺼져 있었다.

"오늘 불이 난 걸 봤어요?"

여자가 물었다.

"아뇨."

"근처 인가에서 불이 났어요. 남편과 산책을 하다가 그곳을 지나갔는데 작은 집 하나가 통째로 불타고 있었죠. 아무래도 누가 죽었나 봐요. 사람들이 소리를 지르고 울었거든요."

여자는 멍하니 나를 바라봤다.

"아직 죽은 사람을 본 적 없죠?"

"네."

나는 거짓말을 했다.

여자는 천천히 고개를 끄덕였다.

"그게 좋아요. 죽음과는 멀리 떨어지는 게……"

푸르스름하게 빛나는 수영장을 바라보며 말했다.

"아까 호텔로 돌아왔을 때 까만 재가 여기까지 날아왔어요. 물 위에 내려앉는 걸 봤는데 지금은 하나도 안 보이네요."

"네, 깨끗하네요."

"저기 사실은……"

여자가 말했다.

"그 사람, 남편은 아니에요."

"네?"

내가 놀라서 물었다.

"그는 아내가 있어요. 그러니까 나랑은, 말하자면 내연 관계예요."

여자는 나를 바라보며 미소 지었다.

"미안해요. 이런 얘기 불쾌한가요?"

괜찮다고 나는 말했다. 정말 아무 상관 없는 일이었다.

"연인이라고 둘러대도 되는데 항상 부부 행세를 해요. 우습죠? 그런다고 마음이 좀 편해지다니."

"얼마나 됐죠?"

"1년쯤. 이런 식으로 만난 건요. 알고 지낸 지는 아주 오래

됐어요. 어릴 때 같이 수영을 했거든요."

나는 의미 없이 고개를 끄덕였다.

"이상하게 들리겠지만……"

여자는 잠시 망설였다.

"그와 나 사이에는 어쩔 수 없는 과정들이 있었어요. 그때로 다시 돌아간다고 해도 별다른 도리가 없는 완고하게 정해진 순서들이요. 그럼에도 긴밀하게 연결된 끈이 있었죠. 그런 끈으로 연결된 사람들은 운이 아주 나쁘면 기묘한 형태로 꼬여버리곤 해요."

여자는 좌우로 천천히 고개를 저었다.

"이 밤이 다 끝날 때까지 이야기해도 당신은 우리에게 일어난 일들을 절대로 이해할 수 없을 거예요."

아마도 그렇겠죠, 하고 나는 대답했다.

"어쨌든 그는 내가 아니라 지금의 아내와 결혼했어요. 결혼 생활은 엉망이었지만 그가 아내에게 완전히 애정이 없었던 건 아닌 거 같아요. 한때 어떤 감정이 존재했다고 털어놓았죠."

거의 속삭이듯 말하는 여자의 목소리는 이상할 정도로 또렷하게 들렸다.

"그가 이혼을 요구해도 아내는 들어주지 않았어요. 나도 그 여자를 몇 번 봤는데 그리 좋은 사람은 아니에요. 자존심이 아주 세고 비정한 편이죠. 이제 그를 사랑하지도 않아요. 단지 괴롭히려고 놓아주지 않는 거예요. 무슨 이유에선가 감정과 관련된 중요한 나사 하나가 빠져버린 것 같아요. 그녀의 과거 어느 지점이나 혹은 미래에 대한 어떤 예감이 은밀한 계기가 됐을지도 모르죠. 하지만 나로서는 영영 알 수 없는 일이에요."

여자는 눈을 내리깔고 온기와 어둠 속에 가려진 평평한 바닥을 하나의 징조처럼 바라봤다.

"정말 아름다운 여자예요. 똑똑하고 활기차고 사랑하는 사람들에게는 다정한 면도 있어요. 그녀를 소중하게 생각하는 사람들, 그녀와의 기억을 따뜻하게 떠올리는 사람들도 분명히 있을 거예요. 좋은 집안에서 유복한 유년을 보냈고 인생의 큰 좌절을 한 번도 경험해보지 않은 사람의 자신감이랄까, 빛이랄까, 그런 게 있었죠. 고백하자면, 내게는 마음속 깊이 그녀를 미워한 순간들이 있어요. 눈부시게 밝은 한낮의 빛 속에서도 심해처럼 차갑고 무서운 상상을 했어요."

여자는 골똘히 생각에 잠겼다. 이제 풀벌레 소리는 감쪽같이 사라지고 아주 고요한 물소리만 들렸다.

"지금 그의 아내는 죽어가고 있어요."

나는 잠자코 여자가 계속 말하길 기다렸다.

"폐가 딱딱하게 굳어서 숨을 쉬지 못하는 병이래요. 한쪽 폐는 이제 거의 쓸모없어졌고 나머지 한쪽도 똑같이 진행되고 있죠."

단조롭게, 그저 단조롭게 여자는 말했다. 이제 여자와 나는 거의 똑같은 자세로 선베드에 누워 서로의 눈을 들여다보고 있었다. 여자의 벌어진 입은 밤을 흡입하듯 숨을 들이마시고 다시 까만 어둠을 뱉어냈다.

"그 병에 대해 알아봤어요. 그렇게 죽은 사람의 폐를 반으로 갈라놓은 사진을 찾았죠. 작은 공기 주머니들이 살아 있을 때 모양 그대로 단단하게 굳은 폐였어요. 그건 따뜻한 살과 피가 섞였던 장기라기보다 마치 거대한 동물의 뼈 같았어요. 한 번도 영혼이 머문 적 없는 오래된 돌처럼 보였어요."

마침내 긴 꿈을 준비하는 사람처럼 여자는 눈을 감았다. 그녀가 어둠 속에서만 보이는 무언가를 찾고 있다고, 나는 생각했다.

"현무암을 본 적 있겠죠? 뜨거운 용암이 식어서 생긴 까맣고 가벼운 돌이요."

물론 그 돌을 안다고, 나는 대답했다. 여자는 눈을 뜨지 않은 채 희미하게 웃었다. 얕은 물속에서 움직이는 입 모양처럼 느릿느릿 중얼거렸다.

"구멍이 많아서 물에 뜨기도 하는 이상한 돌 말이에요."

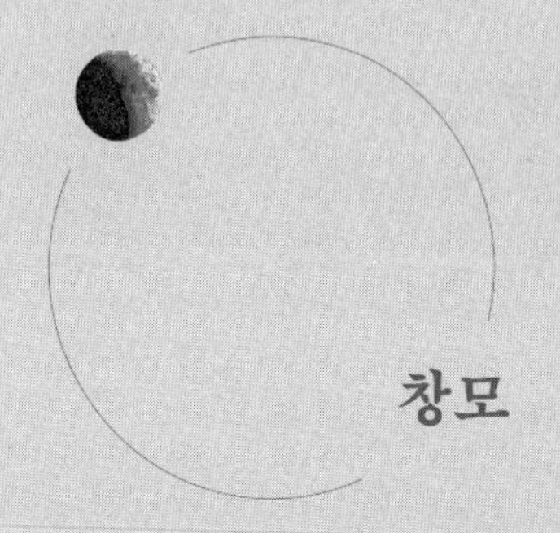

창모

내가 창모의 친구라는 것을 알게 되면 열이면 열 “네가 대체 왜?” 하고 되묻곤 했다. 모종의 이유가 숨겨져 있을 거라는 확신. 나를 향한 염려. 혹은 내가 위험한 짓을 벌이고 있다는 부드러운 책망이 그 물음에 깔려 있었다. 때론 다정한 미소 뒤에 나를 다시 판단하기 시작한 차갑고 정중한 경계심이 떠올랐다. 그럴 때면 나는 매번 창모와 친구인 이유를 잘 설명하지 못하면서도 다만 그와 친구가 맞다는 하나 마나 한 대답을 하곤 했다.

창모와 같은 중학교를 나왔지만 고등학교 1학년 때 같은 반이 되기 전까지 우리는 모르는 사이였다. 정확히 말하자면, 나는 창모를 알고 있었다. 학교에서 창모를 모르는 애는 하나도 없었다. 창모의 행적, 소문, 운이 따른다면 복도나 교실에서 직접 보게 되는 기행이 언제나 그 애 이름 뒤에 따라다녔다.

같은 교실에 앉아 있는 창모를 발견하고 내가 제일 먼저 머릿속에 떠올린 기억은 그 애가 중학교 운동장 철봉에 한 아이를 청 테이프로 묶고 있는 모습이었다. 철봉에 묶인 아이는 몸을 꿈틀거리며 분노와 수치심에 붉어진 얼굴로 소리 없이 울고 있었다. 그 애가 내 옆 반이라는 것과, 마치 날벌레를 쫓는 동작처럼 오른팔을 수시로 휘두르는 틱이 있다는 것을 나는 기억하고 있었다. 철봉 주변에는 아마도 창모가 벌이는 짓이 재미있을 것 같다고 생각해서 히히덕거리며 따라왔을 몇몇 남자애가 보였는데 그 애들은 이미 조금 기가 질린 표정으로 몸을 살짝 뒤로 빼고 마지못해 주변을 서성거리고 있었다. 창모는 그 애들의 망설이는 기색이나 울고 있는 아이의 심정에 조금도 공감하지 못하는 얼굴로 그 일을 계속했다. 마땅한 벌을 내리는 집행관의 태도로 차가운 철봉과 아이의 팔이 구분되지 않을 때까지 청 테이프를 칭칭 감았다.

나중에 내가 왜 그 애를 철봉에 묶었느냐고 물었을 때, "팔이 이상하게 움직이잖아. 거슬려서 그렇게 해둔 거야" 하고 창모는 대답했다.

가까이서 지켜본 창모의 인상은 생각보다 평범했다. 오히려 그 애는 아주 쾌활한 성격으로 상대의 기분을 해치지 않고 재치 있는 농담을 구사하는 법을 알고 있었는데 누군가의 경계를 허물고 호감을 끄는 것이 아주 손쉬운 일이라고 생각하는 것 같았다. 창모를 모르는 애들은 그 애가 쌍꺼풀 없는 긴 눈으로 귀엽게 웃는다고 생각했다. 물론 창모를 알고 있던 애들은 그 애가 있는 무리 가장자리에 적당히 머물다가 자연스럽게 빠져나왔다. 긴장을 늦추지 않고 침착하게 창모의 행보를 주시했다. 새 학교의 아이들이 창모가 누구인지 알게 되는 데는 그리 오랜 시간이 걸리지 않았다.

3월의 어느 금요일 쉬는 시간. 다른 반 애들이 체육복을 빌리기 위해 우리 교실을 어슬렁거리고 있었다. 그 애들은 못 보던 새로운 얼굴들을 확인하고 겁을 좀 주거나 유리한 위치에서 유대감을 쌓고 싶어서 일부러 요란하게 굴고 있었다. 창모는 느닷없이 그중 한 여자애에게 앞에서 계속 알짱거리면 죽여버리겠다고 말했다. 순식간에 그 애 친구들이 몰려들었다. 키가 작지만 어깨가 단단해 보이는 남자애가 큰 소리로 욕을 하며 창모가 앉아 있는 책상 앞으로 성큼성큼 다가갔다. 그 애가 한 손으로 쇠로 된 둥근 의자 다리를 집어 들었을 때, 나는 창모가 다시 '죽여버릴 거야' 하고 말하는 입 모양을 보았다. 남자애가 위협적으로 의자를 휘두르기 시작하자 창모는 필통에서 얇고 납작한 15센티미터 자를 꺼냈다. 한쪽은 길이를 잴 수 있는 균일한 눈금이 그려져 있고 다른 한쪽은 물결무늬 밑줄을 그을 수 있는 울퉁불퉁한 면이 있는 철자였다. 창모는 자의 뾰족한 모서리가 아래쪽으로 빠져나오도록 주먹을 쥐었다. 그러고는 남자애에게 달려들어 한 손으로 턱을 벌리고 입속에 자를 쑤셔 넣었다. 창모에게 잡힌 남자애는 완전히 패닉에 빠져 의자를 놓치고 교실 바닥에 나동그라졌다. 창모가 "죽어! 죽어! 죽어!" 외치며 계속 입속에 자를 밀어 넣으려는 걸 두 손으로 막으며 필사적으로 비명을 질러댔다. 다른 애들이 달려들어 창모를 떼어놓았는데도 그 애는 겁에 질려 계속 소리를 질렀다. 창모는 그 모습을 잠시 지켜보다가 자리로 돌아가 꽉 쥐고 있던 자를 자기 필통 속에 도로 집어넣었다.

그날의 싸움에서 누구도 어느 한 군데 다친 곳이 없다는 이야기를 전해 들었을 때, 우리는 멍한 충격에 휩싸였다. 그때 그 모습을 지켜보며 심장과 피부로 생생하게 느꼈던 날카로운 고통이 사실 누구에게도 실재한 적 없는 허상이라는 사실을 믿을 수 없었다. 그럼에도 모두의 마음속에 그날의 장면은 피가 낭자하고 누군가의 죽음이 존재하던 순간으로 각인되었다. 요행히 그렇게 되지 않았을 뿐, 그 일련의 과정이 품고 있던 가능성을 그 자리에 있던 모두가 상상할 수 있었다. 원하지 않아도, 상상하게 되었다.

그 후로 창모는 다시 중학교 때와 마찬가지로 '조심해야 되는 애'로 통했다. 창모의 비합리적인 분노와 악랄함을 한 번이라도 눈으로 보고 나면 십중팔구 그 애를 꺼림칙하게 여겼다. 창모는 무리를 짓지 않고 내키는 대로 한두 명과 어울려 다녔고 무슨 이유에선가 얼마 지나지 않아 그 애들을 증오하게 되었다. 한때 친구였던 애들을 완전히 박살 내놓아야 분이 풀렸다. 그러고는 또 다른 애들을 한두 명 골라 이리저리 끌고 다녔다. 누구도 창모와 친해지려 하지 않았지만 적이 되고 싶어 하지도 않았다. 그 적당한 거리를 유지하기 위해 은밀하게 신경을 기울였다. 여름이 왔을 즈음에는 창모를 직접 본 적이 없는 애들도 소문을 듣고 그 이름을 입에 올리며 "걔는 정말 또라이야"라거나 "절대로 정상은 아니지" 하고 수군거렸다.

어느 순간부터 창모가 나를 특별하게 대하기 시작했는지는 불분명하다. 창모는 내가 다른 애들과 떠들고 있으면 슬쩍 다가와 계속 거기 있었던 사람처럼 함께 웃었다. 등하굣길에 만나면 자연스럽게 내 옆에 붙어 나란히 걸었고, 가끔은 잠시 어디에 들러서 함께 무언가를 먹고 싶어 했다. 나는 창모가 근래에 자신에게 일어난 사소한 일들을 내가 알 필요가 있다는 듯이 시시콜콜 들려주는 것을 별다른 생각 없이 들었다. 때론 내게 전화를 걸어 그 순간의 분노나 슬픔에 대해 그 애가 하는 이야기를 꽤 오랜 시간 들어주기도 했다. 내가 그런 창모의 태도를, 창모와 나의 관계를 인지하게 된 것은 1학년 가을이 다 지나갈 즈음이었고 언제부터였는지 왜 그렇게 되었는지 나도 창모도 정확히 알지 못했다.

"창모가 하는 말을 이해할 수 있어?"

친구들은 신기하다는 듯이 내게 물었다.

"너희도 창모와 이야기하잖아."

"다 같이 있을 때 말하긴 하지. 창모와 단둘이 대화하는 사람은 너밖에 없어."

"특별한 이야기를 하는 건 아냐."

몇몇은 묘한 시선을 숨기지 못했다.

"너는 걔를 이해할 수 있어?"

사실 단둘이 있을 때 창모는 너무 멀쩡하고 평범해서 나는 그 애가 창모라는 걸 자꾸 잊어버렸다. 창모가 했던 비윤리적인 행동들, 창모가 상처 준 사람들. 그 사람들을 대하던 창모의 비상식적인 사고방식을 납득할 수는 없었다. 동의할 수 없었다. 하지만 창모의 비합리적인 행동에서 논리를 발견할 수는 있었다. 창모가 생각하고 움직이는 메커니즘을 이해할 수 있었다.

"죽고 싶어."

창모는 누군가를 죽이고 싶다는 말과 죽고 싶다는 말을 배가 고프다는 말처럼 쉽게 하곤 했는데, 굳이 따지자면 죽고 싶다는 말을 더 자주 했다. 특별한 이유는 없었다. 많은 사람이 그렇게 느끼듯, 자신의 삶이 불행하다는 것이었다.

창모에게 들은 바에 의하면, 창모의 아버지는 한 자동차 회사의 임원이었고 어머니는 약사였다. 창모의 부모님은 신축 아파트와 상가 건물을 소유하고 있었고 사이도 나쁘지 않았다. 연년생인 남동생은 과학고 입학을 준비 중이었다. 창모가 자기 자신을 죽이고 싶어 하는 이유라는 건 대개 어머니가 단종된 운동화를 허락 없이 버렸다거나 잘난 가족들 사이에서 소외감을 느낀다거나 하는 것들이었는데, 그건 일반적으로 자살을 결심할 만큼 괴로운 일이 아니었기 때문에 나는 창모가 무언가 다른 이유를 숨기고 있을 거라고 생각했다. 그러나 서서히 그것들이 정말 창모가 죽고 싶은 이유의 전부라는 것과, 죽고 싶다는 말이 매번 진심이라는 것을 알게 되었다.

"진심이지만, 실은 진심이 아니야."

친구들은 이런 나의 표현을 잘 이해하지 못했다. 그럼 나는 조금 고민하다가 다시 말했다.

"그러니까 창모의 논리에서 그건 진실이지만, 때로 진실은 사라지기도 한다는 말이야."

내가 처음으로 창모에게 "너의 논리에서 그건 진실일 거야"라는 표현을 썼을 때, 창모는 그게 무슨 의미인지 설명해달라고 했다.

하늘을 뒤덮은 잿빛 구름 속에서 차가운 가을비가 쏟아지고 있었다. 창모와 나는 학교가 끝난 뒤 각자의 우산을 쓰고 말없이 버스 정류장 쪽으로 걸어 내려왔다. 오후 4시가 조금 넘었지만 해가 진 것처럼 사위가 깜깜하고 쌀쌀해서 좀처럼 기운이 나지 않았다. 울적한 표정의 사람들이 창모와 내 곁을 느릿느릿 지나쳐 갔다. 버스가 만원이어서 우리는 사람들을 헤치고 겨우 의자 손잡이와 기둥을 잡을 수 있었다. 흔들리는 버스 안에서 중심을 잡으며 그렇게 한두 정거장을 가는데, 창모 앞자리에 앉은 여자가 큰 소리로 화를 내기 시작했다.

"우산 치워요. 당장 저리 치우라니까!"

창모의 장우산이 여자의 몸 쪽을 향하고 있었다. 쇳조각처럼 뾰족하게 마모된 우산 끝에서 동그란 빗물이 조금씩 아래로 떨어졌다.

"옷 다 젖는 거 안 보여?"

"씨발 이게 어디서……"

창모가 여자에게 욕을 퍼붓기 시작했다. 버스 안의 모두가 창모와 여자를 쳐다봤다. 이게 그럴 일인가. 창모의 감정선을, 창모의 생각을 이해할 수 없어서 혼란에 빠진 사람들이 그 애를 지켜보고 있었다. 나는 그때 창모에게 있어서 자신을 건드린 사람은 남녀노소 잘잘못에 상관없이 그저 보복해야 할 대상이 된다는 것을 깨달았다. 창모는 상황의 넓은 맥락과 이해관계를 파악하기보다 자신이 한순간 감각한 위협에 모든 의미를 집중했다. 스스로를 소모하고 망치면서도 창모에게는 보복이 가장 중요한 숙명처럼 보였다. 창모가 세상에서 자기 자신을 가장 아끼는 것처럼 굴지만 실제로는 자기 자신을 가장 함부로 훼손하고 있다고, 나는 생각했다.

창모가 여자 쪽으로 다가서며 마치 찌를 것처럼 우산을 치켜들었다. 나는 창모의 팔을 붙잡았다.

"그만해. 이분 임산부야."

"그게 뭐? 애 가진 게 벼슬이라 눈에 뵈는 게 없나? 그러고도 애 눈깔이 제대로 박혀 있을 거 같아?"

창모는 얼굴 표정 하나 변하지 않고 배 속의 아이에게 저주를 퍼붓기 시작했다. 만만치 않게 안하무인으로 언성을 높이던 여자의 얼굴이 새하얗게 질려갔다. 여자는 반사적으로 둥글게 부풀어 오른 배를 감싸 안고 움츠러들었다. 여자의 기세가 꺾인 걸 알아채고 창모는 더 신랄하게, 듣고도 믿을 수 없는 끔찍한 말들을 쏟아냈다. 그런 생각을, 그런 상상을 하다니. 사람이 사람에게 그런 마음을 품다니. 나는 놀랄 수밖에 없었다. 창모는 상대가 무엇을 가장 고통스러워하는지 정확히 파악해서 집요하게 괴롭혔다. 이제 여자는 입을 꾹 다물고 분노도 오기도 모두 사라진 표정으로, 사람이 아니라 악귀를 만난 얼굴로 창모를 쳐다봤다. 피할 수 있었던 폭풍이나 지진 쪽으로 스스로 걸어 들어온 자신을 탓하며 이런 재앙이 어서 지나가기를 기다리고 있는 것 같았다.

"그만해. 이제 그만하라고."

내 손에 이끌려 버스에서 내리고서도 창모는 한동안 분이 풀리지 않아 씩씩 숨을 몰아쉬었다. 은행이 다 떨어진 은행나무 몸통을 우산으로 내리찍고 찌르며 결국 우산을 반으로 부러뜨리고서야 얌전해졌다. 나는 그 모습을 정류장 벤치에 앉아 지켜봤다. 그러는 사이 가늘게 내리던 비가 완전히 그쳤다.

"너무 배고파."

내가 말했다. 창모도 배가 고프다고 했다.

"떡볶이 먹고 싶어. 니가 사."

훈기가 도는 떡볶이집에 마주 앉아 매운 떡볶이와 김가루 주먹밥을 먹었다. 이미 창모의 기분은 다 풀려 있었고 창모의 머릿속에서 버스에서 만난 임산부는 말끔히 사라져버린 것 같았다. 어떻게 그럴 수 있어? 나는 속으로 생각했다. 그 여자는 지금도 오늘 밤에도 아이가 태어나는 순간까지도 네가 했던 말을 되새기며 두려움에 떨며 너를 기억할 텐데.

"넌 왜 화를 내는 거야?"

내가 물었다.

"왜냐니? 그 여자가 나를 화나게 한 거지."

"너는 그냥 화를 내고 싶어서 화내는 것 같아."

"내가?"

창모는 모르겠다는 듯이 웃었다.

"나는 그런 거 생각 안 해봤어. 그냥 화가 나면 참지 않을 뿐이야."

나는 고개를 끄덕였다.

"네가 그런 방식으로 살겠다면 그럴 수 있지. 다른 사람의 입장을 신경 쓰거나 너의 감정을 참으면서 살지 않겠다고 결정했다면, 네 입장에서 그 여자는 싸워야 하는 적이었을 거야. 너의 논리에서 그건 진실일 거야."

창모는 입에 든 것을 씹으며 "나의 논리?" 하고 고개를 갸웃거렸다. 설명을 해달라고, 내 얼굴을 바라보며 말했다.

그때까지 나는 창모를 딱 그 정도 태도로 대하고 있었다.

창모가 내게 찾아와서 누군가를 향한 분노를 이야기할 때, 내게 전화를 걸어서 자신의 슬픔에 대해 설명할 때 나는 그저 듣거나 어느 부분에서는 “그럴 수 있지” 하고 대꾸해줄 뿐이었다. 그건 내가 창모의 생각이 옳다고 생각해서도, 창모의 감정에 공감해서도 아니고 순전히 창모를 친구로 생각하지 않았기 때문이었다. 창모와 창모가 어떤 방식으로든 해친 사람들을 나와는 전혀 상관없는 타인으로 여겼기 때문이었다. 그러나 그날은 어쩐지 내가 창모에게 무언가 말해줘야 한다는 생각이 들었다.

“하지만 네가 한 선택에 책임을 져야 할 거야.”

내가 말했다.

“분명히 잃게 되는 것들이 생길 거야. 너는 다른 사람들이 왜 너처럼 살지 않는지 생각해봐야 할 거야. 사람들이 말하는 평범함이나 정상, 상식과 같은 범주가 옳다는 게 아니라 그렇게 검증된 것들이 주는 안전성을 네가 간과하고 있다는 말이야.”

창모는 빨갛고 윤기 나는 떡볶이를 포크로 헤집다 말고 나를 쳐다봤다.

“하지만 내가 잃을 게 뭐가 있겠어?”

“네가 잃을 수 있는 건 지금 가지고 있는 것만이 아니야. 세상은 애초부터 그런 모양이 아니야. 그건 앞으로 네가 갖게 될 소중한 것일 수도 있고 이미 오래전에 잃어버렸던 것일 수도 있어."

창모는 고개를 기울이고 잠시 생각에 잠겼다.

"그런 걸 다 생각하면서 살면 힘들 것 같은데."

"나는 너와 달리 다른 사람의 입장을 생각해. 사실은 누구나 의식하지 못하는 수많은 찰나의 순간 자기가 아니라 다른 사람의 입장에서 생각해. 그 사람의 상황이나 마음을 상상해보고 그 사람의 입장이 되어서 그 사람을 이해하려고 한단 말이야. 가령 아까 버스에서 만난 여자는 분명히 너한테 무례하게 굴었지. 그 여자가 너보다 연장자더라도, 설사 임신 중이더라도 너를 그렇게 함부로 대할 권리는 없어. 너도 그 여자에게 그런 대접을 받을 이유가 없고."

"그런데?"

"하지만 나라면 생각할 거야. 여자의 상태에서 여자의 시선에서 나를 낯설게 바라볼 거야. 여자의 눈에 네 우산은 위협적이었을 수 있어. 너는 둥글고 안전한 우산의 손잡이를 잡고 있었겠지만 여자 쪽에서는 흉기처럼 뾰족한 우산의 끝이 보였을 테니까. 위협적이지 않았을까. 작은 충격에도 다칠 수 있는 연약한 아이가 배 속에 있었으니까. 버스가 흔들리고 네가 중심을 잃기라도 하면? 앞으로 고꾸라지는 너의 체중이 우산에 실려 배를 찌른다면? 두려워서, 조급해져서 너에게 공격적으로 말한 거라면? 그런 생각을 하면 여자의 행동을 잘못 그대로 판단할 수 없게 돼. 아무래도 너그러운 마음을 먹게 되는 거야. 언젠가 나도 그 여자의 입장이 될 수 있다고 생각하니까. 내가 두려움 속에서 그런 실수를 했을 때, 다른 사람들이 조금은 따뜻한 태도로 이해해주길 바라니까. 세상 사람들은 그런 작은 기대와 바람들로 상식을 만들어둔 거야. 너는 그 긴밀한 약속에서 벗어난 사람이고."

나는 창모의 천진한 눈을 바라보며 말했다.

"그러니까 내 말은 네가 언젠가 벌을 받을 거라는 거야."

창모가 소리 내서 웃기 시작했다. 한참을 웃다가 내게 말했다.

"너랑 이야기하면 화가 사라져. 화가 났던 건 진짠데, 진짜 죽고 싶었는데 내가 정말 그런 마음이었는지 나도 알 수 없게 돼버려. 신기하지 않아?"

1학년 이후로 창모와 같은 반이 된 적은 없었다. 다른 반이 된 창모는 이따금 내키지 않으면 며칠씩 학교에 나오지 않거나 교실에서도 대부분의 시간을 노란 기름 같은 볕 속에 엎드려 잠만 자는 것 같았다. 그러나 창모의 지난날과 비교했을 때 전에 없던 조용한 시기가 지나가고 있는 것만은 분명했다. 창모에 대한 소문을 들은 애들은 창모를 자극하지 않도록 조심스럽게 대했고 창모도 먼저 큰 싸움을 만들지 않았다. 나는 그때쯤 창모의 어머니와 가끔 통화하곤 했는데, 그녀는 아들의 변화를 아주 고무적으로 생각하며 어느 정도 감격한 상태였다. 창모의 어머니가 직접적으로 내게 말한 적은 없지만, 나는 그녀가 오랜 시간 자기 아들이 어딘가 망가진 채 태어난 게 아닐까 하는 두려움에 사로잡힌 채 살아왔다는 것을 느낄 수 있었다. 창모와 크게 다투었을 때, 창모와 연락이 되지 않을 때 나에게 전화를 걸어 기운 없는 목소리로 내가 알고 있는 것이 있는지 묻는 그녀에게 나는 잔잔한 유대감을 느끼고 있었다.

그때쯤 창모가 꽤 친하게 어울리기 시작한 친구가 하나 생겼는데, 축구를 하다가 관두고 실업계 수업을 듣는 훈기였다. 키가 186센티미터나 되는 훈기는 의외로 순진하고 놀랄 만큼 겁이 많았다. 6년 동안 키운 야옹이라는 토끼가 있다고, 그 토끼의 몸무게가 11킬로그램이나 된다고 창모가 말해주었다. 3학년이 돼서는 훈기와 어릴 적부터 친구인 현도까지 셋이서 어울려 다녔다. 볼이 빨갛고 몸집이 통통한 현도는 고집도 세고 말귀도 잘 알아듣지 못한다며 창모는 별로 좋아하지 않았다. 창모는 가끔 그 애들을 끌고 내가 있는 교실로 와 시간을 보냈다. 교실 앞을 지나갈 때면 복도와 면한 네모난 유리창을 열고 내 이름을 크게 부른 뒤 손을 흔들었다. 가끔은 껌이나 동그란 사탕을 공처럼 세게 던져주기도 했다. 그런 행동들 때문에 창모가 나를 좋아한다고 생각하는 애들도 더러 있었는데, 나로서는 창모가 누군가를 사랑하게 되는 것을 조금도 상상할 수 없었다.

열아홉 여름 방학에는 훈기의 외갓집에 갔다. 평생을 부두에서 나고 자란 여자답게 입이 걸걸한 훈기 외할머니는 새벽 어시장에서 직접 골라 온 생선과 해물로 진득한 칼국수를 끓여 우리를 배불리 먹였다. 먹성 좋은 현도는 두 그릇을 싹 비웠고 입이 짧은 창모도 맛있게 먹었다. 나는 내심 창모가 어른을 어떻게 대할까 걱정하며 마음을 졸였는데 그런 걱정이 무색할 정도로 창모는 할머니의 욕설도 거친 손길도 넉살 좋게 받아내며 시종일관 예의 바르게 굴었다.

저녁에는 바다에 나갔다. 하늘과 바위섬이 가득한 수평선 사이로 붉은 해가 번지며 일그러지며 사라지는 것을 구경했다. 발이 모래 속으로 푹푹 빠지는 해변을 조금 걸었고 턱을 들고 공기에 섞인 소금 냄새를 맡았다. 하얗게 날아가는 물새들을 지켜봤다. 어둠이 내려온 모래 위에 앉아 한 손에 가느다란 막대 폭죽을 하나씩 들고 맥주를 마셨다. 치지지직 소리를 내며 작고 치열하게 타들어가는 폭죽을 둥글게 어지럽게 흔들며 거의 다 태웠을 때, 창모가 좋아하는 여자가 생겼다고 말했다. 처음에 우리는 그 말을 믿지 못하고 재미있는 농담처럼 웃었는데 창모는 조금도 웃지 않았다. 정말이라고, 그 여자가 정말 좋다고 진지하게 말해 우리를 깜짝 놀라게 했다.

창모가 좋아하게 된 여자는 창모의 과외 선생님이었다. 자기보다 나이가 두 살 많고 대학에서 영문학을 공부하고 있다고, 이름은 소호라고 창모는 이야기했다. 그러면서 한순간 부드럽고 몽롱한 표정을 지었는데 나는 그 표정을 보고서야 창모가 진짜 사랑에 빠졌다는 것을 믿을 수 있었다. 짧은 순간, 그 변화가 창모에게 도움이 될지도 모른다는 생각이 들었다. 다른 사람의 마음에 공감하는 법을 배우고 안정적인 정서를 만들어 갈 수도 있을 거라고. 하지만 곧바로 창모가 가지고 있는 폭력성이 피부처럼 가까워진 연인에게 어떻게 작용하게 될지 두려운 마음이 들었다. 타인은 물론, 자기 자신까지 아무렇지 않게 망가뜨리는 창모가 그 여자를 해치게 될까 봐, 관계를 좀먹고 스스로도 서서히 죽어갈까 봐 겁이 났다.

본격적인 연애를 시작하면서 창모의 기분은 열대우림의 날씨처럼 하루에도 열두 번씩 변했다. 창모는 하루하루 자신 안에서 불가항력적으로 움직이는 감정과 불가해한 방식으로 이루어진 사랑의 마음을 발견하고 감동하면서도, 소호 언니의 말 한마디 행동 하나에 절망과 분노를 느꼈다. 창모가 나에게 전화를 거는 순간은 언제나 후자였는데, 그런 때면 나는 몇 시간이고 창모의 반복되는 이야기를 들어주었다. 가끔은 어린애처럼 우는 그를 어르고 달래며 지금 네가 느끼는 감정은 사랑을 하는 사람들이 보편적으로 느끼는 감정이라고, 모두가 겪고 많은 수가 패배하지만 서로를 이해하려는 의지가 남아 있다면 이겨낼 수도 있는 문제라고 말해주었다.

창모는 언제나 자기 마음이 무너졌으니 세상도 무너질 거라고 확신하는 어린아이 같은 태도로 내게 전화를 걸었다. 자신에게 중요한 문제가 나에게도 당연히 중요할 거라고 믿고 있었다. 창모에게는 그 종말이 진실이라고, 나는 생각했다. 나와 시간을 보내면서 잠시 슬픔을 잊고 자기도 모르게 웃음을 터뜨리고 마침내 농담을 할 수 있게 되는 과정이 창모에게는 중요하다고.

“네 시간을 다 뺏고 너를 그렇게 괴롭혀놓고 결국엔 아무렇지도 않게 그 여자를 다시 만나러 가잖아.”

창모의 전화를 받기 위해 매번 독서실을 뛰쳐나가는 나를 지켜보던 한 친구가 그렇게 말한 적이 있다. 창모를 이해하는 나를 이해할 수 없다고.

“헤어지고 싶다거나 헤어지게 될 거 같다는 말은 애초에 안 믿었어. 대화 내용은 중요한 게 아니고 그냥 창모한테는 대화를 나누는 시간이 필요했던 거니까. 나는 도움을 주려던 거였고 도움이 됐으니까 결과적으로 기분 나쁠 일이 아니지.”

내가 그렇게 정성 들여 대답하자, 친구는 미간을 찡그리며 냉담하게 말했다.

“웃긴다. 걔가 너한테 그런 호의를 받을 자격이 있어?”

그때 나는 조금 놀라며 그것에 대해 처음으로 생각하게 되었는데, 잠시 고민해보고 이렇게 대답할 수 있었다.

“나는 그냥 내 눈앞에 보이는 위험에 처한 사람을 구하는 거야. 창모나 창모가 해치려는 사람들은 실제로 위험해질 수 있고, 내가 조금만 도와주면 아무 일도 일어나지 않을 테니까. 그걸 알고도 막지 못하면 내 마음도 다칠 테니까. 사람이 사람을 돕는 세상은 이런 식으로 이루어진 게 아닐까?"

그러나 그해 가을이 끝나갈 즈음엔 조금 다른 질문을 받았다.

"창모 같은 애를 정말 도와도 된다고 생각해?"

그 질문은 현도의 입에서 나왔다. 수능을 몇 주 앞둔 추운 저녁이었고, 전에는 한 번도 그런 적이 없지만 현도가 단둘이 만나자고 나를 찾아왔다. 나는 집 앞으로 찾아온 현도와 이야기할 만한 곳을 찾아 걷기 시작했는데 날이 너무 추워서 가만히 앉거나 서 있을 수가 없었고, 그래서 계속 앞으로 앞으로 조금씩 걸으면서 현도의 이야기를 들었다. 현도는 창모와 훈기가 싸운 이야기를 들려줬다. 근래에 둘의 사이가 좋지 않다는 것은 나도 눈치채고 있었다. 그때쯤 창모는 거의 가출 상태로 소호 언니 집에서 동거 중이었고, 언니와 사이가 틀어지면 불같이 주변을 들쑤시다가 다시 언제 그랬냐는 듯 언니를 사랑하러 가버리는 식이었다. 착하고 고지식한 훈기는 매번 창모를 걱정하고 도와주려다가 도리어 상처를 받았다.

"창모가 훈기한테 가족들을 다 찔러버리겠다고 했어. 내가 그걸 옆에서 들었어."

현도는 잠시 숨을 고르며 놀라서 입을 틀어막은 나를 조용히 바라봤다.

"그 새끼, 훈기 외할머니가 해주신 밥을 맛있다고 다 먹었어. 그 밥을 먹어놓고도 그런 소리를 했다고."

현도는 고개를 흔들었다.

"나는 창모랑 멀어질 거야. 싸우지도 않고 왜인지도 언제부터인지도 모르게 그냥 서서히 멀어져서 아무런 흔적도 남기지 않고 모르는 사이가 될 거야."

무서울 정도로 단호하게 말하는 현도의 얼굴을 나는 매를 맞는 기분으로 바라봤다.

"너는 어때? 그런 사람의 친구라는 것에 죄책감을 느끼지 않아?"

나는 그때 아무 대답도 하지 못했다. 나는 그것에 대한 대답을 가지고 있지 않았다.

창모에게 연락이 왔을 때, 실망했다고 말했다. 이번엔 선을 넘었다고, 너에게 가지고 있던 기대가 모두 무너졌고 이제 너와는 더 이상 이야기하고 싶지 않다고 쏘아붙였다. 그러니 연락하지 말라고 냉정하게 전화를 끊었다. 그 뒤로 창모에게 몇 번의 전화가 더 걸려왔지만 받지 않았다. 이걸로 끝이라고 생각했다.

그러나 시간이 흐를수록 무언가 잘못되었다는 생각이 들었다. 이런 식으로 모든 걸 끝내는 것이, 모든 잘못을 창모에게 전가하고 나는 안전하게 빠져나오는 것이 비겁하게 느껴졌다. 내가 무엇을 더 해야 하는지 알 수 없었지만, 아직 끝나지 않았다는 것만은 분명히 알 수 있었다.

그런 마음으로 창모에게서 걸려온 전화를 받았을 때, 창모는 응급실에 있었다. 시간은 새벽 2시였다. 응급실에 들어서는 나를 보고 창모가 내 이름을 크게 불렀다. 마치 복도에서 교실 창문을 열고 나를 부르듯이. 나는 창모에게로 한 걸음씩 걸어가며 여기저기 터진 얼굴과 피가 묻은 하얀 셔츠를 찬찬히 보았다. 내가 침대 바로 앞까지 다가가자 창모가 엉망인 얼굴로 웃었다.

"너밖에 안 왔어."

목소리에는 순수한 기쁨이 묻어났다.

"엄마도, 소호 누나도 아무도 오지 않겠대."

"누구랑 싸운 거야?"

"모르는 사람."

나는 크게 한숨을 쉬었다.

"넌 왜 그러는 거야."

"미안해."

창모가 지친 눈으로 나를 올려다봤다.

"내가 다 잘못했어."

어째서 네가 더 상처받은 얼굴을 하고 있느냐고 나는 따지지 않았다. 이제는 익숙하면서도 여전히 낯설게 느껴지는 창모의 얼굴을 들여다보며 대체 이 사람은 누구인가, 이 애의 진짜 실체는 무엇일까 곰곰이 생각했다.

어쩌면 처음부터 하나의 인간을 온전히 파악하는 건 불가능하다는 생각이 들었다. 사람은 단순한 하나의 면이 아니라

보는 방향에 따라, 입장에 따라 전혀 다른 모양이 되는 입체이고, 또한 시간의 흐름에 따라 모양과 위치가 끊임없이 변하는 유동체이며, 때로는 평행한 여러 가지 상태로 동시에 존재하는 가능성들의 집합임을 깨달았다. 누군가를 어떤 사람이라고 정의하는 것은 반드시 틀린 말이 될 거라고, 그것만이 분명한 진실이라고 나는 생각했다. 하지만 이것은 오랜 기억을 반복하며 내가 덧붙인 상상이고, 그때의 나는 이런 생각을 하지 못했다. 그저 순수한 직감이나 마음의 이끌림으로 어렴풋이 짐작하고 있을 뿐이었다.

졸업 전까지 정말 현도는 창모와 아무렇지 않게 지냈다. 같이 점심을 먹고 마주 보고 웃으며 가끔은 함께 나를 보러 왔다. 그런 현도를 지켜보며 마음이 괴로웠던 기억이 난다. 그때로 돌아간다면 현도에게 함께 추운 거리를 걸었던 밤, 하지 못했던 대답을 들려주고 싶다. 창모가 좋은 사람인지 나쁜 사람인지 나는 말할 수 없지만, 내가 지금 창모로부터 어디쯤에 서 있을지는 결정할 수 있다고. 내가 한 선택에 책임을 지겠다고 대답하고 싶다. 그것이 누군가를 해치는 일이 되지 않도록 신중히 고민하겠다고 말하고 싶다. 그러나 사라진 많은 것처럼 이제 현도는 사라지고 없다. 현도는 서서히 창모와 나에게서 멀어지다가 지금은 어디에 있는지, 어떻게 살고 있는지 아무것도 알 수 없게 되었다.

대학에 들어가면서 창모와는 드문드문 연락하게 되었다. 나는 원하던 신문방송학과에 입학했고 훌륭하면서도 끔찍한 커리큘럼을 따라가는 데 온 정신이 팔려 있었다. 또 멸종 위기종과 생태계 보전을 후원하는 비영리 단체에서 자원봉사를 시작했고, 교내 여성 인권 신문에 객원 기자로 들어갔다. 세상에는 관심을 기울이고 주시해야 할 이슈가 넘쳐났다. 나는 때론 두근거리는 마음으로, 때론 열정적인 마음으로, 때론 참담한 마음이 되어 멀고도 가까운 세계의 일들에 시선과 손길을 보냈다. 그러는 사이 창모는 그만의 보이지 않는 중력에 이끌려 어디론가 계속 흘러갔다.

창모는 부모님이 애써서 보낸 지방대를 한 학기도 채 다니지 못하고 그만두었다. 이런저런 아르바이트를 하는 것 같았는데 얼마 후에 내가 다시 물어보면 대개 그만둔 상태였다. 어떨 때는 방을 얻어 살다가 어떨 때는 또 누군가의 집에 얹혀 지냈다. 집에는 안 들어가느냐고 내가 묻자, 가끔 오랫동안 뜨거운 물로 실컷 목욕하고 싶을 때 가족들이 다 나가고 없는 시간에 들어가서 씻고 나온다고 창모는 대답했다. 나는 창모가 어디선가 새로 사귄 친구들과 어울려 다니며 거의 매일 술을 먹는다는 것을 알고 있었다. 자주 새벽까지 클럽에서 춤을 추고 길에서 만난 여자들과 연락하고 지낸다는 것도 알고 있었다. 그리고 아마도 소호 언니와 드문드문 계속 만나고 있는 것 같았는데 나에게 자세히 이야기하진 않았다.

내가 대학교 2학년 때 창모가 우리 학교 축제에 놀러 왔다. 우리 과는 나무 발과 어두침침한 한지 전등으로 분위기를 낸 학과 주점에서 파전과 제육볶음을 팔았다. 총무를 맡은 내가 소주와 맥주, 대파, 양파, 달걀, 밀가루 등의 재고를 확인하고 있을 때 창모가 어두운 주점 안으로 들어왔다. 잠시 두리번거리다가 나를 발견하고는 손을 들고 웃었다. 나는 창모를 거의 세 달 만에 보는 것이었는데 창모가 너무 살이 빠져서 깜짝 놀랐다. 나도 슬쩍 웃으며 창모 곁으로 다가갔다. 이미 창모에게서는 옅은 술냄새가 났다.

"정말 왔네."

내가 말했다.

"그럼 왔지."

"혼자 왔어?"

"응."

나는 창모를 자리로 안내하고 잠시 혼자 먹고 있으라고 곧 오겠다고 말하며 그쪽으로 제육볶음 한 접시와 소주 한 병을 보냈다. 그런데 마무리를 지으려고 하면 손님이 밀려들면서 자꾸 길어졌다. 정신없이 손님들을 테이블로 보내고 계산을 하고 간이 영수증을 끊다가 아차 하고 창모의 테이블을 확인했을 때 창모는 사라지고 없었다. 주점 밖으로 나와 창모에게 전화를 걸어봤지만 받지 않았다.

그날 밤 내가 호수에 빠진 창모를 발견한 것은 순전한 우연이었다. 인파가 우글거리는 캠퍼스 중앙을 벗어나 잠시 산책을 하려던 것이었는데 누군가 호수에 빠진 사람이 있다고 소리치는 것이 들렸다. 창모는 두 명의 남자에게 어깨가 붙들려 검은 물속에서 끌려 나오고 있었다. 나는 창모를 실은 구급차에 올라탔다. 달리는 차 안에서 창백하게 질린 창모의 얼굴을 가만히 바라보는데 이상하게도 창모가 곧 죽을 것 같다는 생각이 들었다. 갑자기 눈물이 왈칵 쏟아져서 나는 병원에 도착할 때까지 울음을 멈출 수 없었다. 창모는 링거와 영양제를 처방받고 응급실 침대에서 밤새 긴 잠을 잤다. 영양실조 진단을 받았고 위 속에는 먹은 음식물이라곤 하나도 없이 온통 술뿐이라고 당직 의사가 말해주었다.

또 긴 시간이 흘렀다. 나는 대학을 졸업하고 한 신문사의 사회부 수습기자를 하고 있었다. 직장을 잡으면서 부모님 집에서 독립한 상태였고 차를 샀고 몇 가지 펀드를 하고 있었으며 다른 신문사의 정치부 기자와 사귀고 있었다. 그는 단 한 번도 엘리트 코스에서 벗어나본 적 없는 사람이었고, 자신이 흠집 없이 세공된 인생을 살아가는 것을 당연하게 여겼다. 그렇게 살아온 사람답게 말과 행동에서 자기에 대한 확신과 여유가 느껴졌다. 물론 박식했으며 세계에 대한 날카로운 감수성도 가지고 있었다. 품위 있게 겸손한 태도를 지킨다는 점도 마음에 들었다. 그는 내게 한창 푹 빠져서 매일 밤 나를 보러 왔는데 그날은 캐주얼한 곳에서 맥주를 먹기로 했다. 다트나 테이블 축구

게임을 할 수 있는 넓고 시끄러운 펍이었는데 그와 맥주를 먹고 있을 때 창모가 다가와 말을 걸었다. 내 이름을 부르며 정면에서 똑바로 다가왔는데도 나는 단번에 창모를 알아보지 못했다. 바쁜 일상 속에서 창모와는 점차 소원해지다가 얼굴을 보지 않은 지 거의 1년이 되었다는 것과 마지막으로 연락한 것도 지난 계절임을 기억해냈다. 창모 뒤로 키가 크고 여러 번 탈색한 머리를 단발로 자른 여자가 다가왔다. 나는 단번에 그 여자가 소호 언니라는 것을 알아봤다. 창모와 눈이 마주치자 더욱 분명해졌다. 그들과 합석해서 술을 마시기 시작했다.

"그럼 거의 10년 지기네요?"

남자친구는 당황하는 기색 없이 창모 커플을 편하게 대해주었다.

"은인이죠. 이 친구가 없었으면 전 이미 죽었을 거예요."

창모가 재미있는 농담처럼 말했다.

"실제론 처음 보지? 이쪽이 소호야."

"얘기 많이 들었어요. 반가워요, 언니."

소호 언니는 들릴 듯 말 듯 조용하게 나도 반가워요, 하고 말했다. 알고 보니 그녀는 이미 많이 취한 상태였다.

창모가 한쪽 팔로 소호 언니의 가느다란 어깨를 끌어당기며 말했다.

"우린 내년 봄에 결혼하기로 했어."

"와 정말? 축하해!"

말은 그렇게 했지만 나는 창모가 무언가에 쫓기고 있다는 느낌을 받았다. 혼자서 너무 많은 말을 하고 있다고 생각했다. 대화는 부드럽고 유쾌하게 이어졌지만 가끔 창모와 소호 언니만 크게 웃는 순간이 있었다. 그럴 때마다 나는 왜인지 가슴이 철렁 내려앉는 것을 느꼈다. 맥주를 서너 잔씩 마시고 자리를 끝냈다. 창모는 헤어질 때 취해서 비틀거리는 소호 언니의 허리를 붙잡고 어둠이 내린 길로 걸어갔다. 가면서 곧 밥을 한번 먹자고, 자기가 사겠다고 소리치며 손을 흔들었다.

남자친구는 나를 집까지 데려다주면서 내가 화장실에 간 사이 창모에게 일자리를 주선해주었다고 털어놓았다. 창모가 현재 실업 상태이고 급하게 돈이 필요하다고 해서 아는 형이 운영하는 카페를 소개해줬다고. 그러면서 내 표정을 살피더니, 내가 실수한 거예요? 하고 물었다. 나는 아니라고, 마음 써줘서 고맙다고 말했지만 좀처럼 마음이 편해지질 않았다.

남자친구가 창모에게 소개해준 카페는 1, 2평 정도 크기의 작은 카페로 커피와 생과일주스를 팔고 간단한 냉동 빵들을 데워서 판매하는 테이크아웃 전문점이었다. 창모는 거기서 주 5일 동안 오후 6시부터 자정까지 일했는데 한 달쯤 뒤에 포스기에 있는 현금을 들고 사라졌다. 돈만 사라진 게 아니라 믹서나 오븐 같은 돈이 될 만한 물건들도 가져갔고, 원두와 과일과 플라스틱 컵 따위를 바닥에 엉망으로 어질러놓았다고, 그 카페 안에서 술을 먹은 흔적도 있다고 남자친구는 솔직하게 전해주었다. 내가 피해 금액을 배상하겠다고 하자 그는 이미 그것을 다 배상했다고 말하며 자기가 '너의 친구'를 잘 모르면서 선불리 제안한 일이니 이것은 자신의 잘못이며 너의 잘못이 아니라고, 정말 조금도 미안해할 필요 없다고 말했다. 그는 품위 있는 사람이었고 그 말이 모두 진심이라는 것을 나는 알 수 있었다.

그 일이 있고 한 달쯤 뒤에 소호 언니가 나를 찾아왔다. 소호 언니가 너무 울어서 나는 그녀를 데리고 조용한 우동집에 가서 우동을 사주었다. 소호 언니는 따뜻한 우동 국물을 조금씩 떠 먹으며 카페 일은 자신과 창모가 같이한 짓이라고 돈이 너무 필요해서 그랬는데 언제고 자기가 꼭 갚겠다고 말했다. 나는 아니라고 다 지나간 일이라고 이제 마음 쓸 필요 없다고 말해주었다. 소호 언니는 창모가 사라졌다고 말했다. 카페 돈을 들고 나와서 얼마 뒤에 사라졌다고. 휴대폰도 정지시키고 집에도 돌아오지 않고 한 달째 보지 못했다고 했다. 창모가 어디에 있는지 짐작 가는 곳이 없느냐고 그녀는 내 얼굴을 들여다보며 물었다. 나는 글쎄요, 모르겠어요, 하고 대답했다. 소호 언니는 창모가 너무 걱정된다고, 이런 적이 한 번도 없었는데 위험한 상황에 빠진 건 아닌지 무섭다고 눈물을 흘렸다. 나는 다 괜찮을 거라고, 좋은 생각만 하면서 마음을 좀 놓으라고, 돌아가서 창모를 기다려보라고 말해주었다.

두어 달 뒤에는 창모 어머니의 전화를 받았다. 그녀는 나와 거의 4, 5년 만에 처음 연락한 것인데도 어색한 기색이 하나도 없었다. 그녀는 내가 기자가 되었다는 소식을 일찍이 들었다며 축하한다는 말을 전했다. 빨리 축하해주지 못해 미안한 마음이라고 말했다. 내 성품과 총명함을 알고 있었다며 잘될 줄 알았다고 말했다. 진심으로 기쁘다고 말했다. 그러면서 조심스럽게 창모가 혹시 어디 있는지 아느냐고 내게 물었는데, 나는 정말 모른다고만 대답했다. 창모 어머니는 한 달 뒤에 한 번, 6개월 뒤에 또 한 번 전화하고 다시는 내게 연락하지 않았다.

그토록 무미건조하게 그녀들을 끊어내면서도 실은 내가 그녀들에게 너무 매정하게 굴고 있는 것 같아 마음이 아팠다. 마음속으로 이 사람들은 잘못이 없어, 이 사람들은 잘못이 없어, 하고 되뇌었다. 그럼에도 한 가지 사실만은 점점 분명해졌다. 그녀들과 이야기를 나누면서 내가 그동안 창모에게서 벗어나고 싶어 했다는 사실을 깨달았다. 나는 아주 오래전부터 창모와의 결별을 기다려왔고 그것이 더 이상 슬프거나 힘들지 않으며 이제 창모에 대한 모든 것을 잊어버릴 준비가 되었다고 생각했다.

세월이 흘러 이제 내 곁에 창모를 아는 사람은 거의 남아 있지 않았고, 창모를 알던 사람들도 내가 그와 친구였다는 사실을 잊었다. 그날 이후로 창모는 단 한 번도 나에게 연락하지 않았다. 몹시도 간단하게 내 삶에서 자취를 감췄다. 그런 창모의 태도에는 어쩐지 그가 나를 탓하고 있으며 여전히 용서하지 않았다는 엄정한 메시지가 깔려 있는 것 같았다. 어째서 잘못한 사람은 창모인데 내가 죄책감을 느끼나. 알 수 없는 일이었다.

그러나 삶의 많은 순간 창모가 떠올랐다. 나는 더 이상 세상과 치열하게 부딪히는 사회부 기자가 아니었고 잔잔할 날 없는 언론의 파랑 속에서 빠져나와 우아한 페리에 올라탄 패션 잡지 에디터이며 한 남자의 아내이며 배 속에 아직은 겨우 주먹만 한 아기를 가진 임산부다. 주먹만 한 아기에게 이 세상은 너무나 거대한 미지의 세계가 아닌가 자주 생각한다. 그래서 더욱 두려워진, 이제는 먼 곳에서 뉴스로 전해 듣게 된 세상의 온갖 참혹한 소식을 마주하면 나는 번번이 창모를 떠올린다. 연고도 없는 여자에게 농약을 탄 음료수를 건넨 할아버지나, 기분을 상하게 했다는 이유로 버스 기사를 칼로 찔러 죽인 고등학생들의 이야기를 들으면 처음에는 사람이 어떻게 그럴 수 있나, 저런 사람이 정말 있단 말인가 놀라다가도 서서히 창모를 떠올리게 되는 것이다. 그들과 가장 가까운 방식으로 마음을 움직이던 한 사람이 떠오르는 것이다. 어쩌면 세상 어딘가에는 그토록 끔찍한 짓을 저지를 수 있는 사람들의 이야기에 귀 기울여주는, 무서운 마음이 완전히 사라질 때까지 그들을 혼자 내버려두지 않고 함께 시간을 보내주는 사람이 있을지도 모른다고. 세상 어딘가에 그들의 다른 가능성이 있었을지도 모른다고 생각해보는 것이다.

사실 나는 창모를 닮은 사람을 한 번 본 적이 있다. 그 사람은 얼마 전에 내가 남편과 강가를 거닐고 있을 때 먼 길 끝에서 달려왔다. 나는 처음에 그가 사람인 줄 모르고 저기 뭐가 온다, 하고 손을 뻗어 남편에게 알려주었다. 가만히 보니 웃통을 벗고 맨발로 달리는 남자였다. 어깨에 닿을 정도로 긴 머리카락이 귀 뒤로 휘날렸고 앙상하게 푹 꺼진 가슴팍은 땀으로 번들거렸다. 곧게 내리쬐는 가을 햇볕에 그의 몸과 강의 가장자리가 달궈진 금속처럼 반짝였다. 그건 너무나 갑작스럽고 생경한 장면이여서 어쩌면 내가 헛것을 보고 있다는 생각이 들었다. 남편은 내가 가리키는 방향의 길에서 아무것도 보지 못하고 있으며, 강가의 모든 사람 눈에는 그가 보이지 않는다고. 순간 정말 이상한 생각이지만, 나는 속으로 그가 천사가 아닐까 생각했다. 천사가 나에게 무언가 메시지를 주기 위해 다가오고 있다는 막연한 느낌이 들었다.

그런 묘한 직감은 그가 깜짝 놀랄 만큼 커다란 괴성을 내지르면서 산산조각 났다. 다시 보니 어떤 남자들이 그를 쫓고 있었다. 그들은 모두 검은 옷을 입고 있었고 얼굴이나 표정을 보았을 때 어떤 감정으로 그를 쫓고 있는 건지 상상할 수 없었다. 남자가 결국 그들에게 잡히는 것은 시간문제처럼 보였다. 그는 어느새 내 바로 앞까지, 얼굴을 볼 수 있을 만큼 가까이 다가왔다. 나는 그제야 창모를 알아봤다. 그 순간 나는 분명히 창모라고 확신했다. 창모가 아니라고 할 수 없을 만큼 창모와 똑같은 얼굴이었다. 하지만 점점 아닌 것 같다고 생각을 고쳤다. 그는 나와 정확히 눈이 마주쳤지만 조금도 놀라거나 주저하지 않고 지독하게 증오하는 눈길로 나를 쳐다봤다. 남자들에게 제압을 당하며 뺨이 땅에 긁히고 팔이 등 뒤로 묶이면서도 마치 사람이 아니라 짐승이 내는 소리처럼 으르렁거리며 나를 위협했다. 그건 원한이 있는 사람을 보는 시선 같기도 하고 전혀 모르는 사람을 보는 시선 같기도 했다. 나는 그때 처음으로 한 가지 사실을 깨달았는데, 창모가 단 한 번도 나를 공격하려 한 적이 없다는 것이었다.

남편은 이제 안전하다는 것을 알면서도 나를 자신의 품으로 끌어당겼다. 그곳이 내가 있을 자리라는 듯이. 나는 고개를 돌려 남편의 옆얼굴을 바라봤다. 남편의 시선은 창모를 닮은 남자에게로 고정되어 있었다. 남편은 마치 멈춘 시간 속에서 딱딱한 돌이 되어버린 것 같았다. 저 사람이 보여? 나는 묻고 싶었다. 한낮의 피크닉을 즐기던 강가의 수많은 사람도 아무런 미동 없이 남자가 끌려가는 모습을 지켜보고 있었다. 그러나 그들이 정말 그를 보고 있는 것인지는 알 수 없었다. 사람들은 그저 저 이상하고 위험한 것을 어서 치워버리길, 그것이 시야에서 완전히 사라지길 가만히 기다리고 있었다.

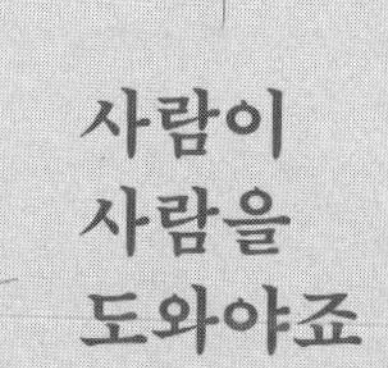

사람이
사람을
도와야죠

1

소년의 나이는 열 살이었고 1년 전에 영화의 주인공으로 정해졌다. 한 오래된 유원지에서 영화감독이 우연히 소년을 보았을 때, 소년은 녹이 슨 반원형 원숭이 우리 창살 사이로 하얗고 마른 팔을 집어넣은 채 캡이 달린 빨간 모자를 꽉 쥐고 놓아주지 않는 아기 원숭이와 실랑이를 하고 있었다. 다른 아기 원숭이 두 마리가 다가와 날카로운 소리로 위협하며 검은 손바닥으로 소년의 팔을 때리는데도 소년은 모자를 놓지 않았다. 고통과 공포로 창백해진 낯빛과 다르게 엄정한 눈이 똑같은 얼굴의 원숭이들을 노려보고 있었다. 원숭이 우리 너머로 공중에서 뱅글뱅글 돌아가며 좌우로 흔들리는 비행접시 모양의 놀이기구에서는 사람들의 비명과 탄식이 쓸려 나갔다 돌아오는 파도처럼 끊임없이 들려왔다. 감독은 그 이상하고 생경한 광경이 주었던 충격적인 감정을 꽤 드라마틱하게 들려주길 좋아했는데, 그런 이야기는 사람들의 마음 깊은 곳에 앞으로 탄생할 영화와 신비로운 어린 배우에 대한 최면 같은 환상을 심어주었다. 실제로 감독은 그날 그 자리에서 한 번도 본 적 없고 연기 경험마저 전무한 소년에게 배역을 제안했다. 심지어 그가 세 마리의 원숭이와 홀로 싸우고 있는 소년 뒤로 다가가 맞아서 부어오른 소년의 팔을 잡아당길 때 이미 자신이 마음을 굳힌 상태라는 사실을 깨닫고 깜짝 놀랐다. 소년의 가늘고 연약한 몸이 보호 본능을 일으키는 아이다운 육체라는 사실과, 아주 아름다운 얼굴이라고 할 수는 없지만 소년이 짓는 표정과 이목구비의 균형이 특별하다는 걸 단번에 알 수 있었다. 모자를 놓친 소년의 손이 위험한 원숭이 우리 밖으로 튕겨져 나왔다. 화를 내지 않을까 내심 짐작했지만 소년은 처음 보는 낯선 사람인 그를 다급하게 올려다보며, 조금은 기묘한 표현으로 말했다. "어른이 아이를 도와주세요." 소년은 빨간 모자를 차지하려고 다투며 우리 속 그들의 작은 세계에서 점점 높은 곳으로 올라가는 아기 원숭이들을 손가락으로 가리켰다. "내 모자를 가져갔어요. 왜 내 모자를 가져간 거죠?"

소년은 물에 들어가길 거부하면서도 물에서 눈을 떼지 못했다. 커다란 수조 세트장 앞에 꼼짝 않고 앉아 자신을 보호하듯 팔로 무릎을 끌어안고 있었다. 하지만 무엇으로부터? 소년의 엄마는 어린 아들의 완고한 태도 때문에 상처를 받았다. 언제 이 아이가 이렇게 컸지? 왜 엄마인 내게 아무런 말도 하지 않는 거야? 하지만 그녀는 아이에게 다그친다는 인상을 주고 싶지 않아 빙빙 말을 돌리며, 이따금 물이 안전한 것을 보여주기 위해 팔을 물 깊숙이 담갔다가 흠뻑 젖은 채로 꺼냈다. 그러나 곧 소용없는 일이라는 것을 깨달았다. 영화 촬영은 소년의 거부로 한 시간째 중단된 상태였고, 촬영장의 모두가 당혹스러워하고 있었다. 지금껏 별다른 문제 없이 잘해주었던 소년의 돌연한 행동을 어떻게 받아들여야 할지 난감해하는 눈치였다. 의외로 감독은 순순히 소년을 내버려두었다. 하지만 소년의 엄마는 초조해졌다. 몇 시간이나 하루 이틀 정도의 촬영 지연이 얼마만큼의 돈을 낭비하는 것인지 가늠할 수조차 없었다. 한편으로는 아들에게 죄책감을 느꼈다. 그녀는 남편과 함께 모았던 대부분의 돈을 잘못된 판단으로 투자해서 전부 잃었다. 그 때문에 가족 모두가 뿔뿔이 흩어져 살게 되었고 부부를 도와줄 친척이 하나도 없었으므로 하나뿐인 아들을 남에게 맡겨야 했다. 그녀는 영화 제작사로부터 매니저로서 월급을 받으며 다시 아들과 함께 살게 되었지만 남편은 여전히 다른 곳에 있었다. 이런 일련의 과정이, 평범한 가정의 아이라면 겪지 않았을 많은 변화가 아직 어린 아들에게 심각한 문제를 안겨준 것은 아닌지 불안했다. 그래서 내가 벌을 받은 걸까? 순간 절망적인 생각이 머리를 스쳤지만 이내 좋은 생각을 하려고 애썼다. 소년의 엄마는 먹고 싶은 음식이 있는지 물은 뒤 소년을 그 자리에 남겨두고 세트장 밖으로 나갔다. 남편에게 전화를 걸기 위해서였다.

한편 감독은 소년이 혼자 남은 것을 발견했지만 때마침 아내에게서 전화가 걸려왔다. 잠시 고민하는 사이 감독의 마음을 눈치챈 나이 든 미술감독이 다가왔다. 그가 그렇게 불리는 것을 좋아했기 때문에, 모두가 그를 '미술영감님'이라고 불렀다. 미술영감은 자기가 소년에게 가보겠다고 나섰다. "나는 아이들과 말이 아주 잘 통하는 편이야." 실제로 그는 많은 자식과 손자를 두고 있었고, 연휴가 되면 작고 건강한 악마들이 그의 집 거실 큰 화분들 사이를 그야말로 위험천만하게 뛰어다녔다. 미술영감이 그것을 자랑처럼 떠드는 모습을 감독은 기억하고 있었다.

감독이 전화기를 들고 나간 뒤 미술영감은 느긋한 걸음으로 소년에게 갔다. 소년이 모른 체했기 때문에 미술영감은 말을 걸지 않고 나란히 앉아 출렁이는 물을 보았다. 잔물결이 이는 자리에 청색이나 자주색이 언뜻 나타났지만 다시 보면 그저 투명한 물일 뿐이었다. 순환하며 물결치도록 설계된 인공 수조의 물은 자연의 물이 그러하듯 사람의 마음속에 이상한 감정을 일으켰다. 물의 가장자리가 닿는 벽과 높은 천장은 검은 콘크리트였지만 수면에서 반사된 황금빛 물그림자가 모든 것을 온통 뒤덮어버렸다.

"아름답지 않니?"

미술영감이 슬그머니 물었다.

"나는 아주 마음에 드는데. 내가 만들었지만 말이야."

소년은 여전히 말이 없었다. 반듯한 이마와 둥글게 떨어지는 코끝을 고집스럽게 물 쪽으로 고정하고 있을 뿐이었다.

"여긴 사실 폐수영장이야. 언젠가 진짜 수영장이던 시절도 있었겠지만 이곳을 발견했을 땐 모두 떠나고 덩그러니 버려져 있었지. 우리는 물이 진짜 강물처럼 흐르길 원했기 때문에 적합한 유수 풀을 6개월 동안 찾아 헤맸어. 또 6개월 동안 공사를 했지. 죽어가는 공간을 뜯어내고 새로운 공간을 가져오려고 말이야. 마음만 먹으면 강바닥처럼 우뚝 선 채 흔들리는 수초들을 심어둘 수도 있고, 바다처럼 예쁜 산호와 흰모래로 꾸밀 수도 있었지. 하지만 이번엔 그러지 않았단다."

소년이 천천히 고개를 돌리고 미술영감을 쳐다봤다.

"수조 바닥과 벽을 모두 내가 만들었어. 그건 그저 표면이 반질반질한 돌일 뿐이야. 물이 드나드는 구멍이 몇 개 있지만 글쎄, 네가 그 구멍에 빨려 들어갈 일은 절대 없지. 물론 카메라는 네가 혼자 남겨진 모습을 찍겠지만, 화면 바깥에서 너를 도와주기 위해 너를 지켜보는 어른들이 있을 거야. 네가 물에 가라앉기 전에 너를 건져 올리려고 말이야."

"난 수영할 줄 알아요."

소년이 고개를 저었다.

"물에 빠질까 봐 그런 게 아니라고요."

미술영감은 소년이 용감하게 아기 원숭이들과 싸우는 모

습을 상상하며 미소 지었다.

"그럼 왜 물에 들어가지 않으려 하니?"

"제가 귀신을 보는 것 같아요."

소년은 조금 뿔이 나서 볼멘 목소리로 말했다.

"저 물에 들어가지 말라고 나를 말린다고요."

미술영감은 아주 반가워하며 맞장구쳤다.

"나도 어릴 때 귀신을 봤어. 누구나 그런 시절이 있지."

하지만 세트장 어두운 구석에서 감독을 마주쳤을 땐 참지 못하고 크게 소리쳤다.

"이제 알았어. 그 애가 왜 그러는지 이제 알겠다고."

미술영감은 싱글벙글 웃었다.

"사랑이 필요한 거야. 아이는 사랑을 달라고 투정 부리지. 실은 우리 모두에게 그게 필요한데 말이야."

2

그는 딸의 왼쪽 송곳니 옆으로 덧니가 자라는 것을 발견했다. 처음엔 분홍색 잇몸 안에서 희미하게 차오르는 물집처럼 보였지만 이내 잇몸에 박힌 작고 단단한 조약돌이 되었다. 아이가 기분이 좋아서 재잘거릴 때나 자지러지게 웃을 때 윗입술이 말려 올라가면서 그 덧니가 보였다. 적절한 시기에 빠지지 못한 유치 때문에 영구치가 자리를 잡지 못하고 잘못된 위치에서 나온 것이라고 의사는 설명했다. "덧니가 아니라 원래 있던 이를 빼야 해요. 유치를 제거하면 자연스럽게 덧니가 제자리를 찾아가 새로운 송곳니가 되는 겁니다. 신기하죠?"

"오래 방치하면 치열이 흐트러지고 치아 신경을 건드려서 아주 아플 거래."

"그래?"

아내는 피곤한 눈으로 화장대 앞에 앉아 클렌징크림을 얼굴에 바르고 있었다. 거울을 통해 침대에 누워 있는 그를 힐끔 바라볼 뿐 별다른 말을 하지 않았다. 아내 머릿속은 온통 다음 주까지 작성해야 하는 기획서 생각뿐이라는 것을 그는 잘 알고 있었다.

"내가 주말에 치과에 데리고 갈게."

"그래줄 수 있어?"

사실 그는 실업 상태였으므로 주말이 아니더라도 얼마든지 딸을 치과에 데리고 갈 수 있었다.

"물론이지."

"아, 여보."

아내는 그제야 몸을 돌리고 그를 똑바로 바라봤다.

"정말 당신을 사랑해!"

주말이 됐을 때 딸은 귀신같이 이상한 낌새를 느끼고 외출을 하지 않겠다고 버텼다. 수학 문제지도 미리 풀어야 하고 오후에는 기다리던 만화를 봐야 한다고 어설프게 핑계를 댔다.

그는 딸이 이제 거짓말을 지어낼 수 있을 만큼 자랐다는 사실에 문득 감격했다.

"입을 아 벌려봐."

"아?"

그는 딸의 입안에 검지를 넣고 덧니 아래 자리 잡고 있는 송곳니 유치를 만져보았다. 단단히 박혀서 흔들릴 기미가 전혀 보이지 않았다. 이번에는 덧니가 뚫고 나오면서 찢어진 주변 잇몸을 눌러보았다.

"아파?"

"아니."

딸은 하나도 아프지 않은 표정을 지으며 그에게 안겼다.

"아빠 안아줘요."

그는 손을 대면 작은 뼈들이 만져지는 딸의 가늘고 부드러운 등을 늘 그렇듯 놀라고 또 놀라며 어루만졌다. 이토록 연약한 존재를 그가 품에 꼭 안아도 부서지지 않는다는 사실이 언제나 새로운 놀라움을 주었다.

"우리는 유원지에 가려는 거야."

"치과에 가는 거잖아요."

"그다음에 유원지!"

딸은 완강하게 고개를 저었다. 눈에는 벌써 눈물이 그렁그렁 맺혀 있었다.

"나는 지금 하나도 안 아파. 그냥 덧니가 나도록 두면 안 돼요?"

"아기 때 났던 이는 튼튼하지 못해. 그런 이로는 좋아하는 초콜릿을 할머니가 될 때까지 먹지 못할 거야."

"아빠, 제발. 내 이는 튼튼해요."

딸은 공포에 질려 그의 목에 매달렸다.

"왜 내 이를 빼앗아 가죠? 누가 가져가려는 거예요?"

그는 곰곰이 생각하다가 말했다.

"우유푸딩."

딸은 정말로 그를 미워하는 눈으로 쳐다봤다.

"소시지빵이랑 홍차케이크도 살까?"

"싫어!"

두 명의 간호사 손에 이끌려 진료 의자가 있는 방으로 들어가는 순간까지 딸은 그와 한마디도 하지 않았다. 치과에 도착하기 전에 카페에 들러 그가 달고 예쁜 빵들을 고심해서 고르는 동안 딸은 그와 남처럼 멀찍이 떨어져 유리문 바깥 풍경을 슬프게 내다봤다. 딸의 기분을 풀어주기 위해 잔뜩 산 맛있는 음식들이 투명한 비닐봉지 두 개에 담겨 그가 앉은 의자 옆에 놓여 있었다. 치과에는 엄마가 언제나 자신을 구해주리라 믿었지만 결국 배반당한 아이들, 배신감을 주체하지 못하고 오열하는 아이들로 가득했다. 그런 아이들이 끊임없이 끊임없이 진료 의자가 있는 작은 방으로 사라졌다. 그는 이제 아이들의 울음소리를 희미한 소음처럼 한 귀로 흘려보내며 텔레비전에서 작은 음량으로 중계되는 수영 경기를 무심히 시청했다. 기다란 직사각형 모양의 청색 수영장을 건강한 선수들이 힘차게 가로질렀다. 맞은편 의자에 앉은 남자가 아주 심각한 표정으로 그 경기를 지켜보고 있었다. 튼튼한 목과 벌어진 가슴으로 보아 그는 남자가 한때 수영을 했을지도 모른다는 생각을 했다. 경제적인 문제나 부상이 원인이 돼서 수영을 그만두었을지도 몰라. 일상의 유지를 위해 물 한 방울 없는 건조한 땅 위에 남아 단순하고 반복적인 업무를 하는 남자. 남자의 무릎 위에는 아마도 진료를 기다리다가 잠이 든 그의 아들이 동그랗고 가벼운 머리를 얹고 있었다. 남자가 어린 아들을 드넓은 바다에 데리고 가 물에 뜨는 법을 가르쳐주는 모습, 짠물을 먹은 아이가 얼굴을 잔뜩 찡그릴 때 진정으로 남자와 닮은 무언가가 드러나는 순간, 그런 것들을 나른하게 상상하며 그는 밀려드는 졸음을 참았다. 얼마쯤 시간이 흘렀을 때 남자가 갑자기 짧고 큰 소리를 내서 그는 놀랐다. 수영 경기가 끝난 모양이었다. 텔레비전 화면은 가장 먼저 결승점에 닿은 선수가 물속에서 굵고 멋진 팔을 힘껏 들어 올리며 포효하는 모습을 보여주고 있었다. 박수 치고 환호하는 관중들의 엄청난 괴성을 아주 낮게 줄인 볼륨으로 들을 수 있었다. 화면 하단 파란색 박스에 자막으로 주요 뉴스가 오른쪽에서 왼쪽으로 빠르게 흘러가고 있었다. 해상에서 발달한 태풍 '거북'이 오늘 아침 상륙해 빠르게 북상하고 있으며 유동적인 진로로 큰 피해가 우려된다는 소식을 읽었을 때 딸의 진료실 문이 열렸다. 퉁퉁 부은 볼로 하얀 솜을 입에 물고 나오는 딸을 향해 그는 활짝 웃으며 두 팔을 벌렸지만 딸은 고개를 돌리고 외면해버렸다.

3

그는 내 아버지가 아니지만 한때 나의 유일한 보호자였다. 그와 한집에서 함께 식사를 준비하고 좁은 탁자 위에 소박하지만 따뜻하게 차린 저녁을 나누어 먹으며 그날 하루 있었던 사소한 일과를 이야기하던 때가 있었다. 그때는 누가 먼저 묻지 않아도 각자에게 다가올 평범한 일정들을 서로에게 알려주곤 했다. 마치 진짜 가족처럼. 그러나 그건 아주 오래전의 일이고 이런저런 이유로 사이가 틀어지다가 거의 남처럼 지내게 되었다.

— 잘 지냈니, 거북아?

오랜만에 전화를 걸어온 그가 나를 거북이라고 불렀다는 사실에 나는 충격을 넘어 고요한 분노를 느꼈다. 그건 내가 정말 아이일 때 그가 나를 부르던 이름이었다.

— 저녁 먹으러 오라고 녀석아. 네가 좋아하는 양배추김치랑 닭찜을 할 거야.

그는 지난주에도 나를 만난 사람처럼 말하고 있었다. 그와 나는 10년간 통화를 한 적이 없었다. 내가 아무 대답이 없자 그는 마음대로 자신의 근황을 늘어놓기 시작했다.

— 나는 이제 담금주 도사가 되었다. 마침 백 일 전에 만든 담금주들이 아주 잘 익었어. 백년초랑 아로니아가 특히 기가 막힐 거야. 네가 먹어보면 아주 깜짝 놀랄 거라고. 너는 어떻게 지내니. 여전히 연극은 잘하고 있고? 이제 애들이 많이 컸겠지?

— 씨발, 무슨 수작이에요?

내가 더 이상 참지 못하고 소리쳤다.

— 노망이라도 난 거예요?

— 내가 죽기 전에 노망날 일은 없을 거다. 내기를 해도 좋아. 녀석아, 그냥 함께 저녁을 먹자는 거야.

나는 그가 웃으며 농담을 하고 있다는 사실을 천천히 깨달았다. 그러자 두려움마저 느껴졌다.

— 어려울 거 없어. 평범한 저녁이야. 맛도 괜찮을 거고 좋은 술도 있을 거야. 물론 독도 타지 않을 거고 말이야.

그가 능글거리며 계속 말했다.

— 네 아내와 아이들을 데려와도 좋아. 음식이 충분하거든. 실은 아주 넘쳐나지. 얼마든지 배불리 먹을 수 있어. 그냥 와서 실컷 먹으라는 거야, 거북아.

내가 이를 갈았다.

— 그렇게 나를 부르지 말아요. 다시는 그렇게 부르지 마.

— 그래, 그래, 알겠다.

하지만 그가 물러날 기미는 보이지 않았다. 그는 집요하게 굴고 있었고 어쩐지 절박하기까지 했다. 하지만 대체 왜?

— 사실 내가 죽어가고 있어.

그가 넌지시 알려주듯 말했다.

— 곧 죽는다는구나.

— 집어치워요.

— 정말이야. 정말로 시간이 얼마 없어.

— 집어치우라고.

— 원한다면 진단서를 찍어서 너에게 보내줄 수도 있어. 믿어줘. 나는 곧 죽을 거야.

— 무슨 상관이야. 뒈져버려요.

— 거짓말이 아니야. 나는 내가 분명하게 죽음을 향해 가고 있는 것을 느껴. 네가 아주 많이 보고 싶단다.

— 죽으라고! 죽어!

전화를 끊고 그대로 던져버렸다. 전화기는 양털 러그 위를 둔탁한 소리를 내며 구르다가 널브러진 옷가지 속으로 파묻혔다.

"어머, 헐크 씨."

제니가 다가와 심장이 두근거리고 땀으로 축축해진 내 가슴을 손으로 쓰다듬었다.

"난폭한 남자인 줄 몰랐네."

나는 여전히 화가 풀리지 않아 숨을 씩씩 몰아쉬었다. 제니는 잠시 어린 아들을 보는 눈으로 미소 짓다가 고개를 숙여 내 이마에 입을 맞췄다. 그녀가 다가올 때 부드럽고 좋은 냄새가 났다. 그 때문에 기분이 한결 가라앉았지만 그것이 제니의 작별 제스처라는 걸 알고 있었다. 이제 그만 그녀의 집에서 떠날 시간이었다. 제니는 거울 앞에 앉아 화장을 하기 시작했고 이제 나에게 아무 관심도 없었다. 제니는 아름답고 다정한 애인이었지만 나랑 통화한 사람이 누군지, 내가 왜 이렇게 화가 난 건지 아무것도 묻지 않았다.

"저녁에 술 한잔할까?"

"대본 리딩이 있어."

제니는 나를 보지도 않고 대답했다. 순간 상처를 받았지만 아무렇지 않게 고개를 끄덕였다.

아내는 오늘 동생 부부 집에 초대되어 간다고 했고, 남매도 친구들과 저녁을 먹겠다고 아침 식사 때 이야기했다. 고등학생, 중학생이 된 그 아이들은 이제 내가 거의 모르는 존재가 되어 있었다. 그 애들이 하는 말과 생각을 나는 더 이상 이해할 수 없었다. 아내도 마찬가지였다. 아이들처럼 자라는 것도 아닌데 그녀가 가지고 있던 특징들이 모두 사라지고 낯설고 두려운 타인이 되어 있었다.

"좋은 저녁 보내."

제니는 방을 나가기 전에 바닥에 떨어진 전화기를 주워서 건네주었다. 제니가 떠나고 그녀의 방에 홀로 남겨지자 못 견디게 불안해졌다. 하지만 내가 정확히 무엇을 불안해하는 건지 나도 알 수 없었다.

언제부터였더라.

그와 차근차근 멀어지게 된 계기는 무수히 많았지만 그것들을 계속 거슬러 올라가면 가장 끝에 남아 있는 기억이 있다. 그냥 사소한 사건이었다. 그러나 그를 생각하면 가장 먼저 떠오르는 기억이기도 했다.

내가 중학교에 다닐 때였고 그는 다른 중학교 수영 코치였다. 학교를 마치고 집에 돌아오면 한낮의 햇살이 가득한 거실에서 그와 그의 제자들이 둘러앉아 웃고 있었다. 나보다 크고 건장한 남자아이들. 마르지 않은 머리카락에서 수영장 락스 냄새를 풍기던 어린 수영 선수들이었다. 그는 나를 그쪽으로 불러서 자기 옆에 앉히고 내 목에 장난스럽게 팔을 둘렀다. 내가 그 무리에 어울리길 바라는 눈치였지만 이야기는 언제나 시합이나 기록에 대한 주제로 이어졌고 나는 대화에서 조용히 밀려나야 했다. 내가 그 시간을 못 견디게 싫어했던 것을 수십 년이 지난 지금도 똑똑히 기억하고 있다.

"돌아가."

하루는 내가 현관에서 기다리다가 집을 방문한 그 애들을 막아섰다.

"왜?"

그 애들이 물었다.

"아저씨는 아주 피곤하셔. 너희가 수업을 마치고도 아저씨를 찾아오니까."

"코치님은 그런 말씀하신 적 없는데."

의심하는 눈빛들이 나를 쳐다봤다. 나는 물러나지 않고 말했다.

"잘 생각해봐. 너희는 아무 대가 없이 연장 수업을 받고 있는 거야. 이 집엔 수영장이 없지만 너희는 아저씨한테 계속 수영하는 법을 배우잖아. 뻔뻔하다고 생각하지 않아?"

그 애들이 모두 돌아갔기 때문에 나는 그날 흡족한 기분으로 조용한 오후를 만끽했다. 하지만 저녁에는 한 학부모가 집으로 찾아왔다.

"너무 늦은 시간은 아니겠죠? 장을 보고 돌아가는 길이었거든요."

이전에도 몇 번 방문한 적 있는 아주머니였고, 그녀가 맛보라고 준 절임 반찬과 잼을 맛있게 먹었던 기억이 있었다. 열린 문 틈으로 그녀가 잡고 있는 자전거 바구니에 채소와 음식을 담은 묵직한 천 가방이 들어 있는 것을 볼 수 있었다.

"아들 말이 추가 수업료를 내야 한다던데 그게 정확히 얼마인지 모르더라고요. 제가 직접 전해드려도 좋을 것 같아서요."

나는 등을 돌리고 선 그의 표정을 보지 못했다. 다만 가만히 들으며 이따금 고개를 끄덕이는 그의 뒤통수를 볼 수 있었다. 그리고 돌아오는 주말에 짧은 캠프 훈련을 갈 예정이라는 얘기와 그에 필요한 차비와 식비, 수영장 대관료와 숙소비가 청구된 거라고 조용하게 설명하는 그의 목소리가 들렸다. 그런 이야기가 끝나고도 그와 아주머니는 현관에 선 채 다정하게 서로의 안부를 더 물었다. 마침내 그가 문을 닫고 돌아섰을 때 그의 손에는 아주머니가 캠프 훈련비로 지불한 지폐가 들려 있었다. 나는 그가 내 앞으로 다가올 때까지 한마디도 하지 못했다. 그렇게 화가 난 표정의 그를 처음 보았다. 그가 지폐를 흔들며 조용히 말했다.

"자, 봐. 네가 착한 사람들을 속이고 등쳐먹은 거야."

"그러려던 게 아니에요."

그는 지폐가 팔랑이며 바닥에 떨어지도록 내팽개치고 큰 손아귀로 내 어깨를 움켜잡았다.

"착하게 굴어야지! 착하게 살아야지!"

그가 말할 때마다 그에게 잡힌 몸이 중심을 잃고 앞뒤로 흔들렸다.

4

소년은 물가에 앉아 김밥을 먹었다. 절대로 물에 들어가지 않겠다고 했지만 영락없이 물과 사랑에 빠진 얼굴이었다. 감독은 소년 곁에 가까이 앉아 말없이 김밥을 먹었다. 김밥은 차갑고 맛이 없었다.

"왜 전화를 받지 않아요?"

입을 꾹 다물고 있던 소년이 처음으로 감독에게 말을 걸었다. 아내의 전화가 계속 울리고 있었다.

"지금은 받고 싶지 않은걸."

감독은 비밀을 공유한 친구처럼 소년에게 눈짓했다.

"그냥 하기 싫은 일도 있는 법이니까."

소년은 입안에 든 것을 삼키고 잠시 생각에 잠겼다. 감독은 그 작은 얼굴에서 그가 기대하지 않은 의외의 표정이나, 상황에 어울릴 것이라고 짐작조차 하지 못한 더 적절한 감정이 마법처럼 떠오르던 순간들을 기억하고 있었다. 그것을 정확한 카메라 앵글로 잡아내던 쾌감도 기억했다. 소년이 보여준 본능적인 재능들, 배우가 되기 위해 배워야 하는 발성과 동선 따위를 이미 자연스럽게 이해하고 있는 일들을 어떻게 설명해야 할까. 순수하고 날것인 소년의 연기가 만들어낸 복잡한 의미들은 어디에서 왔을까.

"그냥 그 장면을 빼면 안 돼요?"

드디어 소년이 물었다.

"네가 물에 빠지는 장면 말이니?"

"네."

"한 장면을 빼는 건 어려운 일이 아니지. 하지만 그건 더 이상 그 영화가 아니게 되는 거야. 전혀 다른 영화가 되는 거지."

"딱 한 장면일 뿐이잖아요."

감독은 소년의 질문을 곰곰이 생각해봤다. 필름 카메라를 배우던 시절에 암실에서 인화 작업을 하며 사진의 색이 서서히 나타나길 기다리던 때가 떠올랐다. 공중에 매달아놓은 긴 줄에 젖은 사진들을 걸어 말리며 순서대로, 차례대로, 박제된 순간들을 배열하던 모습도.

"들어보렴."

감독이 말했다.

"이 영화에서 너는 부모의 사랑을 받지 못한 어린아이지. 엄마는 도망갔고 아빠는 주정뱅이에 노름꾼이야. 그런 불쌍한 아이가 강에 빠진단다. 아주 깊고 차가운 강물에. 주변에 사람들이 지켜보고 있지만 아무도 너를 구하지 못해. 그런데 그때 수영 영웅이었던 남자가 강가를 지나가고 있었던 거야. 불의의 사고를 당해 한쪽 다리를 잃고 수영을 그만두어야 했던 불행한 남자가. 수년간 아무 의미 없이 인생을 허비하던 그는 물에 빠진 너를 보고 그를 지탱하면서도 절뚝이게 만들었던 목발을 던지고 물에 뛰어들어. 물속에서 그는 빠르고 자유롭지. 그는 순수한 너를 만나 새로운 삶을 살아갈 힘을 얻는단다. 다시 누군가의 영웅이 되어서 말이야. 너에게는 좋은 친구가 생기지. 너는 사랑받게 돼. 더 이상 혼자 외로운 길이나 빈집에 남겨지지 않게 되는 거야."

소년은 이미 대본에서 읽은 영화 내용을 차분히 들었다. 똑똑한 아이라고 감독은 생각했다.

"네가 위험해져야만 널 구할 수 있단다. 그가 물속에서 널 구하고, 스스로를 어둠 속에서 구하기 위해 우선 네가 위험에 처하는 단 하나의 장면이 필요해. 네가 구출되는 것은 이미 정해져 있어. 자, 결과를 알고도 두렵니?"

"우선 난 두려운 게 아니에요."

소년은 고개를 저었다.

"그리고 난 잘 모르겠어요."

"무얼 말이니?"

"행복해지기 위해 불행해지는 게 좋은 건지요. 그런 게 정말 잘된 일이에요? 어차피 내가 물에 빠지는 건 변하지 않는데."

소년은 빛도 어둠도 집어삼키는 물을 다시 처연하게 바라봤다.

"이상해요. 다음 장면을 알면 행복도 행복이 아니고 불행도 불행이 아니잖아요."

감독은 소년의 표현에 감탄했다. 무구하며 동시에 무한한 지혜로 세상을 보는 이 어린아이에게 무슨 대답을 해줄 수 있을지 고민했다. 그때 다시 아내에게서 전화가 걸려왔다. 그는 아내가 울고 있을지도 모른다고 잠시 생각했지만 전화를 받지는 않았다. 하지만 왜? 감독은 자신이 어째서 아내의 연락을 피하는지 설명할 수 없다는 사실을 깨달았다.

"나이가 들면 후회하는 일들이 아주 많이 쌓인단다."

소년이 고개를 돌려 감독을 쳐다봤다.

"내가 망쳐버린 것들 중에는 정말 누군가를 도우려고 했던 일, 누군가를 사랑해서 했던 일도 있어. 하지만 결국 그러면 안 됐지. 두려운 건 그때로 다시 돌아간다고 해도 내가 같은 선택을 할 거라는 거야. 순진하고 행복하게. 하지만 이런 행복이 없다면 과연 인생이 아름다울까?"

감독은 커다란 세트장을 먼눈으로 훑었다. 수조와 가까운 어둠 속에 앉아 쉬고 있는 사람들. 밝은 통로를 어슬렁거리는 사람들. 중단된 촬영에 기약 없이 대기하면서도 이야기를 나누며 즐거워하는 사람들. 지루해하거나 간혹 심각한 고뇌에 빠진 사람들.

"어떤 일이 일어난 후에 좋은 일이 생길지 나쁜 일이 생길지 아무도 몰라. 그냥 세상은 어떤 일들이 끊임없이 일어나고 우리는 받아들이지. 하지만 억울해할 필요는 없어. 그것들은 우릴 해치거나 무너뜨리려고 밖에서 찾아오는 침략자가 아니야. 모든 일은 지나가고 나면 우리 안에 남아 우리의 일부가 될 테니까. 사라지는 건 결코 우리가 아니니까."

소년은 현명한 눈으로 지치고 고단한 얼굴의 감독을 봤다. 그는 소년의 아빠와 비슷한 나이였지만 훨씬 늙어 보였다. 체형도 생김새도 전혀 닮은 구석이 없었다. 그러나 소년은 처음으로 그가 아빠 같다고 느꼈다. 그 생각은 곧 그와 친구가 될 수도 있을 것 같다는 희미한 예감으로 바뀌었는데 이유는 알 수 없지만 이 어른이 가엾게 느껴졌기 때문이었다.

"궁금한 게 있어요."

소년이 물었다.

"왜 거북이예요?"

"거북이?"

"네. 왜 나를 구해주는 수영 선수는 도로를 가로질러 해변으로 가는 거북이 가족을 만난 거예요? 왜 부주의하게 시선을 빼앗기고 달려오는 차를 피하지 못해서 불행해진 거예요? 왜 하필 거북이예요?"

5

위험한 규모로 발달하던 태풍 거북은 갑자기 소멸했다. 태풍 위쪽과 아래쪽의 바람 세기와 방향이 서로 달라지면서 상하층이 분리된 것이 원인이었다. 두 조각이 난 태풍은 힘이 빠진 채 벼락과 돌풍을 동반한 요란한 비를 남겼을 뿐 아무것도 해치지 못하고 사라졌다. 그날 밤 무너진 집도 죽은 사람도 없었다. 그러나 정말 그랬을까?

그는 딸이 졸음을 이기지 못하고 눈을 자꾸 끔벅이는 것을 여러 번 보았다. 치과를 나와 집으로 돌아가는 동안 자동차 조수석에 똑바로 앉지 못하고 계속 몸이 한쪽으로 기울어지는 모습도 보았다. 하지만 그는 딸이 이를 뽑으며 피를 많이 흘렸고 또 극도로 긴장했던 스트레스가 피로로 돌아온 것이라 생각했다.

"어서 집에 가자. 가서 밥을 먹고 약을 먹고 달콤한 것을 먹은 뒤에 한숨 자는 거야."

그러나 딸은 대답이 없었다. 그는 딸이 아직도 자신에게 화가 난 거라고 생각했다.

차창 밖으로 엄청난 비가 쏟아지고 있었다. 빗물에 얕게 잠긴 도로 위에서 차들은 무서운 무언가를 피하듯 느릿느릿 움직였고, 하늘은 기형적으로 거대해진 불길한 비구름이 온통 차지하고 있었다. 그 속에서 이따금 가느다랗고 재빠른 번개가 삐뚤어진 사선을 그리며 번쩍였다. 그건 조금 비현실적인 풍경이어서 그는 이상하게 가슴이 뛰었다.

딸은 차에서 내려 집으로 들어가는 동안 곧잘 걸었다. 여전히 그를 쳐다보거나 아빠 하고 부르지 않았지만 우산 속에서 그의 팔을 잡고 그에게 몸을 기댔다. 그는 딸의 행동에 엄청난 안도감을 느꼈다. 그제야 자신이 아주 불안한 마음이었다는 것을 깨달았다.

아내는 오후 내내 집에서 일을 하다가 딸과 그를 반갑게 맞아주었다. 그는 아내가 딸의 입안을 살펴보며 무섭지는 않았는지 아프지는 않았는지 묻는 소리를 들으며 짐을 정리하기 위해 주방으로 갔다. 주방과 다용도실의 창문이 활짝 열려 있었다. 그가 급하게 닫았지만 집 안으로 들이친 빗물이 흥건했다. 빗물을 꼼꼼히 닦고 젖은 옷을 수건으로 대충 털고 있을 때 아내가 그를 불렀다.

"내 말에 아무 대답도 안 해."

아내가 떨리는 목소리로 다시 딸의 이름을 불렀다.

"왜 그래? 엄마 목소리 안 들려? 무슨 말인지 모르겠어?"

딸은 엄마가 전혀 보이지 않는 것처럼 주위를 두리번거렸다. 무언가를 보는 것 같지도 않았다.

"아빠 봐. 아빠 봐봐."

그는 딸을 잡고 억지로 눈을 마주쳤다. 그러나 딸의 눈이 그를 보고 있지 않다는 걸 금방 알 수 있었다. 그는 계속 마음속에 도사리던 불안의 정체를 깨달았다. 딸의 상태가 이상하다는 것을 그는 직감적으로 알고 있었다. 그것을 외면하고 자신을 속이고 있었다. 그는 스스로에게 화가 나서 미쳐버릴 지경이었다.

아내가 전화로 구급차를 부르는 사이 그는 딸을 품에 안고 있었다. 딸은 눈을 감은 것도 움직이지 못하는 것도 아니었지만 마치 한 겹 다른 차원으로 넘어가버린 것 같았다. 그가 가진 물리적인 모든 것이 소용없어졌다. 따뜻한 체온도, 목소리도, 아무것도 딸에게 닿지 않았다.

구급차가 병원으로 가는 동안 구급대원들은 딸의 동공을 작은 손전등으로 살피고 산소호흡기를 콧속에 넣어주었을 뿐 별다른 조치를 취하지 않았다. 그들도 딸의 상태에 대해 아는 것이 없어 보였다. 딸의 손을 잡고 있는 아내는 이미 너무 많은 눈물을 흘렸다. 탈수가 올 수도 있으니 마음을 진정하라고 아내를 달래면서도 그 역시 터져 나오는 울음을 주체하지 못했다.

"아직 멀었습니까? 병원까지 멀었어요?"

그가 눈물을 닦으며 물었다.

"곧 도착합니다."

젊은 구급대원이 대답했다.

"시간이 지체된 것이 문제가 될까요?"

"아직은 아무것도 알 수 없어요. 의사가 검사를 해봐야 합니다. 너무 걱정하지 마세요."

"이런 경우의 환자를 많이 봤나요? 이송해본 적 있어요?"

구급대원이 안타까운 표정으로 그를 쳐다봤다.

"정말 착한 아이예요. 얼마나 착한 줄 몰라요."

그는 손을 뻗어 딸의 얼굴을 쓰다듬었다. 아내는 딸의 손 위에 잠든 듯이 엎드려 있었다.

"딸이 세 살 때 내가 분홍색 토끼 인형을 사 줬어요. 딸은 아직도 그 인형을 소중하게 끌어안고 자고 집 안 곳곳에 동생처럼 데리고 다녀요. 그만큼 좋아하는 인형인데 어느 날 딸이 문득 생각났는지 내게 말하더군요. 토토를 사 줘서 고맙다고, 아빠 사랑한다고 말했어요. 토토는 토끼 인형에게 딸이 지어준 이름인데……"

그는 울음이 차올라서 잠시 말을 멈췄다. 그러나 이내 다시 이야기하기 시작했다.

6

문을 열어준 것은 그의 아내였다. 나는 그녀가 그의 아내라는 것을 알고 있었지만 잊고 살았으므로 그와 그녀 부부를 동시에 보게 된 것이 난데없는 일처럼 느껴졌다. 그녀는 문 앞까지 와서 망설이는 나를 진심으로 환영하며 가볍게 안아주었다. 그러나 나는 그녀의 팔이 등에 닿는 순간 예전에 내가 그녀와 별로 사이가 좋지 않았다는 것을 천천히 기억해냈다. 그녀는 작은 눈에 심술 맞게 생긴 여자였고, 그가 간병인으로 고용했다가 사랑하게 된 여자였다.

그는 커다란 아일랜드 식탁에 앉아 있었다. 마음속으로 반은 내가 오리라고 기대하고 있었고, 반은 내가 오지 않으리라고 단념하고 있었던 게 분명했다. 반가움과 놀라움이 섞인 눈빛을 보면 알 수 있었다. 그는 나를, 나는 그를 아주 오랫동안 보지 못했다. 10여 년 만에 다시 본 그의 모습은 처참했다. 평생 수영을 해서 튼튼하고 아름다운 갑옷처럼 육체를 감싸고 있던 근육들은 흔적을 찾아볼 수 없었다. 잘생긴 얼굴은 홀쭉하게 야위었고 머리카락은 거의 남아 있지 않았다. 만약 그가 그의 집 식탁에 앉아서 나를 기다리지 않았다면, 만약 버스 옆자리에 앉아 있다가 내게 다음 정류장을 물어보았다면 그라는 것을 끝까지 눈치채지 못하고 이 쇠약한 노인을 도와주었을 것이다. 이 영감, 정말 죽어가고 있군. 나는 속으로 생각했다.

"앉으렴. 앉아. 정말 오랜만에 집에 돌아왔구나."

"하!"

그 말에 웃지 않을 수 없었다. 그의 집이 내게도 집이었던 적은 인생의 아주 짧은 시기뿐이었다. 죽음을 앞둔 그가 믿고 있는 이 망상적인 착각이 어디까지 뻗어간 것인지 이제는 궁금해질 지경이었다.

내가 순순히 의자에 앉자 그는 기뻐하며 준비한 음식들을 설명했다. 그가 장담한 대로 음식은 정말 넘치도록 많았다. 연한 간장에 졸인 닭찜과 물김치, 향긋한 쑥국, 무를 넣은 굴국, 달래장과 찰밥, 소고기산적, 무친 황태와 납작하게 누른 더덕구이, 대하구이, 관자, 수육과 갈치속젓, 그리고 조청에 달콤하게 조린 약단밤이 커다란 식탁 위에 차려져 있었다. 좋은 접시에 담긴 먹음직스러운 음식들을 보자 집에서 아내와 아이들이 앉아 있던 나무 식탁이 떠올랐다. 그 식탁에서 아이들은 다 먹는 데 5분도 채 걸리지 않는 시리얼을 먹었고 아내는 과일을 먹었다. 나는 집에서 무얼 먹었지?

"많이 먹어요. 이렇게 와주지 않았다면 아깝게 다 버렸을 거야."

그의 아내가 내 맞은편에 앉으며 쾌활하게 말했다. 이 정성스러운 음식들은 모두 그녀가 준비했을 것이다. 오랜 시간장을 보고, 재료를 다듬고, 이 주방에 몇 시간 동안이나 서서 요리를 했을 것이다. 내가 오지 않아 다 버려야 할지도 모르는 음식을! 그녀는 그의 기분에 장단을 맞춰주고 있었다. 나는 내가 마지막으로 기억하던 모습보다 훨씬 더 늙어버린 그와 그녀를 찬찬히 관찰했다. 그들에게 있었던 긴 시간을 나는 몰랐고, 그들이 지금 서로를 어떻게 생각하는지 짐작조차 되지 않았다.

"어서 들어. 음식이 식겠다. 이야기는 먹으면서 하자."

그가 조금 초조해하며 말했다. 내가 이 집에 들어와 아직 한마디도 하지 않았으며, 식탁에 앉아 아무 음식에도 손을 대지 않고 있다는 것을 눈치챈 것이다.

"배가 고프지 않니?"

"내가 이것들을 먹을 것 같아요?"

들떠 있던 그의 표정이 서서히 가라앉는 것이 보였다. 그는 슬픔을 감추지 못하고 말했다.

"녀석아, 우리 정말 오랜만이잖니."

"그 오랜 세월 잊고 살다가 죽을 때가 되니 좋은 관계로 정리하고 싶었어요? 영원히 미움받기는 싫어서?"

"우리 모두 서로에게 풀기 힘든 복잡한 앙심이 있지만, 그렇지만 얘야, 우리 좋았던 것들도 분명히 있잖니."

"하!"

내가 소리쳤다.

"내가 여기 왜 온 줄 알아요? 왜 온 줄 알아? 당신이 아무것도 모르고 죽을까 봐. 당신이 얼마나 잔인하고 이기적인 인간인지 내가 알려주지 못하고 끝나버릴까 봐 온 거야."

그의 아내가 조심스럽게 입을 열었다.

"잠깐만 이 사람 얘기를 들어주면 안 될까요?"

"여사님은 빠져요."

내가 반사적으로 소리쳤다. 여사님은 그녀가 그의 간병인이던 시절 내가 그녀를 부르던 호칭이었다. 그녀는 조용히 입을 다물었다.

"넌 여전히 무례하고 제멋대로구나."

그는 결국 화를 냈다. 오랜만에 들어보는 신랄한 목소리로 내게 말했다.

"맞아. 이렇게 못되게 굴면서 모든 것을 망쳐놓고도 자기 괴로움에만 빠져 있는 한심한 녀석이었어. 이 사람과 내 결혼식에서 네가 축사를 맡아놓고 아무런 축복도 하지 않고 마이크를 내려놓았지. 네가 마이크에 대고 한 말이라곤 오늘 날씨가 좋네요, 정말 좋은 날이네요,밖에 없어. 그래놓고도 넌 나와 이 사람한테 사과 한마디 하지 않았어."

나도 그 결혼식을 똑똑히 기억하고 있었다. 그때 나는 그와 조금 사이를 회복한 상태였기 때문에 진심으로 결혼을 축복하는 축사를 준비했다. 하지만 결혼식이 시작하기 전 하객석에서 만난 그녀의 딸과 다툼이 있었다. 그녀가 첫번째 결혼에서 낳은 딸이었다. 무엇 때문에 그렇게까지 화가 났는지는 이제 기억나지 않았다.

내가 빈정거리며 말했다.

"아, 그렇게 새 부인을 사랑해요? 내가 아는 건 좀 다른데. 당신은 사별한 첫번째 부인 때문에 슬픔에 잠겨 모든 것을 놓았잖아. 인생도. 수영도. 당신 입으로 이제부터 내 아들이라고 선언했던 가족도. 나는 그전에 당신에게 넌덜머리가 나서 집을 나갔다가 엄마 부고를 듣고 다시 당신 곁으로 돌아왔어. 당신이 고약하게 구는데도 당신의 슬픔과 고통을 이해하고 힘든 상황에 처한 당신을 도와주려고. 그런데 당신은 내게 어떻게 했지? 고작 고등학생이던 아이한테 어떻게 했냐고? 정말 잔인하게 굴었어. 정말 비열하게. 마치 그 애는 가족을 잃지 않은 것처럼 말이야. 자기만 가족을 잃었고 그 애는 가족이 아니라는 듯이 말이야."

그도 지지 않고 따졌다.

"넌 그 여자를 엄마라고 부를 자격이 없어. 얼마나 널 사랑했는데. 그렇게 돌아오라고 사정했는데 버리고 나갔잖니? 집을 나가서 마구 살았잖아. 다른 누구도 아닌 네가 그러고 싶어서. 네가 우리를 가족으로 생각하지 않고 우리를 절망 속에 버렸어. 그 여자는 죽는 순간까지 너를 그리워했는데 넌 그때 어디 있었지?"

식탁 위에 잘 차려진 음식들이 식어가고 있었다. 식탁을 가로질러 나는 그에게, 그는 나에게 미움과 앙심을 담아 맹비

난을 퍼부었다. 그의 아내만이 아무도 먹지 않는 맛있는 음식들을 지루한 눈으로 지켜보고 있었다.

7

소년은 돌연 물에 들어가겠다고 마음을 바꿨다.

"갑자기 사라졌어요."

"뭐가 말이니?"

"귀신이요."

소년은 그리운 무언가를 마지막으로 보듯 출렁이는 물을 바라봤다. 소년에게 물은 특별한 의미를 가지고 멀어지며 가까워지는 세계의 경계로 보였다. 세상은 검고 달콤한 물이 닿는 모든 곳이었고, 솟아오르는 물과 가라앉는 물이 동시에 존재한다는 것, 모두 다른 물결이 연속적으로 연결된 하나의 덩어리라는 사실이 소년의 마음을 사로잡았다. 그것은 우연하게 만들어진 순간이 아니라 유사하게 반복되며 배열을 만드는 세계의 암호처럼 느껴졌다.

하지만 소년은 너무 어렸고, 이런 마음을 누군가에게 설명할 수는 없었다.

"우리 엄마는 죽어가고 있어요."

"그게 무슨 말이니?"

감독이 놀라서 물었다.

"엄마가 친구와 통화하는 걸 들었어요. 나만 알고 엄마는 내가 아는 걸 몰라요. 아빠에게도 숨기고 있고요."

감독은 무언가를 알아버린 아이의 눈을 안타깝게 바라봤다. 문득 그는 자신이 이 소년을 돕고 싶다는 열망에 휩싸여 있다는 것을 깨닫고 깜짝 놀랐다. 소년을 눈앞의 물속으로 몰아넣는 것이 옳은 일인지 두려워졌다.

"전화받아요."

소년이 말했다.

"그 사람은 감독님이 전화를 받아주길 굉장히 간절하게 바라고 있는 것 같아요."

감독은 또다시 울리는 아내의 전화를 잠시 바라봤다. 소년이 그를 지켜보고 있었다. 감독은 조용한 곳으로 걸어가며 전화를 받았다.

— 여보?

수화기 너머에선 아무 소리도 들리지 않았다.

— 여보, 나야.

아내는 흐느끼고 있었다.

— 촬영 중이었어. 그래서 전화 못 받았어.

그는 죄책감을 느끼며 거짓말을 했다.

— 당신이 영영 전화를 받지 않을 것 같았어.

아내가 가까스로 목소리를 추스르고 말했다.

— 당신이 나를 떠나려는 줄 알았어.

— 그럴 리가 있어?

그는 아내를 부드럽게 달랬다.

— 아니면 사고가 난 줄 알았어. 갑자기 당신한테 무서운 사고가 나는 장면을 계속 떠올렸어.

그는 몇 년간 지속된 아내의 이런 상태를 떠올리며 한숨을 내쉬었다.

— 나는 당신을 안 떠나. 그런 생각도 한 적 없어.

하지만 그건 사실이 아니었다. 그는 자주 마음속에서 그녀를 떠나지만 결국 그녀의 곁에 남아 있을 뿐이었다. 떠나려는 것도 남아 있으려는 것도 모두 그의 진짜 마음이었다.

— 당신 그때 그 일 때문에……

아내는 말을 얼버무렸다.

— 그 일은 정말 잊었어. 나는 이제 기억도 잘 안 나.

그는 또다시 거짓말을 했다. 아내는 수화기 너머에서 잠시 아무 말이 없다가 이내 불안한 목소리로 조그맣게 중얼거렸다.

— 당신을 정말 사랑해.

그때 그는 저 멀리 소년이 물가에서 벗어나 어딘가로 달려가는 모습을 봤다. 소년이 달려간 곳에는 소년의 엄마와 아빠가 있었다. 먼 곳에서 돈을 벌고 있다던 소년의 아빠가 심상치 않은 아들의 상태를 전해 듣고 찾아온 것이었다. 감독은 저렇게 소년의 세 가족이 함께 있는 모습을 처음 보았다. 그리고 곧 깜짝 놀랐다. 소년이 아빠 품에 안겨 울고 있었다. 아이처럼 서러워하며 두려워하며 실컷 울고 있었다. 그 모습을 보며 그도 금세 울고 싶은 마음이 되었다.

수화기 너머에서 아내가 그에게 끊임없이 속삭이고 있었지만 그는 아무것도 듣지 못했다.

— 여보, 우리 애는 사고로 죽은 거야. 그건 사고야.

미술영감은 자기가 만든 아름다운 수조 세트장을 거닐며 어디선가 아이를 잃거나 부모를 잃은 슬픈 사람들을 생각했다. 그들은 어떤 결과가 기다릴지 모르는 거대한 물속으로 들어갔다가 이제 막 흠뻑 젖은 채로 세상에 나온 아기들이었다. 울음을 터뜨리기도 하고, 때로는 잠이 든 채로 태어나 다른 세계를 여행하기도 했다.

8

모든 일이 끝났을 때, 부부는 아주 지친 상태로 집에 돌아와 죽은 듯이 잠을 잤다. 거의 사흘 동안. 한 침대에서 잤지만 남편과 아내가 잠깐씩 깨어나는 시간이 서로 달랐기 때문에 그들은 사실상 며칠간 만난 적도, 서로의 눈을 바라본 적도, 서로의 슬픔을 이야기한 적도 없었다. 그 어느 때보다 서로가 필요한 순간이었는데도. 그건 두 사람 모두에게 아주 외롭고 두려웠던 시간이어서 마음 깊은 곳에 아로새겨진 상처가 되었다.

먼저 긴 잠에서 깨어난 건 남편이었다. 그는 생각대로 잘 움직여지지 않는 팔다리를 제대로 쓸 만하게 만드는 데 애를 먹었다. 그의 팔과 다리가 잘려 나가고 낯선 팔과 다리를 붙여 놓은 것 같았다.

그가 침실 밖으로 나가서 가장 먼저 한 일은 거실 소파에 놓인 토끼 인형을 서랍장에 집어넣는 것이었다. 그는 그 일을 슬픔 없이 해냈다. 그 순간에 그가 느낀 감정은 오히려 공포였다. 아내가 보기 전에 자신이 인형을 발견해서 정말 다행이라고 안도했다.

그는 어수선하게 정리되지 않은 수건과 옷가지, 물건 들을 정돈했다. 예전에 늘 하던 일이었지만 낯설게 느껴졌고 이것이 정말 맞는 자리인지 헷갈렸다. 그는 집을 정리하면서 무수히 많은 딸의 흔적을 발견했다. 딸이 좋아하던 책과 색연필, 실로폰, 흔들면 오색 회오리가 생기는 유리병, 딸이 젓가락질을 배우도록 아내가 사 준 교정 젓가락, 딸의 겨울 모자, 앙증맞은 장화 같은 것들이 온 집 안에 가득했다. 이 모든 것을 어떻게 정리할 수 있을지, 정리해야 될 더미 안에 자신이라는 존재를 제외할 수 있을지 생각했다.

그는 간단한 식사를 만들려고 주방으로 갔다. 아내에게 소화가 잘되는 따뜻한 음식을 먹이고 싶었다. 그는 쌀이 있는 것을 확인하고 냉장고에서 달걀과 햄을 꺼냈다. 파가 있을까 싶어 다용도실 문을 열었을 때 그는 충격을 받아 그 자리에서 굳어버렸다.

"아……"

바닥에 아무렇게나 쓰러진 비닐봉지에서 깨지고 상한 빵과 케이크가 녹아 흘러나와 있었다. 비가 올 때 그가 창문과 문을 걸어 잠갔던 다용도실은 뜨겁고 꽉 막힌 공기와 함께 엄청난 악취가 고여 있었다. 이미 바닥에는 작은 좁쌀 같은 구더기들이 생겨 있었고, 공중에는 먼지처럼 위로 훅 날아올랐다 가라앉는 새까만 날벌레들로 가득했다. 라즈베리크림이 흘러나온 도넛은 피를 흘리는 것처럼 기괴하게 보였다. 아카시아꿀을 바른 밤빵, 커스터드크림이 가득한 카스테라, 푸딩과 생과일케이크. 딸이 좋아하던 달고 맛있는 음식들이 끔찍한 오물로 썩고 있었다.

"이게 뭐야?"

그는 흠칫 놀라 돌아섰다. 부스스한 머리에 핏기 없는 얼굴의 아내가 다가와 있었다. 아내는 아직 꿈을 꾸는 듯한 눈으로 멍하니 이 광경을 바라보다가 무섭게 돌변했다.

"이 더럽고 냄새나는 것들이 다 뭐야?"

"여보."

"이게 다 뭐냐고."

그는 아내가 더 이상 그 참혹한 광경을 보지 못하도록 몸으로 막아섰다.

"당신은 들어가 있어. 내가 치울게."

하지만 아내는 그러지 않았다.

"이게 다 뭐야. 이게 다 뭐야. 이게 다 뭐야."

아내는 미친 사람처럼 중얼거리면서 다용도실로 걸어갔다. 그가 말리려 잡아도 무시무시한 힘으로 떨쳐냈다.

"케이크잖아. 마카롱도 있고."

아내는 마치 쇼핑을 하는 양 그것들을 손가락으로 꾹꾹 눌렀다.

"여보, 이리 와. 만지면 안 돼."

"왜 안 돼?"

아내가 그를 노려봤다. 손으로 썩은 과일과 생크림이 가득한 케이크를 한 줌 쥐고 그의 눈앞에 들이댔다.

"당신이 산 거야, 그렇지?"

그는 대답하지 못했다.

"네가 우리 애를 치과에 데려가기 위해 산 것들이잖아!"

그는 아내가 이성적인 상태가 아닌 것을 알면서도 그녀가 하는 말들을 꼼짝없이 죄책감을 느끼며 들었다.

"비열한 수를 쓴 거야. 순진한 애를 속여서 그렇게 무서워하는 애를 기어코 죽을 자리로 끌고 갔어."

"아니야, 나는 몰랐어. 이렇게 될 줄 정말 몰랐어."

"내가 못 들었을 줄 알아?"

아내는 발작하듯이 웃음을 터뜨렸다.

"침실에서 다 들었어. 가기 싫어서 울고 매달리는 애를, 아빠한테 도와달라고 말하는 애를 너는, 너는, 이 악마 같은!"

"도우려고 한 거야. 알잖아, 여보. 나는, 나는……"

그가 눈물을 흘리며 무너져 내리고 있었지만 아내는 더 이상 그를 보고 있지 않았다. 더럽고 냄새나는 것들을 닥치는 대로 쥐고 던지며 누구에게랄 것 없이 소리쳤다.

"지옥에나 가버려! 지옥에나 가버려!"

9

그녀는 내가 돌아올 것을 어떻게 알았을까. 문을 두들기기도 전에 그의 아내가 나와서 나를 맞아주었다.

"어서 와요. 그이는 잠들었어요."

나는 증오와 폭력만이 오가던 싸움 끝에 박차고 나갔던 그의 집으로 다시 들어갔다. 이제 세상은 깊은 밤이었고 울분과 미움도 없이 고요했다. 식탁은 말끔히 치워져 있었다.

"배가 고파요? 뭐라도 줄까?"

그의 아내가 물었다. 그녀는 내가 저녁에 했던 말들을 못 들은 사람처럼 나를 다정하게 대해주고 있었다.

"아까 심하게 말해서 죄송해요. 부인께 사과하고 싶어서 다시 온 겁니다."

그녀는 조용히 웃으며 손짓했다.

"미안하면 따라와요. 보여주고 싶은 게 있어."

그녀는 그가 자고 있는 침실로 나를 데리고 갔다. 그의 거친 숨소리를 듣고 내가 문밖에서 들어오지 않자 그녀가 갑자기 깜짝 놀랄 만큼 크게 소리쳤다.

"들어와요! 이 사람 약을 먹고 잠들어서 절대 안 일어나!"

그 목소리가 호통 소리 같아서 나는 얼떨결에 그녀를 따라 그가 잠들어 있는 침대 앞까지 가까이 다가갔다. 그녀는 나를 침대 옆 의자에 앉히고 자기도 다른 의자에 앉았다. 그녀는 그의 이마를 한번 쓰다듬으며 나직하게 말했다.

"얼마 못 살 거야, 이 사람."

잠든 그는 곧 죽을 환자처럼 보였다. 내게 괴성을 지르고 힐난을 퍼붓던 모습이 어떻게 가능했는지 믿기지 않을 정도였다. 그는 그저 슬프게 죽어가는 노인이었다. 나는 어쩐지 확인하고 싶어져서 손을 뻗어 그의 오른쪽 다리가 있어야 하는 자리를 만져보았다. 이불이 아래로 푹 꺼졌다.

"거북이라고 불렀었죠?"

그녀가 물었다.

"옛날에는 그랬죠."

나는 이미 진력이 다 빠졌기 때문에 그냥 순순히 대답했다.

"그이가 사고 났던 날 얘기를 해준 적 있어요. 세계 선수권 대회를 앞두고 전지훈련을 갔을 때였다고요. 훈련을 할 수 있는 레일 수영장과 숙소가 아주 근사한 바닷가에 있었대요."

나도 그 이야기를 알고 있었다. 그는 도로에서 해변을 향해 가는 거북이 가족을 보다가 버스에 치여 한쪽 다리를 잃었다.

"왜 거북이를 보고 있었느냐고 내가 물어봤어요."

내가 기다리자 그녀는 잠시 뜸을 들였다.

"그이는 처음에 말해주지 않으려고 했어요. 하지만 결국에 털어놨죠. 거북이를 좋아한다더군요."

그녀가 웃었다.

"거북이는 물속에서 정말 빠르거든, 그 길고 뜨거운 땅을 무사히 지나간다면 말이야, 하고 그이가 말했어요."

나는 그가 처음 나를 "이 거북이 녀석" 하고 부르던 순간을 떠올려봤다. 그때 그와 무슨 이야기를 했더라.

"그이는 또 이렇게 말했어요. 하지만 이제는 조금 다른 의미가 되었지. 거북이는 언제 어디서 만나게 될지 모르는 내 운명이야. 마주치면 다시는 이전의 삶으로 돌아갈 수 없어."

그녀는 나를 그 침실에 남겨두고 주방으로 나가며 내게 먹을 것을 가져다줄 테니 좀더 머물다 가라고 타일렀다.

"서로를 결코 용서할 수 없다면 이편이 훨씬 나을 거야. 그저 조용히 죽어가는 가여운 노인과 함께 시간을 보내줘요."

나는 그녀가 가져다주는 식은 음식들을 먹으며 그에게 들려주듯 그녀와 이야기를 나눴다. 고소한 호박전과 육전을 먹자 내가 얼마나 배가 고팠는지 알게 되었다. 내 배 속은 아무것도 든 것 없는 상태였다. 그녀는 내가 실컷 먹을 만큼 음식을 가져다주었다. 그가 담갔다고 자랑하던 붉은 백년초주도 그녀와 한잔했다. 나는 이상하게도 허기지고 기분이 나른해서 술과 음식을 연거푸 입안에 넣고 삼켰다. 그러면서 계속 떠들었는데 내가 누군가와 이런 이야기를 나누는 것이 아주 오랜만이라는 것을 깨달았다. 나는 내 일상과 특징에 대해 이야기했다. 내가 가진 약함과 강함에 대해. 애를 쓰면 쓸수록 나는 더 이상해지고, 너무 힘들지만 뭐가 힘든지 모르겠는 마음에 대해. 그리고 주변 사람들에 대해 털어놓았다. 냉담한 아내와 아이들. 내 내면에 아무런 관심이 없는 애인과 친구들. 나를 미워하는 사람들. 하지만 정말 그 이유를 알 수 있을까? 그녀는 이 모든 이야기를 가만히 들어주었다.

나는 그녀에게 지금 쓰고 있는 시나리오 내용을 들려주었다.

"영화가 큰 성공을 거둔 후에 아이는 많은 돈을 벌고 유명해지지만 부모의 재산 다툼과 이혼을 겪어요. 그 후 약과 여자에 빠져 영화계의 방탕한 악동이 되죠. 감독 역시 영화가 성공했지만 아내의 자살로 깊은 어둠 속에 잠깁니다. 그러니까 두 사람 모두에게 영화의 성공은 불행을 가져다줘요. 나는 그 영화의 중요한 수중 장면 촬영을 아이가 망설이도록, 조금이라도 천천히 슬픈 미래로 가도록 염원했어요."

나는 내가 그들에게 끊임없이 들려줄 이야기가 있다는 것을 깨달으며 놀랐다.

"정말 이상하게도, 불행을 가져다준 바로 그 영화의 인연이 그들을 구해줘요. 아이와 감독은 친구가 되고 가족이 되죠.

그리고 다시 남이 돼요. 멀어지고 가까워지기를 반복하다가 미워하다가 애틋해하다가 서로를 상처 입히다가 관심을 잃다가 애증이 다 사라진 느슨한 관계로 나이를 먹죠. 그리고 어느 술집에서 우연히 만나게 돼요. 그들은 처음엔 불쾌하게 서로를 외면하지만 똑같이 좋아하는 노래가 흘러나오자 기분이 좋아지죠. 그러면서 너스레를 떠는 거예요. 서로에게 술을 한 잔 사면서 인생과 운명에 대해 논하면서 하루쯤 다시 친구처럼 어울리는 거죠. 그 자리에서 일어나면 다시 각자의 삶에서 사라진 유령들이면서요."

그는 여전히 죽은 사람처럼 잠들어 있었고, 그녀는 희미한 윤곽으로 어둠 속에 있었다. 나는 금방이라도 사라질 것 같은 그 노인들에게 물었다.

"나를 만든 것, 나를 이루고 있는 것들은 어디에서 왔을까요? 어째서 먼지나 소음 속으로 흩어지지 않을까요?"

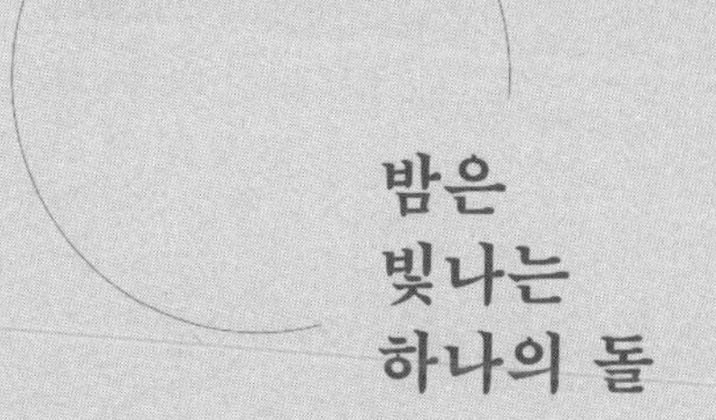

밤은
빛나는
하나의 돌

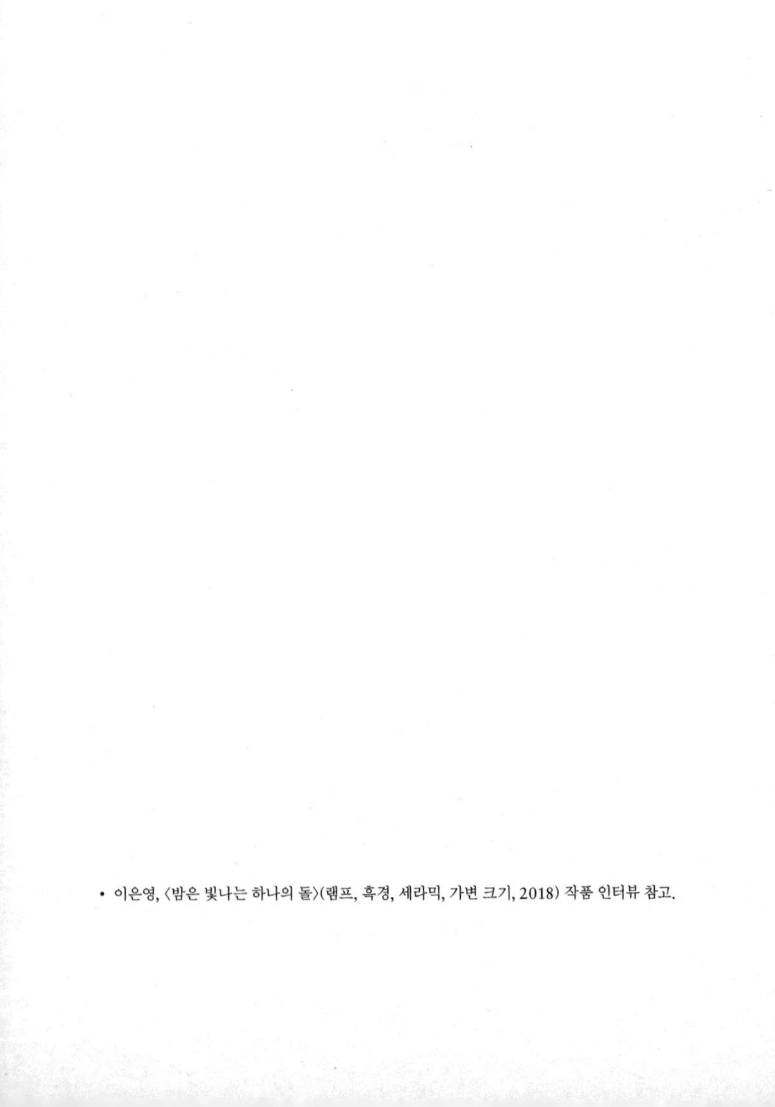

• 이은영, 〈밤은 빛나는 하나의 돌〉(램프, 흑경, 세라믹, 가변 크기, 2018) 작품 인터뷰 참고.

약속했던 시간보다 두 시간이나 늦게 나타났는데도 어쩐 일인지 그는 특별히 나를 힐난하는 기색 없이 맥주나 마시자고 했다. 나는 너무 완벽하게 늦어버린 나머지 미안함과 초조함을 넘어 어느 정도 자포자기하는 심정이 되어 있었고, 그래서 오늘 처음 만난 그가 권하는 대로 그 가정집을 개조한 조용한 카페에 앉아 맥주를 좀 마시다가 이내 한잔 더 하러 나가자는 제안을 멍하니 수락했다.

그는 내가 마음에 들었다기보다 마침 날씨와 바람이 맥주를 마시기에 아주 절묘하다고 판단한 것 같았고, 나 역시 맥주를 마시지 않고는 못 배기는 날이라는 데에 전적으로 동의했기 때문에 우리는 근방의 골목과 언덕을 이리저리 오가며 계속 맥주를 마셨다. 다세대주택 외벽에 위태롭게 설치된 철제 계단을 올라 4평짜리 피자집에서 크림스피니치 조각 피자를 먹으며 향긋한 IPA를 마셨고, 건물 옥상에 인조 잔디를 깔고 노란 알 전구를 주렁주렁 매달아 분위기를 낸 루프톱 펍에서 해가 지는 하늘을 구경하며 부드러운 스타우트를 마셨다.

그러는 사이 우리는 말을 놓고 이름을 부르게 됐는데 그렇다고 퍽 친밀해진 건 아니었고 별다른 대화 없이 동석인 정도의 느낌으로 각자 맥주만 홀짝였다. 그는 술을 꽤 마셨는데도 얼굴색이 조금도 변하지 않았고, 침묵을 악의 없이 사용하는 편이었고, 입을 열어도 낮고 차분하게 말했기 때문에 아주 고요하게 느껴졌으며, 시선에서도 몸짓에서도 어쩐지 아무런 욕망이 보이지 않았다.

"왜 가지 않고 날 계속 기다렸어? 지루했을 텐데."

술을 깰 겸 내가 말을 걸었다.

"기다린 건 아니야. 나는 네가 오지 않을 줄 알았어."

그는 천천히 고개를 가로저었다.

"그냥 옆 테이블 이야기를 엿듣고 있었어."

나는 무슨 이야기를 들었는지 말해보라고 슬쩍 부추겼다. 세상 모든 것에 무심해 보이는 그가 모르는 사람들의 대화를 귀 기울여 듣는 모습이 선뜻 상상이 가지 않았다. 그는 잠시 진지한 표정을 지으며 한 가지를 확실히 해두었다.

"있는 그대로 말해줄 수는 있지만, 그게 진짜 그들이 나눈 대화라고는 할 수 없을 것 같아."

나는 그런 건 아무래도 상관없다고, 그것이 무엇이었는지,

그들에게 어떤 일이 일어난 건지, 진실은 조금도 중요하지 않으니 입을 열고 뭐든 떠들면 된다고 그를 타일렀다. 그는 예의 욕망 없는 말투로 이야기를 들려줬다.

"아마도 오래 사귀어서 서로의 관점이나 생각을 훤히 꿰뚫고 있는 커플 같았어. 카페 인테리어에 대해 이야기하고 있었지. 천장을 뜯어내 그대로 노출한 전기 배선이나 허물어진 벽 사이로 드러난 벽돌 같은 것들을 손으로 가리키면서 이것이 낡고 사라져가는 공간인지, 건축되며 새롭게 탄생하고 있는 공간인지, 반쯤은 그들 사이의 유대감을 확인하는 장난식으로 토론을 벌이고 있었어."

"너는 어떤 것 같은데?"

"나?"

"그래, 너는 어떻게 생각하느냐고."

"그런 판단은 할 수 없지 않을까. 관찰할 뿐이지. 너는 오늘 나를 두 시간이나 기다리게 했지만 결국 도착했기 때문에 그 두 시간은 네가 나한테 오는 데 걸린 시간이 됐어. 하지만 오지 않았다면? 아무것도 아니고, 아무 방향도 없는 시간이 됐을 거야."

"뭐 좋아, 그 커플은 뭐라고 했는데?"

"남자가 로마식 콘크리트를 예로 들었어. 현대적인 콘크리트는 모래나 잘게 부순 돌처럼 화학적으로 반응하지 않는 재료들을 사용해 만들지만, 화산재와 석회, 그리고 바닷물로 구성된 고대 로마의 콘크리트는 오랜 세월 파괴되지 않고 점점 더 강화되고 있다고 남자는 말했어. 바닷물과 화학적으로 교환할 수 있는 광물 시멘트가 해안의 방파제로 쓰이며 수천 년에 걸쳐 성장하고 있다고. 언제나 세계의 지형을 부식시켜온 바다와 파도가 오히려 그 돌을 단단하게 만든다고. 어쩌면 그것은 유한한 한 사람의 인생에서 관찰했을 때, 거의 영원에 가까운 일일 거라고 남자는 말했어. 하지만 그때부터 분위기가 좀 이상하게 돌아갔지."

"왜?"

"여자는 골똘히 생각에 잠겼어. 아주 긴 침묵이 흘렀지. 한참 후에 여자가 입을 열고서 조금 엉뚱한 얘길 시작해. 너는 몰랐겠지만, 나는 어릴 때 이구아나를 키운 적이 있어. 여자는 그렇게 말했어. 계속 말했지. 암컷과 수컷 두 마리를 키웠는데 어느 날부턴가 수컷이 암컷을 물기 시작했어. 먹이도 충분했고 암컷이 수컷을 자극할 만한 어떤 행동도 하지 않았는데 끊임없이 암컷의 목과 꼬리를 노리고, 위협하고, 집요하게 괴롭혔지. 나는 암컷이 죽어버릴까 봐 너무 겁이 났어. 얼마 후에 정말 한 마리가 죽었는데 암컷이 아니라 수컷이었지. 죽은 수컷 배에서 지름 6센티미터가 넘는 결석이 나왔어. 말 그대로 딱딱하고 동그란 돌멩이였는데 나는 살아 있는 것의 죽음을 처음 보는 것이었기 때문에 그건 나에게 일종의 죽음을 지시하는 하나의 형태가 돼. 삼켜서 몸속에 쌓인 것은 돌이 되는구나. 아프면 가까운 것부터 묻게 되는구나."

"왜 그렇게 뜬금없는 말을 해?"

"남자도 정확히 너처럼 물었어. 여자는 작게 한숨을 내쉬고 이렇게 대답해. 그러니까 내 말은, 물론 너는 몰랐겠지만, 나한테는 그 돌을 바라보면서 떠올렸던 복잡한 감정들이 있다는 거야. 그런 시간을 너에게 다 알려줄 수는 없다는 거야. 나는 아직도 이구아나 배 속에서 나온 그 단단한 돌멩이를 간직하고 있어. 물론 네가 절대로 짐작하지 못하고, 상상도 해보지 않았을 깊고 어두운 곳에 그 돌은 영원히 놓여 있을 거야. 모르고 지낸다면? 그것도 나쁘지 않겠지만, 언젠가 우리를 아주 슬프고 위태롭게 만드는 건 바로 그 작은 돌멩이일 거야. 내 말, 이해할 수 있겠어? 그렇게 물은 뒤 여자는 다정한 목소리로 아무렇지 않게 다른 이야기를 시작해. 남자도 자연스럽게 그런 이야기 속으로, 아무것도 숨기지 않고 누구도 해치지 않는 부드러운 이야기 너머로 넘어가. 그들은 잠시 그렇게 나와 아주 가까운 곳에 앉아 대화를 나누다가 홀연히 떠나버린 거야."

"그게 너를 슬프게 했어?"

"아니, 놀라게 했어. 실은 나도 그런 돌이 하나 있거든. 몇 년 전부터 꿈을 꾸면 어김없이 초록색 불빛이 보여. 꿈인 걸 모르다가 문득 시선을 돌렸을 때, 어두운 골목 끝이나 살짝 열린 서랍 속, 아니면 누군가의 발치나 그냥 텅 비어 있는 허공 어디쯤 그 불빛이 가만히 떠 있어. 그러면 나는 이제 한동안 긴 꿈속을 헤매야 한다는 걸 깨달으면서도, 저 너머에 내가 기억하지 못하는 다른 세계가 있다는 걸 조금은 믿게 되는 거야."

"안심이 되나 보다."

"모르긴 해도. 그 불빛을 손에 쥐어본 적은 없지만, 아마도 그건 빛이 나는 따뜻한 돌멩이일 거라고 늘 생각했어."

우리는 잠시 아무런 말 없이 파도 거품처럼 번지는 야트막한 야경을 바라봤다. 작은 불빛들 사이로 먼 듯 가까운 듯 거리를 가늠할 수 없는 검은 산 위의 타워가 세계를 지시하는 은은한 초록색 돌처럼 빛나고 있었다.

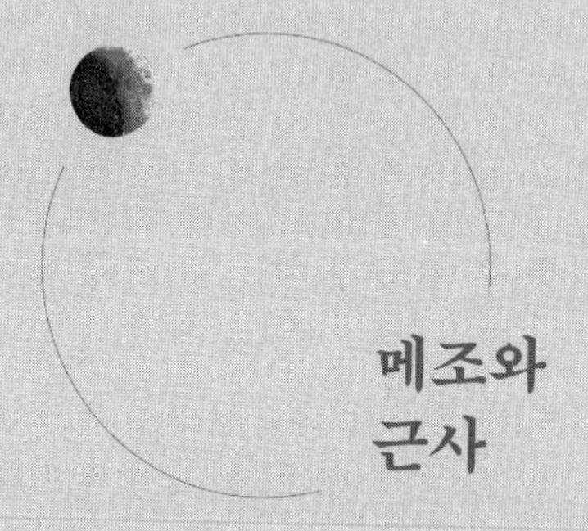

메조와 근사

그 일은 지나갔고 나는 괜찮아졌다. 어느 늦은 밤 뜨거운 물로 샤워를 하고 서늘한 가죽 소파에 앉아 바닷속 정경을 고요하게 따라가는 한 다큐멘터리를 보다가 나는 내가 그 일로부터 빠져나왔다는 사실을 깨달았다. 화면 속 다이버들의 머리 위로 한 마리 커다란 쥐가오리가 나타나 검은 그림자를 드리우며 느리고 우아하게 헤엄치고 있었다. 아쉬운 마음에 한 다이버가 손짓해보지만 쥐가오리는 부드러운 가슴지느러미를 펄럭이며 점점 더 멀어졌다. 해수면 아래로 쏟아지는 환한 햇살 속에서 카메라를 등지고 떠 있는 다이버의 천천히 흔들리는 어깨를 바라보다가 나는 문득 그와 스쿠버다이빙을 했던 여름의 여행을 떠올렸다. 그는 물속에서 등에 20킬로그램이 넘는 산소통을 메고 있었다. 입에서는 생명력으로 끓어오르는 듯한 하얀 기포가 끊임없이, 정말 끊임없이 솟아올랐는데 우리는 그 무서

우면서도 아름다운 숨의 모양과 얇은 수경 너머로 서로의 눈을 볼 수 있었다. 잘못 봤거나, 어쩌면 서로가 보내는 표현과 기색의 의미를 오해했을지도 모르는, 웃거나 놀라거나 장난스럽게 찡그리는 모습, 편안하게 눈을 내리감는 모습, 그리고 기다리면 언제나 다시 눈을 뜨는 모습을 볼 수 있었다. 동행한 전문 다이버가 알려주었기 때문에 우리는 멀리 보이지 않는 물속에 상어 무리가 있다는 것을 알고 있었다. 하지만 이상하게도 조금도 두렵지 않았다. 상어가 있는 것을 믿지 않은 것이 아니라, 오히려 그것이 어딘가에 도사리고 있다는 사실이 지극히 당연하게 느껴졌다. 비록 우리를 둘러싼 낯선 부력에 끝끝내 적응하지 못한 몸이 이리저리 뜻하지 않은 방향으로 움직였지만 마음만 먹으면 서로 같은 방향으로, 때로는 서로가 있는 곳으로 갈 수 있었다. 나는 그런 기억을 행복하게 떠올렸고 그것이 나를 놀라울 만큼 평온하게 만들었다. 너는 내 기억의 일부가 되었구나. 나는 계속 살아가겠구나.

하지만 다큐멘터리가 다 끝나기도 전에 나는 그대로 소파에 파묻혀 잠이 들었고 아침에 깨어났을 때 그 기억이 잘못됐다는 것을 바로 알아차렸다. 오래전 그와 적도 근처의 따뜻한 섬으로 여행을 간 적은 있지만 넓고 얕은 바다에 엎드려 각도가 바뀔 때마다 새로운 빛깔로 반짝이는 재빠른 물고기들과 흩어진 채 변칙적인 형태로 생장하여 하나의 균일한 군락으로 합쳐진 산호초들의 광대한 완곡선을 감탄하며 구경했을 뿐, 몸을 완전하게 세우고 서로의 눈을 마주 볼 수 있는 깊은 바다에 들어간 적은 없었다. 나는 이 왜곡된 기억이 어디에서 온 것인지 곰곰이 추측해보았다. 지난밤 꿈의 경계에서 혼동한 착각일까 잠시 의심했지만 이내 그것이 내 꿈이 아니라 언젠가 사촌 동생이 들려준 꿈으로부터 기인했다는 것을 깨달았다. 그 꿈에는 그런 장면이 없고 물론 그도 없었지만, 그럼에도 그 꿈이 모든 것을 만들어냈다는 것을 알 수 있었다. 사촌 동생에게 꿈 이야기를 들었던 건 벌써 9년 전으로, 친척들과 리조트에서 휴가를 보냈던 여름의 일이었다. 나는 그에게 사촌 동생 이야기를, 사촌 동생에게 그의 이야기를 한 적이 없고 심지어 내가 그들을 만났던 시기도 전혀 겹치지 않으며 그들이 우연한 인연이 닿아 내가 모르는 시간과 장소에서 만났을 가능성도 희박했다. 그와 사촌 동생을 연관 지을 만한 아무런 매개가 없었으므로 나는 한 번도 그들을 함께 생각해본 적이 없었다. 그럼에도 이토록 불가해한 모습으로 연결된 세계를 발견할 때면, 나는 정말 우리가 우리를 기억하듯 과거로부터 온 존재가 맞는지, 어쩌면 닭과 달걀의 무한하고 단순한 연쇄처럼 미래로부터 시작되어 영원 속에 갇힌 영혼들이 아닌지 생각하게 된다.

살면서 그 휴가를 특별히 떠올려본 적은 없지만 나는 꽤나 생생히 그때의 시간과 풍경들을 기억했다. 리조트 입구엔 호수로 이어지는 긴 우드 데크가 있었다. 완만한 경사의 데크 끝이 수면 아래로 살짝 잠겨 있었는데, 호수를 발끝에 두고 앉아 투명한 물속에 손을 담가 끌어보면 물고기 등처럼 차가운 물결이 손가락 사이로 빠져나갔다. 호수를 빙 둘러싼 짙은 자갈이 깔린 산책로 주변에는 보기 좋게 다듬어진 수풀과 비슷비슷한 생김새의 잡목들, 그리고 하나같이 새하얗고 단조로운 휴양 리조트들이 늘어서 있었다. 산책을 하다가 잠시 딴생각을 하면 무심코 묵고 있던 리조트를 지나쳐버리기 일쑤였다. 늦은 여름휴가를 제안한 건 큰아버지였다. 한 전자제품 회사의 임원으로 있는 큰아버지는 종종 괜찮은 리조트를 이용할 수 있는 기회가 생기곤 했고 곧잘 형제들에게 휴가를 권했지만 모두가 선뜻 시간을 내어 응한 것은 그때가 처음이었다. 아버지에게는 두 명의 형과 한 명의 누나가 있었고, 터울이 많이 나는 여동생이 있었다. 아버지와 여동생 사이에 남동생이 하나 더 있었지만 아주 어릴 때 열병으로 죽었기 때문에 아버지 기억 속에는 거의 유령처럼 존재했다. 결혼을 한 사촌들은 아무도 오지 않았고 무료한 시간을 골프나 낚시로 때우는 어른들 사이에 내 또래는 사촌 동생뿐이었다. 그 애는 막내 고모의 아들로 나보다 여덟 살이 어렸다. 나는 며칠간 의무처럼 사촌 동생을 데리고 호수를 산책했다. 부모님은 휴가 첫날 나를 아무도 없는 조용한 방으로 불러 그 애를 혼자 두지 말라고 당부했다. 어린애가 그런 힘든 일을 또 겪었으니 위험한 생각을 할지도 모른다고 말하며 정말 딱하게 됐지 않느냐고 내게 물었다. 그러면서도 부모님은, 이제 막 중년으로 접어들어 서로의 주름과 표정을 닮아버린 그 연민 많은 부부는, 그것이 어쩔 도리 없는 일이라는 듯이 벌써 천천히 고개를 가로젓고 있었다.

5년 만에 만난 사촌 동생은 키가 30센티미터쯤 자라 있었다. 늘 고모부를 닮았다고 생각했는데 다시 보니 영락없이 고모였다. 무언가를 먹을 때, 잠에 빠져 입이 조금 벌어졌을 때, 그리고 무심히 무언가를 바라볼 때 고모보다도 아버지나 큰아버지의 얼굴이 불현듯 나타나서 친척들은 유전이 가진 강력한 힘과 의지가 새삼 놀랍지 않느냐고 물으며 유쾌하게 웃었다. 할아버지 빈소에서 마지막으로 보았던 그 애는 죽음 이후에 남겨진 사람들 사이에 감도는 무거운 분위기를 겨우 감지하고 영문도 모른 채 움츠러든 열두 살 꼬마였다. 더 어릴 때에는 같은 도시에 살며 서로의 집을 자주 드나들기도 했지만 그 애 가족이 다른 도시로 이사 간 뒤로 거의 왕래가 없었다. 나는 오랜만에 사촌 동생을 만났을 때 조금 어색해했는데 그 애는 전혀 신경 쓰지 않는 눈치였다. 듣기로 사촌 동생은 그해에 꽤 좋은 성적으로 특목고에 입학했고 의대 진학을 염두에 두고 있었다. 나와 산책하는 시간을 제외하면 몇 시간이고 방에서 나오지 않고 벽을 면한 작은 탁자에 앉아 페이지를 위로 넘기는 크고 길쭉한 문제지를 풀었다. 그 애는 대체로 과묵한 편이었지만 며칠간 산책을 하며 이따금 내게 대학에 가면 무슨 일이 생기는지, 소설을 쓰는 건 어떤 기분인지, 이번 휴가 동안 어른들 몰래 맥주를 사줄 수 있는지 물었다. 나는 맥주는 얼마든지 사줄 수 있지만 지금은 아니라고 슬쩍 미뤄두었다. 사촌 동생과 나는 호수의 안개가 걷히면 함께 아침 산책을 하고 배가 고파지면 리조트에서 조금 떨어진 호숫가의 작은 타르트 카페로 가서 따뜻한 음식으로 식사를 했다. 휴가 나흘째였던가, 사촌 동생은 점심으로 시나몬 가루가 뿌려진 애플타르트 두 개와 콜라를 먹었고 나는 모든 메뉴에 싫증이 나서 차가운 홍차만 한 잔 마셨다. 사촌 동생은 갑자기 내가 쓰는 소설을 읽어보고 싶다고 말했다.

"네가 소설에 관심이 있는지 몰랐는데?"

"내 얘기를 소설로 써보고 싶다는 생각은 가끔 해."

나는 조금 웃었다.

"그런 거라면 일기를 써도 될 텐데?"

"그러면 안 될 거 같아."

사촌 동생도 나를 보며 웃었다.

"그건 거짓말이 될 거 같아."

나는 가방에서 태블릿을 꺼내 이제 막 쓰기 시작한 소설의 도입부를 사촌 동생에게 보여주었다. 앞으로 진행될 이야기의 아무런 조짐도 발견할 수 없는 그저 풍경을 묘사한 짧은 단락이었는데 사촌 동생은 그것을 골똘한 표정으로 한참 들여다보다가 내게 물었다.

"호숫가에서 시작하네. 여기 와서 쓰기 시작한 거야?"

"그건 아니야."

나는 잠시 생각해보았다.

"원래는 해변이었는데 호수로 바꿨어. 잘 기억나지 않지만 이 호수 리조트로 휴가를 간다는 이야기를 듣고 난 다음일지도 몰라."

사촌 동생은 고개를 끄덕였다. 그리고 소설을 다시 한번 읽더니 내용에 대해 별다른 말을 하지 않고 콜라를 한 잔 더 주문했다. 그러고는 야구와 요즘 재미를 붙인 슈팅 게임에 대한 이야기를 조금 했다. 나는 가끔 사촌 동생의 말에 대꾸해주며 머릿속으로는 소설의 다음 내용을 생각했다. 어느덧 활짝 열어둔 창문 너머로 까만 물새들이 일제히 같은 방향으로 날아가는 모습이 보였다. 그 새들은 특정한 시간이 되면 약속이나 한 듯 훌쩍 물 위에서 날아올라 하늘과 구름 속으로 사라졌다. 나는 이미 며칠간 그런 장면이 반복되는 것을 지켜봤다. 더 이상 눈에 보이는 물새가 한 마리도 없어졌을 때, 사촌 동생이 종종 꿈을 꾸곤 한다고 말했다.

"꿈?"

"응. 이런 얘기가 누나 소설에 도움이 될까?"

"무슨 꿈을 꾸는데?"

"특별한 일이 일어나는 건 아니고 그냥 어떤 장면을 보거나 어느 순간 무언가를 깨달아."

"악몽이야?"

"그런 것 같지는 않고."

"무섭지 않다는 거지?"

사촌 동생은 어깨를 한 번 으쓱였다.

"그냥 현실이랑 비슷해."

사촌 동생은 아주 어릴 때, 아마도 일곱 살 무렵에 꾼 꿈에 대해 이야기해줬다. 그날 사촌 동생은 엄마를 따라 서점과 푸드 코너가 있는 백화점에 갔다. 사촌 동생은 끝내 기억해내지 못했지만, 그날 무언가 너무나 갖고 싶은 것을 보았고 엄마가 결국 그것을 사 주지 않아서 집에 돌아온 뒤에도 방문을 잠그고 서럽게 울었다. 지쳐 잠이 든 그날 밤 꿈을 꿨다. 물속에서 솟아오른 하얗고 앙상한 나무들이 있었다. 거의 숲을 이룰 만큼 많은 나무가 빽빽하게 서서 서로의 몸통과 가지를 찌르는 형세였다. 서로의 성장으로 인해 부러지고 변형된 나무들은 그 자체로 견고한 결합체처럼 보였다. 사촌 동생은 꿈속의 시간이 한참 흐른 후에야 나무들이 계속 자라고 있는 것을 눈치챘다. 하지만 다음 순간 나무들은 자라는 것이 아니라 점점 줄어들고 있다는 것을 알게 되었다. 숲을 메우고 있던 깨끗하게 찰랑이던 물도 어느새 다 말라버렸다. 시간을 거슬러 숲 이전의 모습으로 돌아간 나무들은 어린 묘목에서 메마른 나뭇가지가 되고 결국 아무런 생명의 기운도 느껴지지 않는 작은 물방울 모양의 씨앗이 되었다. 복잡하고 단단하게 얽혔던 나무뿌리와 거대한 하나의 허파처럼 호흡하던 숲의 기억이, 영원한 꿈처럼 반복될 종의 기억이 그 작은 씨앗 안에 잠들어 있었다. 사촌 동생은 갑자기 자신에게 손이 있다는 것을 깨달았다고 표현했다. 손을 뻗어 씨앗들을 한데 쓸어 모으자 흙과 함께 뒤섞인 그것은 작은 아이 손에 한 줌 부피밖에 되지 않았다. 이게 그 꿈의 전부이고 자신이 꾸는 꿈은 대체로 이런 식이라고 사촌 동생은 말했다. 내가 진지하게 정말 일곱 살에 꾼 꿈을 기억하느냐고 묻자 사촌 동생은 조금 웃으며 당시 자신에게는 이런 식으로 꿈을 설명할 수 있는 언어능력이나 꿈의 전개를 이해할 만한 인지능력이 없었다고 솔직하게 인정했다. 하지만 누나, 하고 사촌 동생은 말했다. 시간이 흐를수록 자꾸 희미해지는 기억과 달리 꿈은 점점 선명하게 떠올라. 그래서 그때는 몰랐지만 이제와 알게 되는 것들이 생겼어. 꿈이 끝나는 건 아마도 이런 해몽이 시작되는 순간이 아닐까?

사촌 동생은 계속 말했다.

"이해하지 못해도 무언가 느낄 수는 있었어."

"무얼 느꼈는데?"

"그 꿈을 꾼 날 뉴스에서 무너지는 커다란 건물을 봤어. 첫번째 건물이 무너지고 금세 두번째 건물도 무너졌지. 항로를 이탈한 비행기가 수만 명의 사람이 머물던 건물 허리에 처박힌 거야. 하지만 내게 가장 비현실적으로 느껴진 것은 그 거대하고 무시무시한 모든 것이 검은 연기와 잔해 속으로 사라져버렸다는 거야."

나는 사촌 동생이 무슨 말을 하는지 몰라 어리둥절해졌다.

"그러니까 그때는 그 장면의 의미를 알지 못했고, 그 사건의 원인과 결과 같은 것들, 사람들의 마음이나 고통 같은 것들을 거의 이해하지 못했지만 그 일이 어쩐지 내 꿈과 관련 있다는 생각이 들었어."

"네 꿈이 예지몽이라고 생각하는 거야?"

"일어날 일을 내다본 것 같기도 했고, 어쩌면 내가 꾼 꿈 때문에 일어난 일을 보는 것 같기도 했고."

나는 그건 말도 안 되는 일이며 그렇게 생각해서도 안 된다고 단호하게 말했다. 사실 사촌 동생의 말에 가슴이 철렁 내려앉는 것을 느꼈다. 그건 공포와 비슷한 기분이었다. 나는 진심으로 그 애가 걱정스러웠다. 몇 년 뒤 나는 이날의 대화와는 전혀 무관한 상황에서 한 사람의 뇌나 마음속에서 일어나는 일이 세계와 연결되어 있을지도 모른다는 생각을 처음으로 떠올리게 된다.

"말도 안 되지. 나도 알아."

사촌 동생은 고개를 끄덕였다.

"하지만 꿈을 꾸면 자꾸 사람들이 죽었어. 내 꿈과는 특별한 연관성이 없는 일들이 세상 어디선가 일어났을 뿐이지만 때로는 수많은 사람이, 때로는 한 명의 살아 있는 사람이 죽었어."

"설마 죄책감을 느꼈어?"

"그랬던 거 같아."

"그럴 필요 없어."

"나도 내가 죄책감을 느껴야 한다고 생각하지 않아. 그래도 그것에 대해 생각하길 멈추는 건 나쁜 짓 같았어."

나는 그때 사촌 동생을 어떤 얼굴로 쳐다봤나. 어떤 의미심장한 기미를 찾기 위해 그 애의 눈을 들여다봤나. 그 애가 겪었다고 전해 들은 끔찍한 일들을 머릿속에 떠올리며 그 애가 혼자 감당해야 했을 감정과 고통, 그로 인해 비틀렸을지도 모를 마음을 상상했던가. 그때의 나를 떠올리면, 그때 내가 상상했던 모든 가슴 아픈 가정을 떠올리면, 그것들은 모두 막연하고 심지어 터무니없었다. 그건 아마도 거짓에 가까웠을 것이다. 당사자가 아닌 타인의 상상일 뿐이었다. 그런데 이제와 생각해보니 그때는 미처 눈치채지 못하고 놓쳤던 부분이 있었다. 내가 눈앞의 사촌 동생을 생각하듯 그 애도 죽은 사람들을 생각했다는 것. 본 적도 없고 알지도 못하는 사람들, 가까운 주변이나 지구 반대편에 살아 있던 사람들, 그러나 결국 죽어버린 사람들을 생각했다는 것. 엉터리 상상을 계속했다는 것. 그 상상이 사촌 동생의 삶을 은연하게 이끌었던 걸까. 나는 이전에는 생각해보지 않았던 한 가지 인과를 생각해냈다. 그 아이가 자기 바깥의 일, 그러니까 먼 곳의 고통을 감지하는 사람으로 성장한 사실을 떠올렸다. 어려운 상황에서 투병하는 가족이 있는 친구의 사정을 널리 알리고 누구나 도움을 줄 수 있는 성금 계좌를 개설했던 일, 대학에서 성소수자라는 이유로 부당한 해고를 당한 교직원을 위해 직접 학교의 사과와 대안을 촉구하는 대자보를 썼던 일, 다른 나라 아이들에게 깨끗하게 정수된 물과 대부분의 질병을 간단하게 치료할 수 있는 항생제를 전달하기 위해 캠페인에 참여하고 그것을 SNS에 알렸던 일들을 떠올렸다. 아마도 사촌 동생은 내가 아는 것보다 훨씬 많은 일을 했을 것이다. 함께 돕기를 바라며 내게 연락했던 순간들이나, 많은 사람이 볼 수 있도록 자신의 SNS에 글을 올렸던 순간들보다 더 많은 순간이 그 애에게는 있었을 것이다. 그런 순간들이 그 애 인생에 차곡차곡 쌓여 있다는 것을 나는 알고 있었다. 그 애가 죽는 순간까지 선한 마음을 품고 있었다는 것. 사촌 동생은 3년 전 페루, 볼리비아, 칠레, 아르헨티나를 종단하는 남미 배낭여행 도중 마지막 여행지인 아르헨티나의 작은 식당에서 가슴에 여섯 발의 총알을 맞았다. 두번째 총알이 심장을 정확히 관통했고 그것이 이미 죽음에 이르는 공격이 되었음에도 총을 쏜 열다섯 살 소년은 멈추지 않고 계속 방아쇠를 당겼다. 경찰에 붙잡힌 소년은 그가 자신이 소매치기하는 현장을 목격하고 소리쳤기 때문에 총으로 쐈다고 진술했다. 나는 그것을 인터넷 기사로 읽었다. 글에는 소년이 앞으로 어떤 처벌을 받게 될지, 자신의 행동을 뉘우친다고 말한 적이 있는지 같은 내용은 전혀 나와 있지 않았다. 다만 기사 끝에 소매치기를 당할 뻔한 프랑스인이 목격자로 진술한 바에 의하면, 그가 도둑맞을 뻔한 지갑에는 두 사람이 송어 요리와 밀빵을 조금 사 먹을 수 있을 정도의 돈이 들어 있었다는 이야기가 짤막하게 실려 있었다.

"응? 뭐라고 했어?"

"고래 말이야. 고래를 좋아하느냐고."

사촌 동생은 다시 고쳐 말했다.

"정확히는 혹등고래."

나는 유령을 보는 기분으로 멍하니 사촌 동생의 얼굴을 바라보다가 천천히 고개를 저었다.

"잘 모르겠는데."

"얼마 전에 고래 문신을 했어."

사촌 동생은 목을 한쪽으로 꺾고 오른손으로 왼쪽 어깨를 잡았다.

"여기. 등에 있는 흉터 기억나? 초승달 모양이라고 누나가 알려줬잖아."

"기억하지."

나는 약간 놀라면서 대답했다.

"그 위에 문신을 했어?"

사촌 동생은 고개를 끄덕였다.

"난 보이지 않는 곳에 있어서 몰랐는데 흉터도 점점 자랐나 봐. 더 커지고 이제 초승달 모양도 아니더라고. 죽어가는 살덩이처럼 보인다길래 살아 있는 고래처럼 문신해달라고 했어."

"그랬구나."

"누나, 엄마가 나를 찔렀을 때 나는 아홉 살이었어."

사촌 동생은 오히려 겁에 질린 나를 타이르듯 부드럽게 말했다.

"그땐 너무 어려서 무슨 일이 일어난 건지 몰랐어. 왜 엄마랑 함께 살 수 없는지, 아빠는 왜 자꾸 날 안아주는지, 어른들은 왜 내게 너무 과열되고 또 너무 냉정한 감정을 보이는지 어리둥절할 뿐이었어. 나중에 내가 겪은 일을 제대로 알게 되었을 땐 왜 하필 나한테 이런 일이 일어났을까 화가 치밀고 사실은 두려웠어. 나는 그때 죽을 수도 있었으니까. 엄마가 날 죽일 수도 있었으니까. 하지만 지금은 아니야. 내게 일어난 모든 일은 진실이지만 지금의 나도 거짓이 아니야. 내게는 사람들이 알지 못하는 더 많은 시간이 있었고 복잡하게 작용하고 간섭하는 다양한 감정이 있었다는 거야."

그 일은 지나갔어, 하고 사촌 동생은 말했다. 그런 말을 하며 지친 눈으로 손바닥을 들여다봤다. 고모는 도망가는 어린 아들의 왼쪽 어깨와 칼을 막기 위해 뻗은 왼 손바닥을 찔렀고 결코 사라지지 않는 흉터를 남겼다.

"물론 지금도 엄마의 병과 마음을 완전히 이해하지는 못해. 나도 아빠도 그런 일을 해낼 순 없어. 엄마에 대해 어렴풋이 알게 되었을 뿐이지. 이제는 그런 기억도, 이 흉터도, 엄마라는 존재도 그냥 내 일부처럼 느껴져. 지난 며칠간 아무도 나한테 엄마에 대해 묻지 않았는데 그럴 필요 없다는 말을 하는 거야."

"고모는 이제 괜찮으셔?"

나는 겨우 생각해낸 바보 같은 질문을 했다. 10여 년간 격리 입원과 퇴원을 반복하던 막내 고모는 몇 년 사이 증세가 아주 호전되어 가족들과 함께 지내고 있었는데 얼마 전 집에 불을 지르고 다시 폐쇄 병동에 들어갔다. 나는 그 소식을 부모님에게 들어 알고 있었다. 부모님은 고모 이야기를 다른 어디서도 꺼내지 않았고 내게도 내색해서는 안 된다고 당부했다. 그들은 이런 기이한 불행이 가까이 존재한다는 사실을 당혹스럽게 여기며 평생 그것을 먼 곳에서 들려온 믿기 힘든 소식처럼 떠올리곤 했다. 내 표정을 보고 사촌 동생은 조금 웃었다.

"아주 기분이 좋으셔. 멀쩡할 때의 엄마는 정말 괜찮아."

그 애는 잠시 적절한 표현을 찾아 말을 골랐다.

"그러니까 내 말은, 밖에서 보는 우리 가족의 모습은 사실 일어난 적 없는 상태인 것 같아. 불행하지만 불행하기만 한 건 아니라서, 또 아주 나쁜 일이 일어났지만 그 때문에 좋은 일이 사라지는 것도 아니라서 말이야. 아무래도 사람의 일이란 건 물감들의 색을 한데 섞거나 플러스와 마이너스의 총합을 구하는 일하고는 다를 텐데 사람들은 하나의 답을 쉽게 찾아. 나를 보면서 진짜 나를 보고 있다고 믿어. 사실 우리는 언제나 더 나은 쪽이나 더 나쁜 쪽으로 움직이는 잠재적이고 동시적인 가능성일 뿐인데. 그거 알아? 수학에서는 수렁에 빠지고 있는 사람을 수렁에 빠졌다고 판단해. 언어와 시간이 없는 세계에서는 그런 일이 가능하니까. 어떤 상태에 가까워지고 있지만 실제로 그 상태에 결코 도달해본 적은 없는 거야. 세상에 존재하지 않는 수렴값이 그 문제의 답이 된다는 게 정말 이상하지 않아?"

사촌 동생은 그것이 정말 이상하지 않느냐는 듯 나를 쳐다봤고 순간 나는 차갑게 머리가 식는 기분을 느끼며 그를 떠올렸다. 내가 그를 처음 만나는 건 그 순간으로부터 2년도 더 흐른 뒤 어느 소설가의 어질러진 집들이 식탁에서지만 나는 그때 분명 그를 떠올렸다.

정말 신기하지 않아? 관찰하는 시선이 대상에 영향을 끼친다는 게. 영원히 그것을 볼 수 없다는 게.

사촌 동생과 나는 카페를 나와 노을이 지기 시작한 호숫가를 걸었다. 누가 먼저랄 것도 없이 앞서거니 뒤서거니 하며 커다란 호수 가장자리를 돌아 그전까지 한 번도 가본 적 없는 먼 곳까지 갔다. 물가의 생김새는 어디나 비슷했는데 길고 얇은 풀이 자란 자리와 물기가 스며 부드러워진 진흙이 끝없이 펼쳐졌다. 가로등 없는 사위가 금세 어두워져서 어디쯤을 걷고 있는지 알 수 없어졌다. 호수의 반을 지났는지도 확신할 수 없었다. 그러나 왔던 길을 돌아가지 않고 계속 앞으로, 앞으로 걸었다. 왜인지 나는 그때 직감적으로 시작은 가장 멀고 낯선 곳에 있다고 믿고 있었다. 사촌 동생은 밤의 어둠 속을 걸으며 고래 문신을 하기 전 꾸었던 꿈 이야기를 내게 들려주었다. 꿈에서 눈을 떴을 때 사방은 깊고 어두컴컴한 바닷속이었다. 미세한 빛도, 아주 작은 생명체도 보이지 않는 짙은 밀도의 물속을 오직 홀로 부유하고 있었다. 그건 슬프거나 공포스럽다기보다 시간이 멈춘 세계와도 같았다. 불안도, 소망도, 기대도 없는 망망대해. 자아를 형성할 수 있는 과거의 기억도 미래의 꿈도 없는 상태. 영원함에 실체가 있다면, 그러니까 만약 촉감이나 온도가 존재한다면 바로 그런 느낌이었을 거라고 사촌 동생은 표현했다. 그러던 어느 순간 노랫소리가 들리기 시작했다. 먼 곳에서 희미하게 시작된 그 노래는 얼어붙은 듯 고요하던 모든 바다로 점점 퍼져나가 오래도록, 거의 영원토록 혼자였던 육체에 부드럽게 닿았다. 그제야 사촌 동생은 자신이 살아 있다는 것을 깨달았다. 높고 낮고 길고 짧은 모든 소리가 하나의 노래가 되어 자신에게로 밀려오는 것이 느껴졌다. 여전히 주변은 텅 비고 아무것도 보이지 않았지만 그것이 고래들의 노래라는 것을 알 수 있었다. 무수하게 많은 고래가 저 어딘가에 있다는 것, 그들이 언제까지고 노래를 부르리라는 것을 알 수 있었다. 사촌 동생은 말했다. 나는 고래들의 노래를 들으며 내가 이미 오래전에 멸종한 고대의 심해어라는 걸 천천히 기억해냈어. 아무것도 남지 않은 컴컴한 해저에서 올라와 누구라도 만나기를 기다리며 대양과 대양 사이를 수없이 헤매던 시간을 기억해낸 거야. 고래들의 노래가 잊었던 외로움을 다시 떠오르게 만들었지만 나는 어두운 물속을 이리저리 떠다니며 기쁨의 춤을 췄어.

사촌 동생은 조금씩 차오르는 숨을 고르며 계속 말했다.

"실제로 혹등고래는 쉬지 않고 몇 날 며칠을 노래한대. 수면 위에서는 전혀 들리지 않지만 어떤 바다에 들어가면 주변에 혹등고래가 전혀 보이지 않아도 귀가 멍멍할 정도로 커다란 노랫소리를 들을 수 있대."

"정말?"

"그런데 이 고래들이 노래를 하는 이유가 분명치 않아. 누군가는 영역 표시라고도 하고, 또 누군가는 구애 활동이라고도 하지만, 나는 그 고래들이 그냥 즐거워서 스스로 노래하는 것 같아."

"왜 그렇게 생각해?"

"어두운 바닷속에서 노래하는 일을 상상해봐. 우주처럼 아무런 소리도 없는 그곳에서 말이야."

나는 걷고 있는 사촌 동생의 옆얼굴을 바라봤다. 이 아이는 그 꿈에서 깨어나 어떤 사람들의 죽음을 봤을까. 죽음을 만날 걸 알면서도 매번 꿈에서 깨어나는 것은 어떤 기분일까.

"누나."

사촌 동생이 나를 불렀다.

"응."

"저기 좀 봐."

사촌 동생은 목소리를 낮추고 그림자에 잠긴 호숫가를 가리켰다. 겨우 형체만 알아볼 수 있는 두 사람이 높이 자란 물풀을 헤치며 호수 가장자리로 다가가고 있었다. 밤의 호수는 매끄러운 은처럼 반짝거렸다. 기울어진 나무와 덤불, 그리고 정체를 알 수 없는 수상한 모양의 그림자들 사이에 두 사람이 멈췄다. 나는 순간 당혹감을 느끼며 어서 자리를 피하려 했지만 사촌 동생은 아름다운 물과 적막과 어둠에 둘러싸인 채 입맞춤을 하는 두 사람에게 완전히 사로잡혔다. 계속 앞을 향해 걸으면서도 그들에게서 눈을 떼지 못했다. 사실 나도 그들을 보고 있었다. 그때 내 안에서는 형언할 수 없는 고통이 차올랐다. 하지만 왜? 이제 두 사람은 서로의 몸을 끌어안았고 마치 한 몸처럼 보였다. 두 사람은 다른 것을 보며 같은 곳으로 가고 있었다. 나는 거의 암시처럼 희미하게 존재하는 그들과 그들의 사랑을 지켜보며, 말도 안 되지만, 또다시 그를 떠올렸다. 나는 아직 그를 몰랐지만 그럼에도 그의 존재를 떠올릴 수 있었다. 나를 만나고 나를 사랑하고 나를 떠나는 사람들의 영혼은 이런 희미한 그림자가 되어 반드시 내 곁으로 돌아온다. 그들은 강력하고 어디에나 존재하기 때문에 그들이 이미 떠나버린 세상에서도, 그들이 아직 도착하지 않은 세상에서도 고통과 매혹의 모습으로 나타난다.

"조심해!"

사촌 동생이 소리치며 단단한 힘으로 내 팔을 잡아챘다. 나는 중심을 잃고 산책로 옆으로 난 축축하고 미끄러운 비탈로 반쯤 몸이 기울어졌다가 다시 길 위로 돌아왔다. 반사적으로 고개를 꺾어 한순간 몸을 맹렬하게 끌어당기던 비탈 아래의 어둠을 노려봤지만 그 너머에 무엇이 있는지 아무것도 보이지 않았다.

"괜찮아?"

나는 괜찮다고 말한 뒤 다시 걷기 시작했다. 사촌 동생도 나를 따라 다시 걸음을 옮겼다. 서로 보폭을 맞추며 일정한 속도로 거닐자 빠르게 뛰던 심장이 서서히 가라앉았다. 몸의 떨림도 잦아들었다. 어느새 사촌 동생은 장난스럽게 눈을 빛내며 나의 지난 연인과 연애에 대해 묻기 시작했고 나는 적당한 대답을 둘러댔다. 우리는 미끄러운 진흙과 경사가 없는 안전한 곳으로 걸었다. 비탈 아래에 도사린 어둠에 대해서는 서서히 잊어버렸다. 어둠 너머에 있었을지도 모를 날카로운 모양으로 쪼개진 돌이나 부주의하게 널브러진 유리 조각들에 대해서는, 그리고 호수에서 입을 맞추던 희미한 그림자들에 대해서는 더 이상 생각하지 않았다. 그것은 찰나에 마음을 스치고 지나간 서늘한 예감으로 남았다. 어느새 저 멀리 우리가 돌아가야 하는 리조트가 보였다. 빛과, 적당한 온기와, 사람들이 그저 머물면서 만드는 단조로운 소음들이 그곳에 고여 있었다. 하나의 부드러운 모닥불처럼 일렁이는 먼 곳의 불빛을 보자, 그럴 리 없겠지만 부모님이나 고모부, 우리를 알고 우리를 찾고 있는 누군가의 목소리가 들리는 것 같았다. 조용한 여름휴가를 보내고 있는 사람들, 낚싯대로 물고기를 잡고 골프채로 공을 맞추는 데 집중하는 사람들, 더 맛있는 저녁 메뉴를 고르는 사소한 고민에 빠진 사람들, 다른 곳에서 벌어지고 있는 참혹한 비극이나 미래의 질병과 사고를 머릿속에 떠올리지 못하는 사람들, 재난의 기미를 외면하는 사람들, 결코 불안에 이르지 못하는 행복한 사람들이 있는 곳으로 우리는 돌아왔다.

여름휴가는 별다른 변화 없이 지루하고 나른하게 이어졌다. 사촌 동생과 나는 계속 해가 떠오르면 호숫가를 나란히 산책하고 배가 고파지면 타르트 카페로 가서 늦은 점심을 먹었다. 리조트의 아담한 튤립 정원이나 청결하고 한산해서 조금은 창백하게 느껴지는 부대시설에서 시간을 보내는 친척 어른들은 나란히 걸어오는 우리를 마주치면 안도하는 미소를 지으며 어떠니, 좀 괜찮니, 하고 물었고, 우리는 네, 아주 좋아요, 하고 대답했다. 여름휴가가 끝나기 전에 사촌 동생은 새로운 꿈을 꿨다. 마지막 산책 때 그 꿈을 내게 들려주었다. 호숫가 풀숲에 누워서 깜빡 잠이 들었다가 깨어났을 때 세상은 여전히 한낮이었어. 나는 투명하게 부서지는 눈부신 햇살을 바라보며 내가 이제 막 기나긴 밤을 헤매고 나온 것 같은 기분에 사로잡혔지. 하지만 호숫가에 지은 내 작은 집으로 돌아오자 몽롱한 정신은 말끔히 사라졌어. 사랑하는 아내와 두 아이가 나를 위해 따뜻한 저녁 식탁을 차리고 있었지. 나는 그 집에서 자식들이 장성하는 모습을 빠짐없이 지켜보며 아내와 함께 천천히 늙어갔어. 내 인생을 돌아보면 거의 완벽하게 행복한 나날이었지만 때때로 이상한 이질감이 느껴질 때도 있었어. 내 고민을 눈치챈 아내가 어느 날 말했지. 당신이 예전에 잃어버린 걸 내가 가지고 있어요. 그걸 보고 싶어요? 나는 그렇다고, 오래전부터 나는 그것을 찾고 있었던 것 같다고 말했어. 아내는 희미하고 알쏭달쏭한 미소를 지으며 나를 잠시 바라봤어. 그리고 펼쳐진 내 손 위에 따뜻하고, 거의 아무런 무게도 느껴지지 않는 그것을 건네주었지. 나는 잠에서 깨어나 이 모든 것이 호숫가에 누워 낮잠을 자는 동안 꾼 꿈이었다는 걸 깨달았어. 나에게는 그런 아름다운 인생이 없었고, 단지 오래전에 생긴 깊은 흉터가 손바닥 위에 남아 있다는 걸 천천히 기억해냈어. 그리고 잠이 들기 전에 하고 있던 생각을 다시 떠올린 거야. 내가 늘 시작도 끝도 아닌 그 사이 어디쯤을 지나고 있다는 생각. 흉터를 남긴 사람이 나의 일부가 된 것처럼, 내가 언젠가는 누군가의 일부로 남는 일처럼 말이야.

그로부터 6년 뒤 사촌 동생은 남미의 한 음식점에서 무참히 살해당한다. 그 애의 인생을 모르고, 그 애가 가진 생각과 특별함도 모르며, 그 애의 이름조차 발음할 줄 모르는 외국인 소년에게. 사촌 동생의 허망한 부고를 들었을 때, 나는 그 애가 마지막으로 들려준 꿈의 정경을 잠시 떠올렸다. 사촌 동생의 입에서 흘러나오는 꿈 이야기가 아름답다고 생각하면서도 그 꿈이 지시하는 죽음이 어쩌면 그 애 자신의 죽음일지도 모른다는 무서운 예감에 몸을 떨던 순간을 기억해냈다. 그러나 그런 생각은 아주 잠시 내 안을 통과해 지나갈 뿐이었다. 그 당시 내 정신은 온통 한 달 반 전에 자살한 그의 죽음을 납득하기 위해 안간힘을 쓰고 있었고 결과적으로 그 노력은 처참히 실패했다. 나는 끝끝내 그의 죽음이 무엇인지 이해하지 못했으며 오랜 시간 무너지고 찢어지고 흩어지고 파괴되었다. 죽기 전 그는 나에게 동남아의 여러 나라를 여행 중이라고 말했지만 그건 거짓말이었다. 그는 떠나지 않고 남아 집 안의 모든 커튼을 치고 모든 불을 꺼둔 채 그 안에서 한동안 고민한 듯했다. 그가 마지막으로 남긴 흔적들이 그의 죽음 직전 심리를 짐작하게 했다. 아마도 나와 함께 우울이나 슬픔, 고통, 분노를 이기기 위해 무수히 나눴던 대화를 떠올렸을 것이다. 함께 좋았던 기억과 행복하게 꿈꾸던 미래도 떠올렸을 것이다. 그는 언제나 나보다 강한 사람이었지만 이따금 그의 안에서 걷잡을 수 없는 용암처럼 차오르는 여러 감정이 있었고 그것은 한순간 그의 세계를 완전히 뒤집어놓을 수 있었다. 그는 죽기 전 약 한 달간 나를 속이기 위해 가끔 문자를 보냈다. 짧은 안부일 때도 있었고 단조로운 일기일 때도 있었다. 그 거짓말들이 그가 세상에 남긴 마지막 말이 되었다.

배를 타고 섬으로 들어왔어. 처음 해변을 산책할 때 엄청나게 야윈 원숭이랑 나무 위에 나란히 앉아 있는 장밋빛, 연어 빛, 그리고 계피색 앵무새를 봤어. 늘 볼 수 있는 건지 내가 운이 좋았던 건지 모르겠네.

오늘 아침은 코코넛스프와 과일을 조금 먹었어. 요새는 종일 아침만 먹어.
이곳의 개들은 바다와 정글에서 수영을 해. 먹을 수 있는 게 보이면 먹고 볕이 좋으면 그대로 흙 위에서 낮잠을 자. 모든 개가 길을 잃지 않고 해가 지기 전에 집으로 돌아와. 난 이곳의 석양이 마음에 들어.
산책하다가 높은 벼랑 발견. 물빛이 예쁘다.
몸이 무겁고 땀이 나네. 산책은 하지 못할 것 같아.
사흘 동안 방에서 나가지 않았어. 이제는 괜찮아.
보고 싶어.
망고 두 개. 망고스틴 여섯 개. 오늘 잘 산 것들.
태풍이 올 것 같아.
마을 사람들이 태풍을 준비하고 있어. 깨끗한 생수를 사고 넓고 질긴 방수포와 노끈을 준비하고 유리창마다 테이프를 엑스 자로 붙였어. 깨질 수 있는 그릇이나 장식품들은 다 집 안으로 숨겼어. 바다에 떠 있던 고기잡이배들도 안전한 곳으로 옮긴 것 같아. 하지만 어디로 갔을까? 아이들이 무서워해.
오늘 밤 태풍이 올 거야.
새벽에 벽이 무너지고 나무들이 쓰러졌어. 다친 사람들도 있다는데 나는 보지 못했어. 다행히 정전은 되지 않았어.
거리가 너무 끔찍해. 강은 오염됐어.

결국 정전이 됐어. 끊긴 전선을 마을 남자들이 고치는데 나도 도왔어. 촛불을 켜둔 좁은 식당에서 따뜻한 쌀국수를 얻어먹었어. 국수를 먹는 동안 한 남자가 필리핀 말로 긴 이야기를 했는데 나중에 알고 보니 태풍이 오던 날 아이를 유산한 아버지였어. 태어나자마자 죽는 아이들이 있다는 건 사람의 죽음에 아무런 의미나 의도가 없다는 뜻이야.

내심 절도나 약탈의 상황을 대비했지만 그런 혼란은 일어나지 않았어. 사람들은 모두 침착하고 표정도 밝아. 집을 잃은 사람도 있고 가족이 다친 사람도 있고 큰 손해를 보거나 당장 먹을 게 부족한 사람도 있을 텐데 누가 불행하고 누가 불행하지 않은지 구별할 수가 없어. 사람들은 스스로 사람들을 돕고 있어.

다시 시장이 열렸어. 과일과 고기와 향신료와 약초를 살 수 있어.

'이 행운이 너의 비극이란다.' 오늘 주운 1달러에 적힌 재밌는 낙서. 그 돈으로 달콤한 빵을 배부르게 먹었어. 놀랍게도 오늘 잠에서 깼을 때 내가 항상 느끼던 슬픔이 더는 중요하지 않다는 사실을 깨달았어.

오랜만에 긴 산책을 했어. 인가가 있던 곳을 지나는데 태풍으로 무너진 잔해 위를 맴돌며 신비로운 무늬를 그리는 파란 나비 떼를 봤어. 꿈에서 파란 나비는 길조라던데.

남미의 어느 나라에서는 말이야.

이제 날씨는 좋아졌어.

나는 바닷속 정경을 고요하게 따라가는 한 다큐멘터리를 보다가 내가 그 일로부터 빠져나왔다는 사실을 깨달았다. 그 일은 지나갔고 나는 괜찮아졌다. 다큐멘터리는 다이버들이 특히 좋아하는 일본군과 미군의 격전지였던 남태평양의 바다로 흘러간다. 맑고 투명한 물속에서 물고기들과 함께 일본군의 야포를 구경할 수 있다. 폭격으로 파괴된 일본군 정찰기에서 멀지 않은 곳에 동체가 부러지고 꼬리가 잘린 채 녹슬고 있는 제이크 수상의 비행기도 가라앉아 있다. 그것은 1944년에 격추된 것으로 탑승했던 세 명의 조종사는 그 자리에서 모두 사망했다. 천국처럼 보이는 그곳에서 70여 년 전 생과 사를 넘나드는 전투가 두 달이나 지속되었다. 이때 미군 1천 3백 명, 일본군 1만여 명이 사망했다. 참혹했던 전쟁의 상흔은 이제 다이버들의 놀이터가 되었다. 거기서 멀지 않은 섬에 진정한 천국, 해파리 호수가 있다. 섬의 깊은 산속에 자리한 어두운 청록색 바다 호수에는 수백만 마리의 해파리가 산다. "눈에 보이는 건 다 해파리예요. 물은 따뜻해요." 황홀한 표정의 여자 다이버가 말한다. 꽃씨처럼 노랗고 작은 머리를 움직이는 해파리들, 갓을 부지런히 수축시키며 물속에 떠 있는 유영체들이 호수의 유일한 주인이다. 호수에는 세 종류의 해파리가 사는데 그중 한 종류는 플랑크톤을 전혀 먹지 않고 오직 태양열로 에너지를 얻으며, 그래서 언제나 태양을 향해 아름다운 나선형을 그리며 헤엄친다. 섬은 오랜 세월 격렬한 침강과 융기를 반복하며 산속에 바다 호수를 만들었다. 호수의 둘레는 맹그로브숲이 빽빽하게 감싸고 있고 넝쿨처럼 얽힌 맹그로브 나무의 뿌리가 숨을 쉬며 호수에 맑고 깨끗한 해수를 제공한다. 천적이 사라진 해파리는 수만 년 동안 진화해 완전히 독성이 사라졌다. 이제 해파리들에게 종의 기억이란 흐릿한 예감으로 남아 있다. 종의 다른 가능성을 모르는 무구하고 아름다운 해파리들이 다이버들의 팔과 다리에, 말랑말랑한 배와 가슴과 목덜미에 와 닿는다. 오직 사랑과 행복으로 차오른 둥그런 이마를 부드럽게 때린다. 손톱만 하거나 때로는 주먹만 한 크기의 해파리들은 마치 사람의 육체를 통과하려는 의지만 남은 무해한 영혼들처럼 보인다. 해파리 떼에 둘러싸인 다이버들은 어떤 이유에선가 그들이 오래전에 알고 있었던, 아마도 우주 바깥에서부터 간직해 온 선한 마음을 떠올리지만 그저 자연의 균형이 만들어낸 경이로운 순간에 천천히 압도된다.

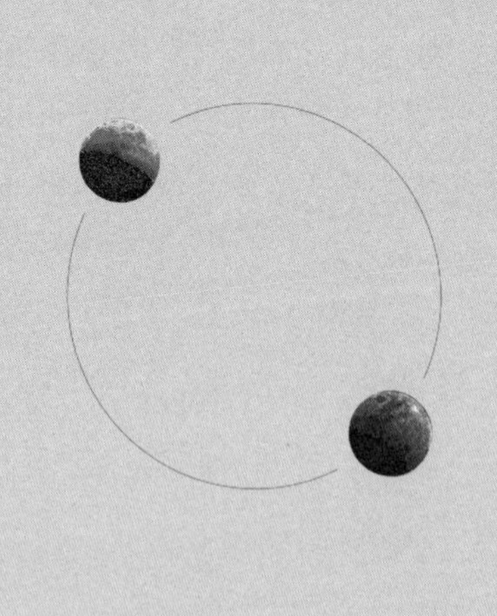

해설

아름다운 이야기의 미로*

조대한
(문학평론가)

1

우다영의 두번째 소설집 『앨리스 앨리스 하고 부르면』은 수많은 이야기가 아름다운 미로처럼 얽혀 있는 책이다. 이 세계에 진입할 출입로는 여러 가지가 있겠지만, 일단 여기서는 '은령'이라는 인물에서부터 시작해보자. 은령은 소설집 서두에 놓인 「당신이 있던 풍경의 신과 잠들지 않는 거인」의 중심인물이다. 그리고 작품 속 서술자인 '나'의 기억의 시작점에 놓여 있는 존재이기도 하다. 내가 은령의 기억을 잊지 못하는 건 내게 충격적인 이미지로 남아 있는 어떤 사건 때문이다. 어렸을 적 나는 부모님을 따라 정체를 알 수 없는 종교 집회에 다녔고, 그 모임에서 은령을 포함한 여러 아이를 처음 만났다. 당시 그 모

* 이 글은 우다영의 소설 형식을 빌려 각 단락이 미로처럼 얽히도록 씌어졌다.

임에는 선천적으로 다리와 발목의 기형을 지닌 아이가 한 명 있었다. "뭍에 나온 인어 꼬리처럼 축 늘어진 다리"를 한 그 아이는 "물속에서의 필요와 기능을 잃고 퇴화할 운명만을 기다리"는 듯했다(p. 12). 어느 날 아이는 뭍 위로 올라온 물고기처럼 몸의 관절을 이상하게 꺾으며 발작을 일으켰고, 모두가 공포에 질려 있을 당시 침착하게 내 손을 잡으며 그 아이의 말을 들어준 이가 바로 은령이었다. 아이는 "여기에 환한 것"(p. 14)이 보인다는 이해 불가능한 말을 남긴 채 어른들에게 실려 나갔다.

나는 열일곱이 되어 다시 만난 은령에게 정체를 알 수 없던 종교의 창세기를 전해 듣는다. 태초부터 홀로 존재하던 "거인의 눈에서 어느 날 신이 태어"났고, 그 신은 거인의 장기를 이용하여 세계를 창조했다. 눈먼 거인은 세계를 떠받들고 있어야 하는 형벌을 받는다. 이 "눈이 멀어버린 거인"(p. 21)과 "눈에서 태어난 신"(p. 22)이라는 메타포가 중요한 것은 그것이 해당 종교의 창세 신화이기도 하지만, 작품 전반에서 형상화되고 있는 세계의 은유이기도 한 까닭이다. 실제로 이번 소설집은 시야 너머에 펼쳐져 있을 또 다른 세계의 가능성에 많은 공을 들이고 있는데, 이곳과 너머의 "두 세계가 이어져 있고" 그 경계가 "눈꺼풀 한 겹 정도일 수도 있다는 것"을 반복적으로 암시하고 있다(p. 146). 신화 속 이능의 지혜를 얻은 무수한 예언자가 그러하듯이, 한 세계의 폐제와 다른 세계로의 상징적 개

안은 그렇게 동시에 일어나는 듯하다.

특히나 은령은 그 너머의 징조를 대표하는 인물이다. 나는 기억의 시작점뿐만 아니라 이해되지 않는 일들과 마주친 삶의 마디마다 은령의 흔적을 목격한다. 댐으로 뛰어들었던 직장 동료 김 씨의 얼굴에서 은령의 얼굴이 겹쳐 보였을 때도, 여자친구 앞에서 뜬금없이 은령의 이름을 부른 것이 화근이 되어 취소된 여행의 목적지에서 산불이 나 많은 사람이 죽었다는 것을 뒤늦게 깨달았을 때도, 실수로 밟은 앵무새가 죽음에 이르자 아빠를 탓하는 아이의 무구한 물음 앞에서 은령을 떠올렸을 때에도, 나는 현실 너머에 있는 세계의 징후와 은령의 모습을 마주한다. 그 기이함은 은령의 임종 장면에서 한층 더해지는데, "여기, 여기에 환한 것이……"(p. 51) 있다고 말하며 숨을 거두는 은령의 마지막 모습은 내 시작점에 놓여 있던 그 사건의 기억과 맞닿으며 서사의 선후 관계를 거꾸로 뒤집어놓는다. "거인이 눈을 감고 꿈을 꾸기 시작했을 때 비로소 세계가 나타난" 것이고 "어쩌면 신은 거인이 꾸는 꿈일지도" 모른다는 은령의 말처럼, 그 '환한 것'은 한 세계의 죽음과도 같은 암전 이후 그들이 마주했던 또 다른 세계의 빛이었는지도 모르겠다(p. 44). 이처럼 얇은 경계를 매개로 탄생하는 상이한 세계의 가능성은 이 소설집에 다가가는 중요한 길목 중 하나이다.

2

우다영의 두번째 소설집 『앨리스 앨리스 하고 부르면』은 수많은 이야기가 아름다운 미로처럼 얽혀 있는 책이다. 이 세계에 진입할 출입로는 여러 가지가 있겠지만, 일단 여기서는 '은령'과 '창모'라는 두 인물에서부터 시작해보자. 은령과 창모는 각기 「당신이 있던 풍경의 신과 잠들지 않는 거인」과 「창모」의 중심인물이다. 첫번째와 다섯번째에 위치한 두 작품이 이 소설집을 물리적으로 크게 양분하고 있는 것처럼, 두 인물은 소설 세계 내의 어떤 전형성을 대표하고 있는 것 같다. 가령 은령은 작품 속에서 매우 이타적인 존재로 그려진다. "믿기 힘들 정도로 친구가 많"은 은령은 "누구의 부탁도 거절하지 않는 사람"이다(p. 24). 사람의 마음을 이해하는 재능이 있는 은령은 모두를 다정하게 대해주고, 도저히 해결할 수 없는 고민과 걱정들도 끈기 있게 들어주느라 자신의 시간을 모두 소비하는 사람이기도 하다. 은령은 '선'이라는 개념을 진화론적 입장에서 바라본다. 다른 사람들을 돕는 사회가 인류라는 종 전체에 유리한 방식으로 작용해왔을 것이고, "수억 년 동안 인간이 최선이라고 여겨 선택해온 결과가 결국 '선'이라는 걸 의미"하게 되어 "몸과 뇌에 새겨진 메커니즘이 되었"을 것이라고 은령은 말한다(p. 30).

반면 창모는 모종의 이기심을 대표하는 사람이다. 그는 눈에 거슬린다는 이유로 동년배를 하루 종일 철봉에게 묶어두고,

자신에게 화를 내었다는 이유로 임산부와 배 속의 아이에게 입에 담지 못할 저주를 퍼붓는 자이다. 은령이 "은령 안에 존재하는 분명한 논리와 규율" "아름다운 균형감"(p. 27)을 통해 세상을 관조하는 것과 마찬가지로, "창모의 비합리적인 행동에서"도 "논리를 발견할 수는" 있다(p. 170). 그는 생존에 힘쓰는 야생동물처럼 "자신을 건드린 사람은 남녀노소 잘잘못에 상관없이 그저 보복해야 할 대상이 된다는 것을"(p. 172) 스스로의 준칙과 논리로 삼고 살아가는 존재이다. '선'이라고 하는 것이 개체와 종을 위한 최선의 선택이라는 은령의 관점에 따른다면 창모는 "그 긴밀한 약속에서 벗어난 사람"(p. 177)일 터이고, 오랫동안 누적되고 "검증된 것들이 주는 안전성"(p. 175)을 백안시하는 그는 역설적이게도 "세상에서 자기 자신을 가장 아끼는 것처럼 굴지만 실제로는 자기 자신을 가장 함부로 훼손"(p. 172)하는 사람일 것이다.

그렇게 은령과 창모는 선과 악으로 명확히 양분되는 듯하다. 하나 서술자와 주변 인물들의 관점에서 그들을 바라본다면 둘은 동일하게 기이한 존재들임이 분명하다. 스스로를 함부로 훼손하는 창모의 방식처럼, 자기 자신을 극단적으로 타인에게 내어주는 은령의 방식 또한 비인간적이기는 매한가지이다. 그래서일까. 각 작품의 서술자들은 일시적이나마 선량한 은령을 "진짜 '악'"(p. 33)으로, 악독한 창모를 "천사"(p. 194)로 술회하기도 한다. 전자의 '나'는 이해할 수 없는 삶의 경이를 느낄 때마다 은령의 흔적을 떠올리고, 후자의 '나' 역시 온갖 끔찍하고 참혹한 장면에서 경악을 금치 못하는 생의 마디마다 창모의 모습을 떠올린다. 이해하기 힘든 비인간성의 극단에서 그들은 잠시나마 서로 겹쳐지는 것 같다. 보통의 세계 혹은 인간 사이를 진동하며 무언가를 심문하는 소설들은, 은령과 창모의 경우처럼 두 가지의 사례가 교차되었을 때 그 깊이와 울림의 폭이 배가된다. 이렇듯 복수의 텍스트를 교차시켜나가는 서사 구조, 단일한 텍스트만 있을 때는 드러나지 않는 상호 간의 관계성은 이 소설집을 읽어내는 중요한 포인트가 된다.

3

얇은 눈꺼풀을 경계로 한 너머의 징조를 잘 보여주는 텍스트로 「해변 미로」라는 작품이 있다. 소설은 생존해 있는 '아라'의 이야기를 동생 '아해'가 술회하는 방식으로 시작된다. 사실 아라에게는 자신과 거의 똑같이 생긴 7개월 차의 동생이 한 명 더 있었다. '아성'이라는 이름을 지녔던 그 아이는 여러 면에서 뛰어난 재능을 지니고 있는 아이였다. 아성은 낱개의 블록만으로 완성된 구조물을 예측하고, 규칙과 패턴을 연산하며, "나란히 펼쳐놓은 과거와 미래를 동시에 상상하는"(p. 87) 능력을 가진 아이였다. 그러나 아라와 아성 두 자매가 열 살이 되던 해에 방문했던 해수욕장에서 아성은 사고로 목숨을 잃고 만다. 당시 심한 천식을 앓고 있었던 아라를 돌보느라, 엄마는 선천적인 운동 능력과 뛰어난 수영 실력을 지닌 아성에게 별다른 주의를 기울이지 못했다. 생전에 몽유병 증세가 있었던 아성은 이따금 장롱 문을 열고 다른 누군가가 있다는 듯이 혹은 꿈 너머에 쌍둥이처럼 존재하는 다른 세계가 있다는 듯이 "그 안을 들여다보며 중얼중얼 무슨 말을"(p. 88) 건네곤 했다. 그 꿈과 현실의 경계선에서, 바다와 육지 사이에 놓인 해변 위에서, 아라와 아성의 운명은 엇갈렸고 결국 아성의 삶은 이면의 세계로 끌려 들어가고 만다.

이 소설집에는 아성의 경우처럼 육지와 바다의 경계에 놓인 인물들이 더러 등장한다. 앞서 살펴본 것처럼 물에서 바다를 갈망하듯 저 너머의 환한 세계를 바라보는 인어 같은 아이가 그려지기도 하고(「당신이 있던 풍경의 신과 잠들지 않는 거인」), "연속적으로 연결된 하나의 덩어리"이자 "특별한 의미를 가지고 멀어지며 가까워지는 세계의 경계"로서 물을 바라보는 소년이 나오기도 한다(「사람이 사람을 도와야죠」, p. 229). 헤매거나 머물거나 떠나거나 잊어버리는 텅 빈 해변의 이야기를 들려주는 노파가 나오는가 하면(「앨리스 앨리스 하고 부르면」), "불안도, 소망도, 기대도 없는 망망대해"에서 표류하다 "고래들의 노래"를 듣고 스스로의 존재를 자각하는 한 남자의 이야기가 나오기도 한다(「메조와 근사」, p. 267). 이처럼 바다 혹은 물의 세계는 우리가 발 딛고 서 있는 지금 이곳의 지반과는 다른 이질적인 공간이자 경계 너머에 있는 세상으로 묘사된다. "바다이며 밤이며 동시에 우주인"(p. 100) 그곳은 지금 여기의 자아와 인식으로는 도달할 수 없는 영역이므로, 얇은 눈꺼풀처럼 이곳의 시야를 막는 어떤 막이 덧씌워져야 진입할 수 있는 세계이기도 하다. 그렇기에 아라와 아성의 운명이 이리저리 엇갈리는 「해변 미로」는 표제 그 자체로 이 소설집을 함축하는 단어이기도 하다. 그곳은 다른 시공간에 존재하는 삶의 가능태들이 이리저리 뒤얽힌 무대이자, 저 너머 세계의 징후를 가장 가까이서 느낄 수 있는 바다–육지의 접촉면이기 때문이다.

물과 바다가 지금 이곳에 속한 존재의 인식으로는 닿을 수 없는 곳이자, "자아를 형성할 수 있는 과거의 기억도 미래의 꿈도 없는" "망망대해"(p. 267)의 영역이라 한다면, 그것은 세계에 대한 이야기일 뿐만 아니라 인간 존재론에 관한 이야기이기도 할 것이다. 인지학(人智學, anthroposophy)을 주창했던 루돌프 슈타이너는 인간 존재를 바다에서 떨어져 나온 물방울에 비유한 바 있다. 그는 자아를 지닌 개별자가 바다와도 같은 우주에 속해 있는 존재라고 말하며, 눈에 보이는 감각 너머 영혼과 정신의 세계가 실재함을 인식해야 한다고 주장했다. 그의 주장은 다소 신비주의적인 뉘앙스를 띠고 있긴 하나 눈꺼풀 너머의 세계라는 소설의 중추적인 이미지와 일정 부분 상응하는 면이 있고, 무엇보다 거인의 눈에서 탄생한 신의 모습처럼 거대한 일자로부터 떨어져 나온 단독적인 세계의 탄생을 설명하는 데 용이한 면이 있다.

세계의 경계를 넘어서는 전환 내지는 무아의 바다에서 자아가 탄생하는 이 같은 단절의 순간은 인지과학(認知科學, cognitive science)의 영역에서도 그 비슷한 이미지를 찾아볼 수 있다. 프란시스코 바렐라는 물리학 내에서 존재의 기원을 논의할 때 종종 거론되는 원시 수프를 배경으로, 독자적인 개체가 탄생하는 순간에 대해 이야기한 적이 있다. 그는 외부와 자신을 구분 짓는 일종의 '막'을 존재의 시작점에 가져다 놓는다. 얇은 눈꺼풀을 사이에 두고 구분되는 소설의 세계처럼, 세포 혹은 생명체는 외부와 구분되는 희미한 막을 경계로 하여 자신만의 독자적인 세계를 탄생시킨다는 것이다. 그렇다면 대체 어떤 요인이 그 존재들에게 자신의 경계를 생성하도록 명령하는 것일까. "나를 만든 것, 나를 이루고 있는 것들은 어디에서 왔"으며, 나는 "어째서 먼지나 소음 속으로 흩어지지 않을까"(p. 240). 그 무엇이 원인이 되어 그들은 하나된 세계로부터 빠져나와 독립적인 자아를 갖추고 '나'의 세계를 이야기하기 시작한 것일까.

4

은령과 창모의 사례처럼, 상호 교차되는 관계성을 잘 드러내는 텍스트로 「해변 미로」라는 작품이 있다. 이 소설은 여섯 개의 분절된 덩어리들로 이루어져 있고, 이는 생존해 있는 '아라'와 '아성' 버전의 이야기가 교차되는 형식으로 구성되어 있다. 아라의 이야기에서 아성은 열 살이 되던 해에 해수욕장 물에 빠져 목숨을 잃고, 반대로 아성이 주인공인 이야기에서 언니 아라는 가족들과 해변으로 물놀이를 다녀오는 길에 교통사고를 당해 세상을 떠난다. 이처럼 해당 소설은 하나의 선택지가 확정되었기에 미처 실현되지 못했던 또 다른 이야기들을 어조를 달리하여 교차하듯 보여준다. 그 이야기들은 오지 않은 미래의 가능태이자, 과거에 두고 온 잠재태이기도 할 것이다.

가령 현대물리학을 전공하는 아라는 종종 죽은 아성이 지니고 있던 천재성을 떠올리며, "자신은 아성이 살아야 하는 삶을 대신 살아가고 있다는 생각"(p. 108)을 하며 살아간다. 해외에서 열리는 이론물리학 세미나에 참석하기 위해 비행기에 탑승했던 아라는, 자신을 "아라, 아성 중에 아라"(p. 104)라고 기억하는 옛 동창 '기원'을 만나게 되고 기다렸다는 듯 그와 사랑에 빠진다. 기원은 동생 아성과의 정체성이 겹쳐 있는 듯한 아라를 향해 "나는 너를 정확하게 기억"하며 "너는 나를 사랑하게 될 거"라고 선언하듯 말한다(p. 134). 그리고 이 선언은 소설의 마지막 이야기로 이어지며, 아성의 임종을 지켜보는 화자의 자리에 기원을 가져다 놓는다. 아성과 사랑에 빠진 채 그녀의 이야기를 기록하는 기원은 다른 시공간에 놓인 두 소설의 세계를 기이하게 연결하는 구심점이 된다.

이처럼 묘한 연결 고리를 지니며 서로의 운명을 나눠 가지는 쌍둥이 같은 이야기들의 교차는 소설집 내에서 누차 반복된다. 예컨대 「앨리스 앨리스 하고 부르면」에서 등장하는 '나'는 바다를 향해 가는 마차에서 우연히 자신의 이야기 한 토막을 마부에게 들려준다. 어느 날 친구의 딸이 말에서 떨어지는 사고가 발생했는데, 아이는 안전모 대신 내가 선물한 작고 귀여운 페도라를 쓰고 있었던 탓에 일시적인 반신불수 상태에 이른다. 당시 유부남인 남자와 만나고 있던 나는 이 모든 것이 "그동안 저지른 잘못에서 비롯된 사소한 인과들의 책임"(p. 69)이라고 여긴다. 그 안타까운 사고와 자신의 부도덕한 사랑 사이에는 언뜻 아무런 인과관계가 없어 보임에도 불구하고, 나는 죽어가는 아이가 깨어나자 그 남자를 떠나고 얼마 지나지 않아 새로운 사랑을 시작한다.

한편, 내가 새로이 만난 사람과 결혼식을 준비할 때쯤 친구의 남편이 갑작스레 자살을 한다. 딸이 사고를 당하던 날 바람을 피우고 있던 친구의 남편은 아이가 그리된 것을 자신의 잘못이라 여겼다. 딸이 깨어나지 못했던 아흐레 동안 어떤 마음의 변화를 맞이한 그는 끝내 죽음을 선택하고 만다. 아이의 불우한 사고, 나의 선물과 결혼, 친구 남편의 불륜과 죽음이라는 세 가지 이야기는 후반부에 '나'와 쌍둥이인 양 묘사되는 '나이 든 여자'와 '아름다운 가수'의 모습처럼, 인과가 명확히 증명되지 않을 이상한 고리에 묶여 서로 연결되어 있는 듯하다.

「해변 미로」가 서로 평행선을 달리던 두 이야기의 분기와 교차를, 앞서 서술된 「앨리스 앨리스 하고 부르면」이 하나의 사건으로 인해 퍼져나간 이야기들 간의 기이한 상응 관계를 평면 위에 펼치고 있다면, 「사람이 사람을 도와야죠」에서 진행되는 세 종류의 이야기는 입체적으로 겹쳐 있는 이야기의 구조를 다루고 있는 듯하다. 첫번째는 한 소년과 영화감독의 이야기이다. 영화 촬영을 앞두고 있는 소년은 물에 들어가는 장면만은 한사코 찍지 않으려 한다. 감독은 아이를 설득하기 위해 이 장면이 필요한 이유를 들려주는데, 그것은 불의의 사고를 당해 수영을 그만둬야 했던 한 남자가 물에 빠진 아이를 구해 삶의 의미를 되찾는다는 내용의 시나리오다. 하지만 물속이 무언가 다른 세계임을 어렴풋이 직감하고 있는 듯한 아이는, 귀신이 자신을 물에 들어가지 못하게 말린다고 주장하며 입수를 끝내 거부한다.

두번째는 부부와 딸의 이야기이다. 남자는 아내의 부탁으로 덧니가 난 딸을 치과로 데려가려 하지만, 귀신같이 낌새를 알아챈 아이는 발치를 격렬히 거부한다. 간신히 치과를 다녀오는 데는 성공하나, 강제로 이가 뽑힌 아이는 그 이후 어딘가 이상해졌고 주변 이들을 점차 알아보지 못한다. "마치 한 겹 다른 차원으로 넘어가버린 것 같"(p. 222)던 아이는 끝내 세상을 떠난다. 세번째는 거북이라 불리는 남자와 그를 키워준 한 아저

씨의 이야기이다. 의절 관계에 있던 그들은 10년 만에 재회를 하게 되지만, 쌓였던 증오심을 해소하지 못하고 이내 격렬히 다툰다. 남자는 아저씨가 잠든 모습을 바라보며 그의 아내에게 자신의 이야기를 들려준다. 그중 일부는 어떤 소년과 감독이 등장하는 영화 시나리오에 관한 것이다. 남자가 들려주는 이 세번째의 이야기는 첫번째의 소년 및 감독의 이야기와 서로 겹쳐지고, 아이를 잃고 비관하는 아내를 둔 감독의 사연은 다시 두번째의 딸을 잃은 부부의 이야기와 만나 시간을 넘어 중첩된다. 세 종류, 그리고 아홉 덩어리로 나뉘어 전혀 다른 시공간에서 서로를 바라보는 이 소설은 하나의 이야기가 다른 이야기의 다층적인 지지대로 기능하고 있다.

이 같은 입체성은 한 작품 내부에서뿐만 아니라 작품 상호간에도 작동하곤 하는데, 일례로 '사람이 사람을 도와야죠'는 「해변 미로」의 등장인물인 기원이 해변에서 죽음을 결심했을 때 그를 삶으로 꺼내준 멜로디이자, 기원이 아라에게 처음 말을 걸지 못하고 망설이고 있을 당시 우연히 이어폰에서 들려와 용기를 북돋아준 곡의 이름이다. 동시에 그것은 친구에게 선물받은 노래 악보에 아성이 붙인 곡 제목이기도 하다. 이들은 모두 "아직 눌리지 않은 건반 같은"(p. 143) 세계에 일정한 계기와 패턴을 부여하는 악보이자 표지의 역할을 수행하고 있는 듯하다. 그리고 이 같은 메타성은 소설집 바깥까지 닿아 있다. 우다영의 첫번째 소설집의 표제작인 「밤의 징조와 연인들」을 기억하는 이들이라면, 이번 소설집에 담긴 「밤의 잠영」 안에서도 그와 비슷하게 반복되는 휴양지와 수영장, 튜브를 탄 '나'와 수영하는 남자친구, 불륜 관계인 한국인 커플, 코뼈가 부러진 사내, 히든 풀 등의 풍경을 통해서 해당 소설이 전작의 한 장면을 다른 버전으로 변주하고 있음을 알아차릴 수 있을 듯싶다.

5

답하기 쉽지 않은 위 질문에 대한 실마리를 미약하게나마 찾아보기 위해서는 '인지' 혹은 '자각'이라는 행위를 면밀히 들여다봐야 할 것 같다. 앞서 언급된 인지학자와 인지과학자가 모두 보이지 않는 너머의 세계와 전체에서 떨어져 나온 개별자를 인식해야 한다고 주창했다는 점에서도, 또 외부와 스스로를 구분 짓는 존재가 탄생하는 순간과 인간 존재의 정신 작용을 다루고 있다는 점에서도, 이전 세계와 자신을 단절 짓고 새로운 세계를 탄생시키는 키워드로서 존재의 자각과 인식은 중요해 보인다.

이 소설집에서는 수많은 '자각'의 순간이 그려져 있다. 논의의 시작점이 되었던 「당신이 있던 풍경의 신과 잠들지 않는 거인」의 '은령'은 어떤 윤리적 기로에 직면하여 결정을 내리는 순간마다 "내 안에서 일어나는 신비로운 일을 깨달"(p. 49)았다고 말한다. 「앨리스 앨리스 하고 부르면」에서 젊은 부부를 보고 어린 시절의 부모님을 떠올리던 '나'는 그들이 부모의 유령과도 같은 잔상이었을지도 모른다고 되뇌며 꿈같은 세계에서 빠져나오다가, 자신이 "이미 오래전에 늙어버렸다는 사실을 천천히 깨"(p. 58)닫는다. 「해변 미로」에서 죽은 아성의 기대 형상으로만 살아온 아라는, 아성 이후 새로 태어난 동생 아해가 본래 자신의 모습을 가져갔고 그렇게 실은 세 존재가 쌍둥이처럼 하나로 겹쳐 있었음을 "어느 날 깨닫게 된"(p. 133)다. 이처럼 해당 소설집에는 자신과 타인에 대한 자각의 순간이 여러 차례 등장한다. 그것들은 대부분 때늦은 후회라기보다는 이전까지의 과거를 다시 배열하는 깨달음에 가깝다. "그때는 그 장면의 의미를 알지 못했고, 그 사건의 원인과 결과 같은 것들, 사람들의 마음이나 고통 같은 것들을 거의 이해하지 못했지만"(p. 260) 사후적으로 그것들의 의미와 원인과 감정의 풍경들을 재구성하는 순간이라는 점에서, 그 인식과 자각은 자신 혹은 세계를 이전까지와는 다른 것으로 뒤바꾸는 순간이기도 할 것이다.

루돌프 슈타이너 역시 새로운 세계로의 인식과 전환의 순간을 기술하고 있으나, 그 단절적 인식을 이끄는 근본적인 원인이나 인과의 근거에 대해서는 명확히 답을 하고 있지는 않은 듯하다. 이에 관하여서는 프란시스코 바렐라의 설명이 조금 더 흥미로운데, "The Emergent Self"라는 글에서 그는 무생물의 바다에서 영혼이라고 빗댈 만한 요소가 깃들어 새로운 존재가 탄생하는 기적 같은 순간의 '원인'을 존재 그 자신에게 돌리고 있다. 앞서 설명된 것처럼 한 생명의 조직 체계는 일종의 '막'을 만들어서, 정확히는 막을 구성하는 요소들을 생산함으로써 외부 세계와 자기 자신을 경계 짓는다. 역설적인 것은 그 조직 체계가 자신이 만든 세포막에 의해 추가적인 생산을 제한당한다는 것이다. 즉, 특정한 경계에 의해 자신의 존재를 확립하는 생명체는 동시에 그 경계를 스스로 생산하고 제한하는 기이한 '자기 생성'을 해낸다는 것이다. 자신이 만든 결과에 의해 존재의 원인을 규정받는 이 기묘한 순환이 새로운 존재 및 단독적인 세계가 탄생하는 순간의 풍경이라고, 바렐라는 주장한다. "선후 관계에서 생겨난 최종적인 결론이 동시에 그것을 야기한 이유이며 모든 일의 기원이 되는" "뫼비우스의"(p. 97) 연결 고리 속에서, 허공에서 왼발과 오른발을 서로 디디고 있는 공허한 자기 순환의 지탱 위에서 새로운 존재의 씨앗은 발아되는 것일지도 모르겠다. 그렇다면 '나'의 선택과 행위의 결과물의 집합체인 최종적인 '나'의 인식과 자각에 의해서, 이전의 '나'는 얼마든지 사후적으로 인과를 부여받을 수도 있을 것이다. 그 역설적인 자기 순환에 따라, 이전까지의 나라는 존재는 처음부터 재탄생될 수도 있을 것이다.

이처럼 실로 "내가 나인 것에는 인과가 없고, 나는 그저 무작위로 발생한 돌연변이"(p. 46)이자 우연한 선택과 결단의 미로를 헤매다 사후적으로 생성된 존재에 불과하다면, 지금 우리는 무엇을 위해 존재하는 것일까. 우리는 대체 어디를 향해가고 있는 것일까?

소설집의 종착지인 「메조와 근사」라는 작품을 보면, '그'의 뜻밖의 죽음 앞에서 힘겨워하는 '나'가 등장한다. 죽기 직전 그는 동남아의 여러 나라를 여행 중이라고 말하며 그곳의 풍경과 경험을 나에게 들려주었다. 하지만 그 이야기들은 모두 거짓이었고, 실상 집에서 홀로 지내던 그는 두텁게 커튼을 쳐둔 자신의 방 안에서 스스로 목숨을 끊었다. 이유를 알 수 없는 그의 죽음과 겹쳐지는 것은 '사촌 동생'의 죽음이다. 사촌 동생은 남미의 한 여행지에서 열다섯 살 소년에게 여섯 발의 총을 맞고 세상을 떠났다. 소매치기의 현장을 목격하고 소리를 질렀다는 이유로, 그는 "그 애의 인생을 모르고, 그 애가 가진 생각과 특별함도 모르며, 그 애의 이름조차 발음할 줄 모르는 외국인 소년에게"(p. 272) 살해당해야 했다. 내가 한동안 고통을 떨쳐낼 수 없었던 것은 잔혹한 최후를 맞이한 그들의 죽음이 슬퍼서이기도 하겠지만, 어떠한 이유도 인과도 지니고 있지 않은 이 불확실한 세계에 한없는 공포와 허망함을 느껴서이기도 할 것이다. 그때 나는 사촌 동생이 꾸었던 꿈 이야기를 떠올린다. 그는 아무런 기댈 것도 보이지 않는 캄캄한 바닷속을 죽음처럼 표류하고 있었다고 한다. 그러던 어느 순간 고래의 노랫소리가 들리기 시작했고, "그제야 사촌 동생은 자신이 살아 있다는 것을 깨달았"으며 동시에 자신이 "오래전에 멸종한 고대의 심해어라는 걸 천천히 기억해냈"다(p. 267). 사촌 동생의 새로운 '자각'은 어렸을 적 엄마가 찌른 칼이 남긴 상처와 그 위에 덧입힌 고래 문신과 뒤엉키며, 선후 관계가 어긋난 기이한 연결 고리를 또 한 번 만들어낸다.

존재의 기묘한 순환 고리와 근거 없는 자기 생성을 이야기했던 바렐라는 생물의 진화를 자연의 '표류'에 빗댄다. "진화는 차근차근 최상의 점을 향해 발전해가는 과정"이나 거대한 계획에 의해 나아가는 과정이 아니라, "그때그때 처한 환경에 대한 최선의 대응"(p. 18)을 하며 "그리는 나선형의 궤적"(p. 45)이자 이리저리 물살을 표류하다 만들어지는 우연한 자기 생성과 적응의 과정이라는 것이다. 그의 논리를 따른다면 "모든 종의 운명"이라는 건 "내정된 목적지가 없기 때문에 무엇이 될지 알 수 없는 미래"이고(p. 19), "생물학자가 종의 기원을 추적해 나가는 건 그 종이 지나온 역사와 순간들, 선택들, 그때그때의 우연을 담은 미로이자 지도를 살펴보는 일"(p. 18)에 불과할 것이다. 그렇다면 죽기 직전까지도 끝나지 않는 이야기의 미로를 엮으려 했던 그의 시도는 단순한 기만이나 도피라기보다는 표류하듯 내던져진 이 우연한 세계 속에서, 아무 이유도 없고 그 무엇도 적층되지 않는 허공 같은 존재의 기반 위에서 무언가를 쌓아 올리려는 필사적인 노력이었던 것이 아닐까.

그리고 '나' 역시 바닷속 정경을 고요히 비춰주는 한 다큐멘터리를 보며 "그 일은 지나갔고 나는 괜찮아졌"다는 사실을,

"내가 그 일로부터 빠져나왔다는 사실을 깨"닫는다(p. 276). 그 다큐멘터리는 일본군과 미군의 격전지였던 남태평양의 바닷속을 보여준다. 가라앉은 전쟁의 잔해만이 남은 그곳에는 "수만 년 동안 진화해 완전히 독성이 사라"진 해파리들이 "아름다운 나선형을 그리며" 평화로이 떠다닌다. "종의 다른 가능성을 모르는 무구하고 아름다운 해파리들"이 무해한 영혼들처럼 부유하는 이 장면이 묘한 감동을 주는 이유는 모든 폭력과 갈등이 무화된 장면을 그리고 있어서라기보다는, 수많은 실패와 미로 끝에 다다른 어떤 기적 같은 풍경을 담아내고 있어서인 듯싶다(p. 277). 한없는 삶의 미로를 헤치며 다다르고자 했지만 실제로는 결코 도달해본 적 없는 그 "세상에 존재하지 않는 수렴값"(p. 266)의 풍경을 감각하게 되었을 때, 그 기적에 근사하는 풍경이 있다는 것을 자각하게 되었을 때 우리의 존재는 이전과는 조금쯤 달라졌을 것이고, 이 풍경에서 느끼는 어떤 감동 또한 그 자그마한 인식의 변화에 빚을 지고 있는 것 같다.

6

형태적으로도, 그리고 내용적으로도 미로처럼 얽힌 이 텍스트들의 교차는 읽는 이들로 하여금 어떤 이질감을 느끼게 한다. 은령과 창모, 혹은 아라와 아성 등의 경우처럼 그 겹쳐진 텍스트들은 단독으로 존재할 때는 감각되지 못했던 삶의 다른 가능성들을 환기할 것이고, 인간을 끈기 있게 관찰하는 서사가 대부분 그러하듯 "사람은 단순한 하나의 면이 아니라 보는 방향에 따라, 입장에 따라 전혀 다른 모양이 되는 입체"(pp. 184~85)라는 것을 귀납적으로 증명할 것이다. 물론 이 다층적인 텍스트를 바라보는 이질적인 시선 속엔 분명 어찌할 수 없는 거리감도 배어 있을 듯싶다. '나'의 삶 이면에 놓인 또 다른 생의 가능성을 달리 회고할 수 있다는 것은 1인칭으로만 바라보던 삶을 3인칭의 시선으로 널리 지각하게 된다는 뜻이기도 할 것이기 때문이다. 그것은 모종의 객관성의 확보이기도 하지만 밀착되어 있던 자기 삶으로부터의 탈각이기도 하다. "다음 장면을 알면 행복도 행복이 아니고 불행도 불행이 아니"(p. 218)게 되는 것처럼, 앞뒤를 알 수 없기에 지금 이 순간에만 밀착되어 있었을 욕망과 감정을 일순간 무화시킬 수도 있을 것이다. 지금 이곳의 삶이 수많은 가능성 중의 하나일 뿐이라는 그 감각은 자칫 이 세계에 발을 딛고 있는 현 존재의 체적을 텅 빈 것으로 만들지도 모른다.

하지만 이 텍스트의 교차와 중첩은 그런 이질감뿐만 아니라 기이한 동질감을 느끼게도 한다. 영화의 분절된 컷처럼 나뉘어져 있는 수많은 삶의 형상은 각기 흩어져 있을 때는 별개의 파편들이지만, 필름을 이어 붙인 영화처럼 한 편의 이야기로 그들이 연결되었을 때는 그 무질서한 미로를 잇는 무형의 끈이자 동질적인 구심점을 하나 생성하는 듯도 하다. 벤야민은 「유사성론*Lehre vom Ähnlichen*」이라는 글에서 인간이 지닌 최상의 능력 중 하나로 미메시스를 꼽은 적이 있다. 미메시스란 무언가를 모방하거나 모사하는 것이라 말할 수 있을 텐데, 이는 이질적인 대상들 사이에서 동질적인 유사성을 감각하고 포착하여 재현해내는 능력까지도 포함하는 단어이다. 그는 점성술을 사례로 든다. 점성술은 천체 속 별자리의 배치와 우연한 인간의 운명 사이에서 인과관계로는 설명되지 않을 어떤 유비를 찾아내고, 꿈처럼 흩어질 유사성의 관계망을 포착하여 그들을 붙들어놓는다. 점차 퇴화되기는 했지만, 그럼에도 그 능력이 가장 잘 보존되어 있는 매개는 언어일 것이라고 벤야민은 이야기한다. 그의 말을 빌린다면, 별 무리처럼 흩어진 삶의 행간들 사이에 별자리가 만들어지듯 의미와 서사의 끈이 부여되고, 그 텍스트들이 "분명하게 연결되어 하나의 유기적인 성운처럼 움직이는 일"(p. 48)은 이제는 사라져가고 있을 그 종의 능력이 희미하게나마 보존된 탓인지도 모르겠다. 어쩌면 "작은 씨앗 안에 잠들어 있"을, 그 "영원한 꿈처럼 반복될 종의 기억" 때문에 우리는 끝나지 않을 이야기의 미로를 헤매며 낯선 텍스트들을 그러모으고 있는 것은 아닐까(p. 258).

"안으로 깊이 들어갈수록 스스로 팽창하며 복잡해지는 금색 미로"(p. 64)처럼 읽을수록 중첩되는 텍스트의 무한한 가능성에 일순간 아득함을 느끼기도 하겠지만, 그것들이 가까스로 연결되어 탄생한 하나의 세계는 우리에게 어떤 경이감을 선사한다. “지나간 실패와 위태로웠던 순간들”, 한없이 명멸했던 “광대한 경우의 수가 있었다는 자각은 언제나 우리에게 삶에 대한 경외감”을 주기도 한다(p. 139). 이곳에 재현되고 있는 수많은 삶의 가능성들은 특별할 것 없는 낱개의 파편들이라기보다는, “아닐 수도 있었던 무수한 가능성”(p. 70)을 지나쳐온 뒤에 가까스로 탄생한 지금 이 순간의 이야기를 앞서서 지탱해주는 근거이자 “그물처럼 이어져 있”(p. 131)는 삶의 경로가 될 것이다. 우다영의 두번째 소설집이 매혹적인 이유는 우리가 미리 지각할 수 없는 그 미로 같은 삶의 순간들을 아름답게 그리고 충실히 그려내고 있기 때문일 것이다.

예전에 꿈에 관해 쓴 「암시」라는 글을 여기에 적는다. 네 개의 주석을 달고 싶어서.

읽고 싶은 글을 쓴다. 걷는 사람을 쓴다. 길에 대해 말하자면 한편에는 사랑스러운 네가 있고 반대편에는 사랑스러운 죽음이 있다. 떠도는 모든 사람이 길을 잃은 건 아니다.* 여행하는 모든 사람이 아름다운 이방인은 아니다. 나를 먹은 너는 내 일부가 된다. 실수일까 덫일까. 길에는 나란히 수로가 있는 것으로 하자. 물속에서 우는 물고기를 보았으니까. 누구도 물속에 사는 물고기의 눈물을 볼 수 없지만 수백만 년 후에 생긴 근사한 호랑 무늬는 눈물 자국이다. 기

* "Not all those who wander are lost", J. R. R. 톨킨의 말을 번역.

도는 기적의 일부. 나무 한 그루를 심자. 잼이 되기 위해 화
가 난 호랑이가 서로의 꼬리를 물도록.** 서로를 먹기 전
에 하나가 되도록. 선택을 위해 차이를 만들어. 달과 파도
의 약속처럼. 아주 천천히 보면 바뀌는 풍경. 영화 속을 산
책하는 침략자.*** 영화에 빠진 너의 얼굴은 아무 표정 없
는 얼굴 무방비한 얼굴 관찰자를 죽음에 이르게 하는 얼
굴 그 얼굴에 천천히 미소가 떠올랐으면. 그러나 누군가는
더 검은 밤을 원한다.**** 불의 가장자리가 되기보다 가여
운 소문이 되길 원한다. 망설임을 망각한다. 피로와 근육만
이 남은 산책자가 이 정교한 꿈을 눈치채면 나는 내가 쓴 글
을 지우고 더 이상 읽고 싶은 글이 하나도 없는 세상에 잼
한 통만이 그립고도 징그러운 암시로 남아 마침내 잼을 좋
아하는 너를 떠올리지만 그건 선택과는 무관한 일이다.

또 언젠가 어쩌다 적었는지 기억나지 않는 메모를 가져
온다.

** 헬렌 배너맨, 『꼬마 삼보 이야기』, 더트랜스 옮김, 바로이북, 2017. 사실 호랑이들은 버터가 된다. 잼은 나의 착각.

*** 구로사와 기요시 감독, 「산책하는 침략자」, 2017. '영화' 산책하는 침략자와 영화 속을 산책하는 '침략자' 중 무엇이 먼저일까?

**** W. G. 제발트, 『토성의 고리』, 이재영 옮김, 창비, 2011. 소설 속의 그림 속의 글.

네 사람은 같은 시간을 다르게 지나왔다.

다르게 기억한 것일까.

아니면 정말 다른 세계였을까.

또 항상 마음에 맴돌던 목소리를 옮긴다.

세상의 모든 해변이 얼마나 닮았는지,

또 우리가 간직한 이야기는 얼마나 겹쳐져 있는지.

이런 글들을 나열하며 이것이 하고 싶은 말이라고 말한다.

살짝 꼬인 채 연결된 당신을 만나려고.

꿈은 밤보다 길고, 어떤 하루는 영원과 같다.

2020년 겨울에

우다영

추천의 말

이 책을 읽는 동안 이런 생각이 들었다. 어느 맑은 날 카페 창가 자리에 앉아 있는데 누군가 다가와 한 권의 책을 불쑥 내미는 것이다. 나는 그것이 초대장이라는 걸 안다. 책을 펼치자 밤이 나타나고 나는 그대로 검고 투명한 밤으로 뛰어들 수 있다.

긴 여행이 되리라는 예감이 든다. 현실적이고 몽상적인 해변 미로를 지나 밤의 눈부신 햇살 아래 나른하게 가라앉은 도시를 통과한다. 가는 길마다 의미심장하고 사소하며 때로 인과율을 배반하는 이야기들이 들려온다. 길을 잃었다고 생각될 때마다 책을 펼치고, 그러면 공항으로, 부둣가로, 기차역으로, 버스 정류장으로 갈 수 있다. 그러던 어느 날, 풀밭과 과수원과 논밭과 뒷골목이 모자이크처럼 구획된 마을에서 오래전 보냈던 편지의 답장을 받는다. 나는 떨리는 마음으로 봉투를 연다. 네

번 접힌 편지지에는 이렇게 적혀 있다. 네가 애써 나가려고 하지 않는다면 언제까지고 밤을 유영할 수 있어. 그것을 밤의 잠영이라고 불러도 좋아.

앨리스 앨리스 하고 부르면 초대된다. 우리는 기쁘게 입장한다.

나는 잔디밭에 누워 안개가 내린 저수지를 바라본다. 고요하고, 아직 도착하지 않은 편지들이 물속에 있다. 아직 만나지 못한 사람들이 저 밤 너머 어디선가 나를 기다리고 있고, 멀리서 자동차 경적이 나른하게 두 번, 울린다. 경고가 아니라 신호다. 어서 가, 어서 와. 나는 다시 책을 펼친다. 그리고 밤으로, 밤 너머의 밤으로 진입한다. 끝나지 않은 밤이다. 책을 덮어도 끝나지 않을 밤이다.

한유주(소설가)

수록 작품 발표 지면

당신이 있던 풍경의 신과 잠들지 않는 거인
〈문장 웹진〉 2019년 4월호

앨리스 앨리스 하고 부르면
『악스트』 2019년 5/6월호

해변 미로
『릿터』 2018년 10/11월호

밤의 잠영
『우리는 날마다』 수록작

창모
『실천문학』 2018년 겨울호

사람이 사람을 도와야죠
『현대문학』 2019년 9월호

밤은 빛나는 하나의 돌
『한남동 이야기』 수록작

메조와 근사
『쓺』 2020년 상권